Capturada

books4pocket

Julianne MacLean

Capturada

Traducción de Camila Batlles Vinn

EDICIONES URANO

Argentina - Chile - Colombia - España
Estados Unidos - México - Perú - Uruguay - Venezuela

Título original: *Captured by the Highlander*
Editor original: St. Martin's Press, New York
Traducción: Camila Batlles Vinn

Copyright © 2011 *by* Julianne MacLean
Spanish translation published by arrangement with Lennart Sane Agency AB.
All Rights Reserved
© de la traducción, 2012 *by* Camila Batlles Vinn
© 2012 *by* Ediciones Urano, S.A.
      Aribau, 142, pral. – 08036 Barcelona
      www.titania.org
      www.books4pocket.com

1ª edición en **books4pocket** junio 2015

Impreso por Novoprint, S.A.
Energía 53
Sant Andreu de la Barca (Barcelona)

Fotocomposición: Moelmo, S.C.P.

ISBN: 978-84-15870-64-7
Depósito legal: B-10.120-2015

Código Bic: FRH
Código Bisac: FIC027050

Impreso en España – *Printed in Spain*

Para Stephen y Laura, los cuales llenan mi mundo de risas y alegría.

Agradecimientos

Mi gratitud especial a los bibliotecarios de la Halifax Regional Library y las Dalhousie University Libraries por tener el tipo de colecciones que requiere un autor de ficción histórica. Sois unos tesoros.

Gracias también a mi agente, Paige Wheeler, por tu constante apoyo, y por decir siempre lo adecuado. Llevamos juntas trece años. Gracias por ayudarme a seguir en el juego.

Mi especial agradecimiento a Deborah Hale, no sólo por compartir conmigo tus libros sobre Escocia sino por tu imaginación y creatividad. Me has ayudado a hallar el corazón y el alma de esta historia. No habría sido lo mismo sin tu aportación.

Kelly Boyce, siempre entras a batear en el momento preciso y lo dejas todo para echar una mano. Gayle Callen y Laura Lee Guhrke: me habéis demostrado una gran generosidad, apoyo y estímulo en los momentos más importantes. Gracias.

A mi prima y hermana del alma Julia Smith: gracias por inspirarme con tu blog cotidiano, «A Piece of My Mind», el cual celebra el arte y la vida de forma muy elocuente. Y a mi prima, hermana del alma y socia crítica, Michelle

Phillips: Eres una verdadera amiga. Atesoro todo lo que compartimos.

Por último, gracias a mis padres, Charles y Noel Doucet, y a mi querido hermano, Charlie, por ser la mejor familia que pueda haber.

Algunos dicen que lucha por la libertad de los escoceses. Otros dicen que es un salvaje sediento de sangre. Yo lo conozco como el Carnicero de las Tierras Altas, y vosotros lo conoceréis sólo por el destello de su hacha cuando exhaléis vuestro último suspiro.

Anónimo

Capítulo 1

Monstruoso y poderoso, enseñando los dientes como una fiera salvaje, el Carnicero se incorporó tras abalanzarse sobre el soldado inglés y le observó caer sin vida a sus pies. Se apartó el pelo húmedo de la cara, se arrodilló en el suelo y sacó las llaves del bolsillo del hombre muerto. Luego prosiguió en silencio a través del frío pasillo del barracón, ignorando el hedor a sudor rancio y a ron, mientras trataba de localizar la escalera que le conduciría a su enemigo.

La fría bruma de la muerte le embargaba, reforzando su ferocidad, conduciéndole hasta la cima de la escalera, donde se detuvo frente a la pesada puerta de roble de las dependencias de los oficiales. El Carnicero se detuvo unos instantes para aguzar el oído, por si percibía los inoportunos pasos de otro joven y tenaz guardia, pero sólo oyó el sonido de su trabajosa respiración y el latir de su corazón mientras saboreaba este esperado momento de venganza.

Se ajustó el escudo que llevaba atado a la espalda y oprimió con fuerza el mango recortado del hacha, una Lochaber. Tenía

13

la camisa manchada de tierra y sudor tras varios días a caballo y noches durmiendo sobre la hierba, pero todo había valido la pena, pues por fin había llegado el momento. El momento de abatir a su enemigo, de eliminar el recuerdo de lo ocurrido ese gélido día de noviembre en el manzanar. Esta noche mataría por su clan, por su país y por su amada. No tendría misericordia. Atacaría a su enemigo, y acabaría con él rápidamente.

Insertó la llave en la cerradura con mano firme, entró en la habitación y cerró la puerta a su espalda. Esperó un momento a que sus ojos se adaptaran a la oscuridad, tras lo cual se encaminó sigilosamente hacia la cama en la que dormía su enemigo.

Lady Amelia Templeton soñaba con una mariposa, que revoloteaba sobre un brumoso campo de brezo, cuando un leve ruido hizo que se incorporara en su lecho. O quizá no fuera un ruido, sino un presentimiento. Una sensación de desastre. El corazón empezó a latirle con fuerza, y abrió los ojos.

Era una pesadilla. Hacía años que no la tenía, desde que era una niña, cuando las imágenes de la matanza que había presenciado a los nueve años seguían grabadas a fuego en su mente. Ese día aciago, había oprimido su naricita contra la ventana del coche y había contemplado una batalla feroz entre una banda de montañeses rebeldes y los soldados ingleses enviados para escoltarlas a su madre y a ella hasta Escocia. Se dirigían allí para visitar a su padre, un coronel del ejército inglés.

Amelia vio a los sucios escoceses rebanarles el cuello a los soldados y golpearlos hasta la muerte con unos pedruscos que habían cogido en la carretera. Oyó los gritos de agonía, los desesperados ruegos de misericordia, rápidamente silenciados por las afiladas hojas de acero que les clavaban en el corazón. Y cuando creyó que todo había acabado, cuando los gritos y sollozos remitieron y se impuso un silencio sobrecogedor, un grotesco salvaje cubierto de sangre había abierto bruscamente la portezuela del coche y la había mirado con furia.

Amelia se había aferrado a su madre, temblando de miedo. El hombre la observó con ojos abrasadores durante lo que a la niña se la antojó una eternidad, tras lo cual cerró la portezuela en sus narices y huyó al bosque con sus compinches. Habían desaparecido envueltos en la reluciente neblina de las Tierras Altas como una manada de lobos.

La sensación de terror que Amelia experimentaba ahora no era distinta, salvo que se mezclaba con la ira. Deseaba matar al salvaje que había abierto la portezuela del coche años atrás. Deseaba levantarse y gritarle, matarlo con sus propias manos. Para demostrar que no tenía miedo.

El suelo crujió, y ella volvió la cabeza sobre la almohada.

No, era imposible. Sin duda seguía soñando...

Un montañés se dirigía hacia ella a través de la oscuridad. El pánico hizo presa en ella, y se esforzó en ver a través de la densa penumbra.

Percibió el sonido de sus pasos, y de pronto el hombre se detuvo junto a ella, empuñando un hacha sobre su cabeza.

—¡No! —gritó Amelia, extendiendo las manos para detener el golpe, aunque sabía que la pesada hoja le cortaría los dedos. Cerró los ojos fon fuerza.

Pero el hombre no la golpeó con el hacha, y Amelia abrió los ojos. El fornido salvaje se hallaba junto a su lecho, jadeando. Su hacha relucía bajo el resplandor de la luna que penetraba por la ventana. Tenía el pelo empapado de porquería, sudor o agua del río. Lo más terrible eran sus ojos, que centelleaban con la intensa furia del infierno.

—Usted no es Bennett —dijo con un marcado y áspero acento escocés.

—No, no lo soy —respondió ella.

—¿Quién es?

—Amelia Templeton.

El salvaje no había depuesto su macabra arma, ni ella había bajado sus temblorosas manos.

—Es inglesa —dijo él.

—Sí. ¿Y quién es usted para atreverse a entrar en mi alcoba de noche?

Amelia no estaba segura de dónde había sacado el valor para preguntarle de forma tan temeraria sobre su identidad mientras el corazón le martilleaba en el pecho.

El montañés retrocedió un paso y bajó el hacha. Tenía una voz grave y terrorífica.

—Soy el Carnicero. Y si grita, muchacha, será el último sonido que emita.

Ella se mordió la lengua, pues había oído hablar del brutal y sanguinario Carnicero de las Tierras Altas, el cual había cometido espeluznantes actos de traición y había dejado un reguero de muerte y caos tras él. Según afirmaba la leyenda, descendía de Gillean el del Hacha de Guerra, quien antaño había aplastado a una flota invasora de vikingos. El Carnicero nunca se separaba de su siniestra arma mortífera, y era un traidor jacobita hasta la médula.

—Si es quien dice ser, ¿por qué no me mata? —inquirió Amelia; cada poro de su cuerpo exhalaba temor e incertidumbre.

—Esta noche esperaba matar a otra persona —contestó él. Sus ojos astutos como los de un animal escudriñaron la habitación en busca de algún indicio de la persona a la que había venido a matar—. ¿De quién es esta habitación?

—Aquí no hay nadie más que yo —le informó ella, pero la abrasadora mirada del montañés se clavó en ella, exigiéndole que respondiera a su pregunta con más precisión—. Si busca al teniente coronel Richard Bennett, lamento decepcionarlo, pero se halla ausente del fuerte.

—¿A dónde ha ido?

—No lo sé con exactitud.

Él observó su rostro a través de la luz de la luna.

—¿Es usted su puta?

—¿Cómo dice?

—Si lo es, quizá le corte la cabeza ahora mismo y la deje aquí, en una caja sobre la mesa, para que Bennett la admire cuando regrese.

Amelia sintió un intenso terror que le oprimía la boca del estómago al imaginar su cabeza dentro de una caja. ¿Qué haría este salvaje con el resto de su cuerpo? ¿Arrojarlo decapitado por la ventana?

Se esforzó en respirar con normalidad, lenta y pausadamente.

—No soy la puta del coronel Bennett. Soy su prometida. Mi padre era un coronel del ejército inglés y el quinto duque de Winslowe. De modo que si piensa matarme, señor, hágalo de una vez. No le temo.

Era una descarada mentira, pero no quería que la viera acobardarse ante él.

La expresión del montañés mudó. Agarró con su enorme y fuerte manaza el mango de su hacha y la depositó sobre el borde de la cama. Amelia observó en silencio el peligroso gancho en la punta, que le oprimía el muslo. Contempló la gigantesca espada de doble filo que pendía junto a la pierna del montañés, y la pistola de llave de chispa que llevaba al cinto.

—Levántese —le ordenó éste, azuzándola con el mango del hacha—. Quiero verla bien.

Amelia tragó saliva para aliviar el nudo de temor que sentía en la garganta. ¿Acaso se proponía abusar de ella y violarla antes de matarla?

Que Dios se apiadara de ambos si lo intentaba.

El montañés la golpeó con más fuerza, de modo que ella retiró con cuidado las mantas y deslizó las piernas sobre el borde de la cama. Con los ojos fijos en los de él, sujetando con una mano el escote de su camisón, se puso de pie.

—Acérquese —le ordenó él.

Cuando Amelia avanzó unos pasos, observó las armoniosas líneas y los pronunciados ángulos del rostro del montañés, y la apasionada furia que traslucían sus ojos, unos ojos como ella jamás había visto. Emitían una intensidad hipnótica, que la aferró del cuello y la mantuvo cautiva en su poder.

El Carnicero retrocedió, y ella le siguió. Percibía el olor varonil de su sudor. Tenía los hombros anchos, los bíceps abultados, las manos rudas y enormes. Eran las manos de un guerrero, curtidas por años de combate y matanzas.

Amelia se fijó en la feroz expresión de su hermoso rostro, y se estremeció. Por más que trataba de mostrarse valiente en estos momentos —y siempre había soñado con que se comportaría con valentía—, sabía que no podía medir sus fuerzas con su brutal agresor. Era imposible que lograra reducirlo, por más que se esforzara. Si deseaba violarla o matarla, lo haría. La derribaría al suelo con un rápido golpe de su mortífera hacha de guerra, y ella no podría hacer nada por evitarlo.

—Con respecto a su prometido —dijo él con voz ronca—, tenemos una cuenta pendiente.

—¿Va a utilizarme para saldarla?

—Aún no lo he decidido.

Un pánico asfixiante se apoderó de ella, cortándole el aliento. Deseaba gritar pidiendo ayuda, pero algo la paralizaba: un poder extraño, casi hipnótico, que convertía sus músculos en unos charcos inútiles de líquido.

Él se movió lentamente a su alrededor.

—Hace mucho que no he estado con una mujer. —Después de girar a su alrededor se detuvo ante ella, alzó su hacha y apoyó el gancho sobre el hombro de la Amelia. El terror invadió su mente al sentir el liso acero sobre su piel.

—¿Es su amada? —preguntó el Carnicero.

—Desde luego —respondió ella con orgullo—. Y él el mío.

Amaba a Richard con toda su alma. Su padre también había sentido gran estima por él. Y que Dios se apiadara de este sucio jacobita cuando su prometido se enterara de esto...

—¿De veras?

Ella clavó sus enfurecidos ojos en los suyos.

—Sí, señor. Aunque dudo que conozca el significado de la palabra «amor». No puede comprenderlo.

Él se acercó hasta que sus labios rozaron la oreja de ella. Su aliento caliente y húmedo la hizo estremecerse.

—En efecto, muchacha, la ternura y el afecto no significan nada para mí, y le aconsejo que lo tenga bien presente. Ya lo he decidido. La mataré a usted en lugar de a él.

El terror hizo presa en ella. Ese bárbaro iba a cumplir su amenaza. Estaba convencida de ello.

—Por favor, señor —dijo, esforzándose en suavizar la inquina que denotaba su voz. Quizá lograra distraerlo con un desesperado ruego de misericordia. Con suerte, alguien le habría visto entrar en el fuerte y acudirían en su auxilio—. Se lo suplico.

—¿Me lo suplica? —El montañés soltó una áspera risotada—. No me parece el tipo de mujer que suplica.

Gozaba con esto. Para él era un juego. No sentía la menor compasión.

—¿Por qué quiere matar a mi prometido? —preguntó ella, confiando en postergar lo inevitable.

Te lo ruego, Señor, que alguien llame a la puerta. Una criada. Mi tío. La caballería. ¡Quien sea!

—¿De qué lo conoce? —inquirió.

El Carnicero retiró el hacha del hombro de Amelia y la apoyó en el suyo. Siguió paseándose a su alrededor, como un lobo examinando a su presa.

—Peleé contra él en Inveraray —respondió—, y de nuevo en Sheriffmuir.

Los jacobitas habían sido derrotados en Sheriffmuir. Era el campo de batalla donde Richard había salvado la vida del padre de Amelia. Era por eso que ella se había enamorado de él. Había luchado con arrojo y coraje, con inquebrantable lealtad hacia la Corona, a diferencia de este salvaje que se movía alrededor de ella, quien no parecía conocer las normas de la guerra. Parecía tan sólo empeñado en llevar a cabo su siniestra venganza personal.

—¿Pretende matar a todos los soldados ingleses contra los que combatió ese día? —preguntó ella—. Porque sospecho que le llevará bastante tiempo. Allí había también escoceses luchando por la Corona inglesa. Los Campbell, según tengo entendido. ¿Va a asesinarlos a ellos también?

Él se detuvo delante de ella.

—No. Es sólo a su prometido a quien deseaba rajar por la mitad.

—Lamento decepcionarlo.

Ante los ojos de la joven aparecieron unas imágenes de guerra y asesinatos. Qué injusto era todo. Su padre había muerto hacía tan sólo un mes, y ella había venido al Fuerte William bajo la tutela de su tío para casarse con Richard. Su protector.

¿Qué ocurriría ahora? ¿Sufriría una muerte atroz en esta habitación, bajo la pesada y fría hacha de un montañés, como en sus pesadillas infantiles? ¿O le perdonaría éste la vida para ir en busca de Richard y matar al hombre que ella amaba?

—No estoy decepcionado, muchacha —dijo el Carnicero tomando a Amelia del mentón con su mano encallecida y obligándola a alzar la cara y mirarlo—. Porque esta noche he tropezado con algo mucho más apetecible que infligir una muerte rápida y limpia a mi enemigo. Algo que le hará sufrir durante mucho más tiempo.

—¿Entonces va a matarme?

O quizá se refería a otra cosa.

Tratando de reprimir el nudo de temor que sentía en el vientre, la joven le miró con odio.

—Estoy prometida, señor, con el hombre al que amo. De modo que si piensa violarme, le prometo que gritaré con todas mis fuerzas. Puede matarme si quiere, porque prefiero padecer mil muertes atroces que ser violada por usted.

El salvaje achicó los ojos; luego profirió una palabrota en gaélico y le soltó el mentón. Se acercó al elevado armario donde Amelia guardaba su ropa.

Después de examinar sin miramientos los costosos vestidos de seda y encaje, los arrojó al suelo en el centro de la habitación, tras lo cual se fijó en una sencilla falda de gruesa lana marrón. La sacó del ropero, junto con unas bragas y un corsé, sorteó los otros vestidos y le arrojó las prendas que había seleccionado.

—Póngaselas —dijo—. Si va a venir conmigo, debe aprender un par de lecciones. —Acto seguido retrocedió y esperó a que ella se vistiera delante de él.

Durante unos momentos Amelia consideró sus opciones, y decidió que era mejor obedecerle, siquiera para ganar tiempo. Pero cuando imaginó poniéndose la falda y abrochándosela delante de él —para que ese bárbaro pudiera raptarla y llevársela a las montañas para hacer con ella Dios sabe qué— no tuvo el valor de hacerlo. Prefería que la golpeara hasta matarla.

Amelia enderezó la espalda. Este hombre la aterrorizaba,

no podía negarlo, pero la intensidad de la furia que sentía superaba su temor. Antes de poder calibrar las consecuencias de lo que hacía, arrojó las prendas al suelo.

—No. Me niego a ponerme estas ropas, y a abandonar el fuerte con usted. Puede tratar de obligarme si quiere, pero ya le he dicho que si me pone una mano encima gritaré. De modo que si no sale de mi alcoba ahora mismo, lo haré. Le prometo que gritaré y no tardará en ser hombre muerto.

Durante lo que le pareció una eternidad, él la miró claramente sorprendido y desconcertado por su rebeldía. Luego su expresión mudó. Avanzó un paso lentamente, hasta que sus cuerpos se tocaban.

—De modo que es hija de Winslowe —dijo con voz grave y queda—. El célebre héroe inglés.

Ella sintió el cálido aliento del Carnicero en su sien, y el roce de su tartán contra la pechera de su camisón.

Su corazón tembló al sentirlo tan cerca. Era como una especie de montaña de músculos viviente que respiraba. Apenas podía pensar o respirar debido al excitante efecto de su presencia, tan abrumadoramente próxima.

—Sí.

—Es audaz, como él. Me gustan las mujeres audaces. —El Carnicero tomó un mechón de su cabello, lo restregó entre sus dedos, se lo acercó a la nariz y cerró los ojos. Parecía como si absorbiera su aroma; luego le tocó la mejilla ligeramente y murmuró—: Y huele bien.

Amelia no respondió. No podía pensar. Todos sus sentidos se estremecían envueltos en llamas de terror y confusión. El calor hacía que se sintiera mareada.

—Quítese el camisón —dijo él en voz baja—, ahora mismo, o se lo arrancaré yo.

Por fin Amelia recuperó el habla e hizo acopio de su última reserva de valor. Alzó los ojos y le miró sin pestañear.

—No, señor, no lo haré.

—¿Pretende ponerme a prueba, muchacha?

—Supongo que es una forma de expresarlo.

La mirada del Carnicero recorrió su rostro y se detuvo en sus ojos, escrutándolos; luego le miró los pechos. Ella sintió una extraña sensación en su vientre y trató de apartarse, pero él la sujetó del brazo y la retuvo contra él. Sus labios rozaron los suyos al decir:

—Esta es mi última advertencia. Le he dicho que se quite el camisón, y si sigue desafiándome, no me hago responsable de mis actos.

Amelia le miró y meneó la cabeza.

—Y yo lo repetiré cien veces si es preciso. La respuesta sigue siendo no.

Capítulo 2

Amelia no olvidaría mientras viviera el angustioso sonido del tejido al rasgarse en dos. La maltrecha prenda cayó al suelo, y el gélido aire nocturno asaltó su piel desnuda. Se apresuró a cubrirse los pechos con los brazos.

—Debió hacer lo que le ordené —dijo él, observando brevemente su desnudez mientras recogía el desgarrado camisón, se lo metía en la boca y lo hacía jirones con los dientes.

Luego se colocó detrás de ella y la amordazó con un trozo de lino del camisón roto, que se lo ató en la nuca. A continuación apoyó sus cálidas manos sobre sus hombros y le murmuró al oído:

—No le haré daño, muchacha, siempre y cuando haga lo que le ordene. ¿Puede hacer eso por mí?

Aferrándose al pequeño indicio de clemencia que creyó detectar en su voz, ella asintió con la cabeza.

Él se acercó al armario ropero, sacó una camisa limpia y se la entregó.

—Ahora póngase esto, a menos que quiera que la saque de aquí desnuda.

Esta vez Amelia obedeció. Se enfundó rápidamente la camisa por la cabeza, y luego se puso las bragas y el corsé. Sin decir una palabra, el Carnicero se situó detrás de ella y le anudó el corsé con fuerza.

Después de que la joven se pusiera una falda y un corpiño, él utilizó unos jirones del camisón roto para atarle las manos a la espalda.

—¿Dónde están sus zapatos? —preguntó, mirando alrededor de la habitación.

Ella señaló con la cabeza la pared de enfrente, donde los había dejado antes de acostarse. Debajo del retrato del rey Jorge.

El Carnicero fue a recogerlos, alzó la vista para mirar brevemente el retrato y regresó, arrodillándose frente a ella. Después de dejar su hacha a los pies de la joven, introdujo las manos debajo de su falda y tomó su pantorrilla desnuda.

Le levantó la pierna y metió su pie en el zapato, luego tomó la otra pantorrilla y le calzó el segundo zapato, recogió su hacha y se levantó. Ocurrió todo en un abrir y cerrar de ojos, sin sugerirle siquiera que se pusiera unas medias, dejándola temblando y confundida. Jamás había estado desnuda delante de un hombre, ni un hombre le había metido nunca las manos debajo de la falda.

Alzó la vista y le miró, boqueando a través de la mordaza de lino.

—Sé que le aprieta —dijo él, como si le leyera el pensamiento—. Pero necesito que esté calladita.

Se inclinó hacia delante, le rodeó el trasero con su musculoso brazo y se la echó al hombro. El repentino movimiento hizo que Amelia se quedara sin aliento, y rogó en silencio que alguien les viera salir y frustrara su huida, o que ella tuviera la oportunidad de alertar a un guardia.

Sosteniendo el hacha con una mano, el Carnicero abrió la puerta y atravesó sigilosamente el pasillo, donde Amelia vio a un soldado muerto en el suelo, junto a la puerta de su alcoba.

Muda debido a la impresión, contempló aturdida el cadáver del desdichado postrado en el suelo antes de que el Carnicero la transportara escaleras abajo y atravesara otro pasillo oscuro, pasara junto a otros dos soldados muertos en el suelo y alcanzara por fin una puerta situada en la parte posterior del barracón. Amelia ni siquiera conocía su existencia. ¿Cómo la había localizado este rebelde? ¿Quién le había dicho dónde hallaría la alcoba de Richard, y cómo había averiguado que éste estaría aquí? Una última llamada a las armas le había obligado a partir de improviso y había insistido en que Amelia se mudara a su habitación para estar segura. ¿Pero de qué había servido tanta precaución?

Al salir del barracón les envolvió una espesa niebla. El Carnicero la transportó, pataleando y revolviéndose, por el terraplén cubierto de hierba hacia la muralla exterior. Cuando la depositó en el suelo, ella observó un gancho de cuatro puntas clavado en el suelo a sus pies, con una cuerda sujeta a él. Acto seguido sintió que se deslizaba por el muro sobre el hombro del Carnicero, al tiempo que emitía una sarta de protestas impropias de una dama.

Cuando aterrizó en el suelo, se volvió y contempló un magnífico corcel, su reluciente pelaje negro como la noche. El animal relinchó suavemente y sacudió la cabeza. Por sus ollares exhalaba unas nubecillas de vapor que se recortaban contra el oscuro firmamento, y Amelia sintió que su captor le desataba las muñecas. Acto seguido éste guardó su hacha en una funda sujeta a la silla y montó en el caballo.

—Déme la mano —dijo el Carnicero, ofreciéndole la suya.

Amelia sacudió con furia la cabeza y mordió su mordaza, que se le pegó en la parte posterior de la lengua, provocándole náuseas.

—Déme la mano, mujer, o desmontaré y le propinaré una paliza hasta dejarla sin sentido. —El salvaje la agarró del brazo, la levantó y la sentó en el caballo a su espalda, tras lo cual espoleó al animal. El corcel partió a galope, y Amelia no tuvo más remedio que rodear con sus brazos el musculoso torso de su captor y agarrarse con fuerza, so pena de caerse de la montura a las frías, oscuras y profundas aguas del río.

El Carnicero tenía en efecto un torso muy musculoso, sólido como una piedra, y Amelia se sintió a la vez turbada y preocupada por su inconcebible fuerza. No obstante, consiguió centrarse y percatarse del recorrido que llevaban a cabo. Tomó nota de todos los jalones en el camino: el pequeño bosque de árboles jóvenes, el puente de piedra que habían atravesado hacía un par de kilómetros, y el largo campo con cinco almiares, espaciados de forma regular.

Debía de hacer media hora que cabalgaban bajo la oscuridad previa al amanecer y una persistente llovizna antes de que el Carnicero rompiera su mutismo, y cuando lo hizo a ella le costó centrarse en otra cosa salvo el grave timbre de su voz y la forma en que su largo cabello rozaba su mejilla cuando volvía la cabeza.

—Está muy callada, muchacha. ¿Sigue viva?

Amelia tan sólo fue capaz de emitir un gruñido de exasperación a través de la mordaza que tenía pegada a la lengua.

—Sí, lo sé. —El Carnicero asintió con la cabeza, como si entendiera cada palabra—. Estaba pensando en quitársela, pero algo me dice que ha acumulado un gran número de quejas, y si no le importa, esperaré a que nos hallemos en un lugar más remoto antes de dejar que de rienda suelta a su lengua, para que nadie pueda oírla chillar.

—No chillaré —trató de decir ella, pero sólo emitió una sofocada protesta.

—¿Qué ha dicho? ¿Que cree que soy muy prudente? Sí, yo también lo creo.

Ella se sintió tentada a asestarle un puñetazo en el brazo o golpearle la espalda con ambos puños pero decidió abstenerse, pues era un asesino desalmado armado con un hacha.

Cabalgaron por un bosque de coníferas y salieron a otro campo. Amelia miró a través de la niebla y divisó una lucecita a lo lejos. ¿Quizás era una linterna o la ventana de una pequeña granja? ¿O una compañía de soldados ingleses?

La posibilidad de escapar gritaba en su mente, y antes de que pudiera planear una estrategia empezó a tirar de la mordaza, que sabía a rayos. El tejido cedió lo suficiente para poder bajársela hasta la barbilla, y con un plan que no iba más allá de saltar de la grupa del caballo mientras seguían avanzando, al cabo de unos momentos echó a correr a través del prado bajo la llovizna hacia la luz.

—*¡Auxilio! ¡Por favor!*

Como es natural, Amelia era consciente de que el Carnicero la perseguiría pero se aferró a la remota esperanza de que cayera de su montura y se partiera la cabeza contra una piedra.

No tardó en percibir las pisadas de éste resonando contra el suelo. El pánico se apoderó de ella, haciendo que el corazón casi se le saltara del pecho, y al cabo de unos segundos él la alcanzó. Le rodeó la cintura con los brazos y la derribó al suelo.

A continuación se montó sobre ella a horcajadas, inmovilizándola contra el suelo con los brazos estirados sobre su cabeza.

—¡Suélteme!

Amelia comenzó a patalear y a gritar, negándose a doblegarse. Le propinó una patada en el estómago y se revolvió con furia para liberarse, escupiéndole en la cara.

El Carnicero gruñó y apoyó todo su peso sobre ella, sujetándola con la increíble fuerza de sus brazos, caderas y piernas. Ella sintió su tremenda forma masculina, demasiado cerca, demasiado opresiva, demasiado abrumadora. Presa de un ataque de histerismo, gritó furiosa:

—¡Suélteme, animal! ¡Me niego a ir con usted!

La llovizna arreció, haciendo que sintiera frío y empapándole el pelo mientras seguía debatiéndose con todas sus fuerzas. Pestañeó contra las plateadas gotas que se acumulaban en sus pestañas. La fría lluvia se deslizaba sobre sus muslos desnudos, pues en el fragor de la batalla la falda se le había arremangado hasta la cintura. Pero siguió resistiéndose, propinándole puñetazos y bofetadas.

Al poco rato, sin embargo, sus músculos se debilitaron contra la implacable resistencia y fuerza de su captor. Amelia sudaba copiosamente y resollaba debido al agotamiento. No le quedaban fuerzas.

El cielo clareó. Había amanecido.

—*Por favor...* —imploró, lamentando que él la hubiera reducido a este estado. Ojalá fuera más fuerte, pensó.

—No puede luchar contra mí eternamente, muchacha, aunque admiro sus esfuerzos por liberarse.

Ella se revolvió con más fuerza, pero él le sujetaba los brazos a ambos lados y le rodeó las piernas con una de las suyas, enorme y musculosa.

Ambos estaban empapados, calados hasta los huesos debido a la persistente lluvia. Ella le miró a la cara y sintió su cálido aliento sobre sus labios. Los ojos azules del Carnicero, enmarcados por unas pestañas oscuras, la tenían cautiva en una especie de sueño persuasivo. Era increíblemente guapo, y ella sintió ganas de romper a llorar debido a lo injusto que le parecía todo, que los dioses hubieran bendecido a un canalla como él dotándole de semejante perfección. Estaba claro que en el mundo no existía justicia. No había salvación para ella.

Relajando el cuerpo y abriendo los puños, Amelia emitió un suspiro en el frío ambiente del amanecer. No tenía más remedio que rendirse a él, al menos de momento.

Él también se relajó, y su nariz rozó la mejilla de la joven.

—Una sabia decisión, muchacha.

Ella dejó de luchar contra él, y de pronto sintió la erección del montañés oprimiéndole el hueso pélvico. La impresión que le causó la dejó sin aliento, y notó que el corazón le latía con fuerza. Sabía que tenía que ocurrir más pronto o más tarde, pero no ahora... no en este momento...

—Por favor —dijo.

—¿Por favor qué, muchacha?

Los labios de él rozaron los suyos, y ella emitió un breve e involuntario gemido.

—Antes o después acabará rindiéndose a mí —dijo él—. ¿No sería más fácil y agradable para los dos que lo hiciera ahora?

—Jamás me rendiré a usted —replicó ella, deseando sentirse más dueña de sí.

Él deslizó su mano por la parte exterior del muslo de Amelia, oprimiendo su cuerpo con más fuerza contra el suyo, y ella empezó a sentir un fuego abrasador en el vientre.

—No me toque de esa forma —dijo.

—¿De qué forma? ¿Prefiere que lo haga de otra?

—Prefiero que se abstenga de tocarme.

Con esos ojos azules que la desarmaban, él la examinó de arriba abajo a la luz del amanecer. Ella deseó poder escapar de su mirada, pero estaba atrapada en ella. No podía resistirse a él.

—Esto está mejor —dijo él mientras empezaba a besarla suavemente en la mejilla.

—No sé qué pretende de mí. —Ella cerró los ojos al sentir el contacto de sus labios.

—Sólo quiero que se rinda.

Sintiéndose impotente y derrotada, ella volvió la cabeza hacia un lado y de pronto vio unas botas de cuero, a menos de medio metro de su rostro.

Aterrorizada, pestañeó a través de la lluvia tratando de descifrar si era cosa de su imaginación. Pero no, ante sí vio unas peludas piernas enfundadas en unos calcetines de lana caídos sobre el borde de las botas, y una falda escocesa de color verde que dejaba ver las rodillas de su dueño.

—¡Cielo santo! —gritó al tiempo que la inesperada y estentórea carcajada del montañés turbaba el silencio matutino. Estaba condenada. No tenía escapatoria.

El Carnicero se levantó, y ella se alegró de dejar de sentir al menos el opresivo peso de su cuerpo sobre el suyo, de poder respirar con normalidad y ahuyentar de su mente la peligrosa nube de sensaciones que la invadía.

—Debí suponer que te encontraría follando con una moza en un prado —dijo el recién llegado—, en lugar de entrar y salir rápidamente del Fuerte William. —Alzó la vista y contempló el lluvioso cielo—. Aunque no hace una noche muy apta para follar.

Postrada aún en el suelo, con las palmas de las manos apoyadas en la frente, Amelia alzó la vista para mirar al segundo montañés, y, para su sorpresa, comprobó que miraba no a uno sino a dos escoceses, los cuales zarandeaban al Carnicero de un lado a otro como un par de agresivos escolares.

—Quitadme las manos de encima —gruñó el Carnicero.

¡Que Dios se apiadara de todos! ¡Iba a producirse un baño de sangre!

Amelia miró nerviosa el hacha del Carnicero, que seguía en la funda que colgaba de la silla de montar, a unos cinco metros. Quizá consiguiera apoderarse de ella...

Se incorporó de rodillas, pero cuando se volvió para mirar a los tres matones que peleaban entre sí —y vio que los otros dos iban armados con pistolas y unas Claymore, las típicas espadas grandes de doble filo que utilizaban los escoceses de las Tierras Altas—, comprendió que jamás podría vencerles con un hacha. Estos hombres eran guerreros. Sería un suicidio.

—Bien, ¿conseguiste entrar y salir, bribón, que siempre andas cachondo? —preguntó el segundo montañés. Medía por lo menos un metro ochenta de estatura, era pecoso, lucía una barba pelirroja y una alborotada pelambrera, que podía haberle dado un aspecto menos amenazador de no ser por una cicatriz que le surcaba el rostro, desde una ceja hasta la nariz. Sus ojos relucían como unas canicas de color verde a la luz matutina.

Sin dejar de reírse, se alejó trastabillando del Carnicero y sacó una petaca de peltre de su escarcela. Se la llevó a los labios, bebió un trago y se la ofreció a sus compañeros.

El Carnicero la aceptó y bebió ávidamente de ella.

—¿Te refieres a la moza o al fuerte, Gawyn? —preguntó—. Si te refieres a éste último, entré y salí con gran presteza. Pero con la dama no he tenido tanta suerte.

Devolvió la petaca al otro montañés, se enjugó los labios con la mano y se acercó a Amelia, que seguía sentada en la hierba, tratando de analizar la situación. La tomó del brazo y la obligó a ponerse en pie.

—No es una moza cualquiera —explicó a los otros dos—. Es un trofeo que vale su peso en oro.

Amelia trató de hacer que le soltara el brazo, pero la mano de su captor parecía forjada en acero.

—Suélteme —le espetó ella.

El primer montañés —un escocés bajo, fornido y rubio, con la cara de un bulldog— sacó también una petaca de su escarcela.

—Hay que reconocer que la chica tiene carácter.

—Sí, pero tiembla como un conejo desollado —terció el otro—. ¿Qué le has hecho?

—No le he hecho nada —respondió el Carnicero—. Tiene frío y está empapada, eso es todo.

—No debió revolcarse sobre la hierba húmeda —comentó el alto—. ¿Acaso es necia?

El Carnicero la condujo de nuevo hacia su montura sin responder.

—¿Por qué no me arrastra por el pelo? —sugirió Amelia irritada, tratando todavía de obligarle a soltarla del brazo mientras tiritaba sin cesar y los dientes le castañeteaban—. ¿No es lo que suelen hacer los bárbaros como usted?

Los otros dos se miraron y prorrumpieron en un coro de carcajadas, pero el Carnicero ni siquiera sonrió.

—No podemos quedarnos aquí —dijo—. Pronto se hará de día y hay unas patrullas inglesas al otro lado del bosque. —La tomó en brazos, la sentó de nuevo en la silla y la miró con ojos perspicaces—. Pero no se le ocurra cometer ninguna imprudencia. Como haga el menor ruido yo mismo la desollaré viva.

En ese preciso momento oyeron el estruendoso sonido de unos cascos a través del lluvioso amanecer. Un cuarto montañés se acercó a ellos y saltó de su caballo rucio mientras el animal seguía avanzando a trote ligero.

El último en unirse al grupo de rebeldes tenía el pelo largo y rubio, y sus ojos era dos lagos de color turquesa que dejaban entrever una maliciosa tenacidad. Era también alto, fornido y de aspecto feroz.

—¿Conseguiste matarlo? —preguntó encaminándose rápidamente hacia ellos.

El Carnicero le miró brevemente.

—No. No estaba allí.

—¿Que no estaba allí? —El escocés de pelo rubio alzó la vista y miró a Amelia. Ésta estaba sentada en la silla de montar, observándole mientras el Carnicero le sujetaba las muñecas con una tosca cuerda, que aseguró con un fuerte nudo—. ¿Quién es ésa?

—La prometida de Bennett.

El rebelde frunció el ceño con gesto de incredulidad.

—¿Su prometida? ¿Tiene una mujer? Maldita sea, Duncan, ¿por qué no le rebanaste el cuello?

Amelia se estremeció ante la inconcebible crueldad del montañés mientras tomaba nota del hecho de que el Carnicero tenía un nombre. Se llamaba Duncan.

—No me pareció oportuno —respondió éste, montándose en la silla detrás de ella.

La voz del otro denotaba un hostil antagonismo al decir:

—Debiste hacerlo y dejar que su cabeza se pudriera en una caja. ¿Qué diablos te ocurre?

El Carnicero alargó los brazos alrededor de Amelia para empuñar las riendas.

—No deberías dudar de mí, Angus. Sabes que no me detengo ante nada. Y nada me detendrá en tanto ese diablo inglés respire nuestro aire escocés.

—O de cualquier otro lugar. —Angus se apartó cuando el caballo se encabritó, nervioso.

—Debemos separarnos —dijo el Carnicero; su voz, afilada como una pesada espada, cortó la tensión—. No bajéis la guardia, chicos, y nos veremos en el campamento. —A continuación espoleó a su montura, que se lanzó a galope, y partieron dejando a los otros detrás.

Después de galopar durante breve rato a través del empapado prado, se dirigieron al trote hacia las umbrosas lindes del bosque. La lluvia había remitido y el cielo emitía un resplandor rosado que le daba un aspecto fantasmagórico.

Amelia, que estaba calada hasta los huesos, se puso a temblar. Sin una palabra, el Carnicero los envolvió a ambos con el tartán que lucía sobre el hombro. Ella aspiró el olor áspero y viril del tejido de lana y sintió el calor que emanaba del poderoso torso del Carnicero, sentado detrás de ella. Al menos se alegraba de ese detalle, pese al hecho de que toda la situación la tenía aterrorizada.

—¿Qué les ocurre a ustedes, los montañeses? —preguntó con rabia, al tiempo que los dientes no cesaban de castañetearle—. Lo único que les interesa es cortar cabezas y meterlas en cajas. ¿Se trata de una tradición escocesa?

—Eso no le incumbe —replicó su captor—, y le agradeceré que no vuelva a hacerme esa pregunta.

Ella guardó silencio unos minutos mientras el calor del tartán empezaba a aliviar el intenso frío que le había calado hasta el tuétano.

—Su compañero le llamó Duncan —dijo—. Lo oí con claridad. ¿No teme que yo revela a alguien su nombre y que descubran la verdadera identidad del Carnicero de las Tierras Altas?

—Hay centenares de Duncans en las Tierras Altas, muchacha, de modo que eso no me quita el sueño. Y dado que sigue haciendo preguntas, ¿no teme que cambie de parecer y le rebane el cuello? —El Carnicero se detuvo—. Puesto que sabe mi nombre.

Ella tragó saliva, nerviosa.

—Quizás un poco.

—Entonces deje de hacer preguntas cuyas respuestas no desea oír.

Ella se arrebujó en el tartán y trató de no hacer caso del dolor que le producía la soga que le sujetaba las muñecas.

—Deduzco que ésa era su famosa banda de rebeldes —dijo, porque quería obligarle a seguir hablando. Deseaba saber por qué ocurriría esto y averiguar adónde se proponían llevarla—. Supuse que era más numerosa —prosiguió—. Porque a juzgar por las historias que he oído, usted y sus amigos son capaces de asesinar a ejércitos enteros de soldados ingleses en tan sólo tres minutos.

—No debe creer todo lo que oye.

Ella volvió la mejilla para dirigirse a él.

—¿De modo que tardan más de tres minutos en asesinar a un ejército entero?

Él se detuvo.

—No. Tres minutos es correcto.

Ella sacudió la cabeza ante la mera idea de semejante hazaña.

—Pero no atacamos a ejércitos —dijo él, corrigiéndola—. No somos estúpidos.

—Cierto. Jamás se me ocurriría emplear esa palabra para definirles.

Cruzaron un arroyo poco profundo, donde los cascos del caballo chapotearon en el agua fresca. Amelia se ajustó el tartán sobre el pecho.

—¿Qué palabra emplearía? —inquirió el Carnicero rozando la parte posterior de la oreja de Amelia con sus labios al hablar y haciendo que se le pusiera la piel de gallina en el cuello y los hombros. Tenía esa enojosa costumbre, y ella deseó que dejara de hacerlo.

—Se me ocurren numerosas expresiones, a cual más gráfica —respondió ella—, pero no las diré en voz alta, porque quizá cambie de parecer y decida cortarme el cuello. —Volvió la mejilla de nuevo, casi rozando con su nariz la de él—. Como verá, yo tampoco soy estúpida.

Pronunció las últimas palabras en son de burla y le sorprendió oírle reírse suavemente en su oído.

—Me parece demasiado inteligente para compartir el lecho de Bennett —dijo él.

—Ya se lo he dicho, estamos prometidos para casarnos, y el hecho de que durmiera en su cama... —Amelia se detuvo, sin saber cómo expresarlo exactamente—. No es lo que usted piensa. Fui escoltada hasta el fuerte por mi tío, el duque de Winslowe, que es el heredero de mi padre y ahora mi tutor. Richard tuvo que ausentarse anoche del fuere y deseaba asegurarse de que yo estuviera cómoda y a salvo.

—Bueno, al menos estaba cómoda.

De pronto la ira hizo presa en ella y crispó la mandíbula.

—Hasta que usted irrumpió por la fuerza en mi habitación e interrumpió mis gratos sueños de dicha conyugal.

—No fue por la fuerza, muchacha —replicó él—. Tenía una llave.

—Ah, sí, la que le arrebató al soldado en el pasillo, al que asesinó a sangre fría.

—No fue un asesinato —dijo él tras una breve pausa—. Esto es una guerra. El chico se lo buscó, y fue una pelea justa.

—Nadie desea morir.

—Los montañeses estamos dispuestos a hacerlo en caso necesario.

Ella se rebulló en la silla,

—Qué maravillosamente valerosos son ustedes. Lástima que cometan traición cuando llevan a cabo esos impresionantes actos de valentía.

Él también se rebulló en la silla.

—Tiene una lengua muy larga, lady Amelia. Lo cual reconozco que resulta excitante.

Excitante. Ningún hombre había dicho jamás nada tan osado en su presencia, ni se había tomado semejantes libertades con ella, y sintió que se sonrojaba.

—En tal caso cerraré la boca —contestó—, y no volveré a abrirla, señor Carnicero. Porque lo último que deseo es excitar su pasión.

—¿Está segura?

Amelia sintió el calor de los labios de él al murmurarle al oído, y se le puso de nuevo la carne de gallina. Sintió un hormigueo en la piel, y maldijo la enojosa reacción de su cuerpo.

—Parece una mujer apasionada, lady Amelia —continuó él—. Quizá disfrutaría con la forma que tenemos los montañeses de hacer el amor. No somos como sus educados caballeros. Nosotros no tememos gruñir, emplearnos a fondo con una mujer y utilizar la boca para hacerla gozar.

Amelia sintió una sensación de calor que fluía por sus venas. Sintió el renovado deseo de saltar de nuevo del caballo y echar a correr hasta llegar a Londres, pero ya había aprendido su lección a ese respecto. Si lo hacía, él la arrojaría de nuevo sobre la hierba y ella no se creía capaz de sobrevivir a otro incidente semejante sin perder el control de sus sentidos.

—No le diré otra palabra. —Se sentó muy tiesa en la silla, de forma que su espalda ya no tocaba el sólido muro del pecho de él, pero ello no sirvió para aplacar el fuego de ansiedad que fluía por su torrente sanguíneo.

Él se inclinó hacia delante y le murmuró una advertencia al oído.

—Hará bien en mantener la boca cerrada, muchacha, porque mi resistencia tiene un límite. Su animada lengua puede hacerme perder el control. ¡Ah, mire! Hemos llegado a mi lujosa mansión.

El Carnicero tiró de las riendas de su montura.

Turbada, Amelia trató de centrarse en su entorno. La «lujosa mansión» no era más que una cueva, una fría y oscura caverna construida en una montaña cortada a pico, rodeada de musgo y granito cubierto de liquen.

Esos hombres eran unos auténticos bárbaros, que vivían como animales en cuevas. Una bruma caliginosa se enroscó, como un mal agüero, alrededor de las patas del caballo.

—La madriguera del Carnicero —dijo su captor, retirando su tartán de los hombros de Amelia de forma que el gélido aire matutino asaltó de nuevo su húmeda piel. Después de echársela sobre el hombro, el Carnicero saltó al suelo.

Mientras ella seguía contemplando la entrada de la cueva, oscura como boca de lobo, él sacó el hacha de la funda, se la colgó al cinto y extendió los brazos hacia ella.

—Vamos, muchacha, encenderé una hoguera mientras se acuesta en una cálida cama de pieles, y después confeccionaré para usted un collar con los decorativos huesos de los soldados que he asesinado esta noche.

Ella le miró horrorizada, sin saber muy bien si estaba bromeando o no.

En ese preciso momento, el escocés de melena rubia y aleonada que pretendía rebanarle el cuello a Amelia apareció galopando hacia ellos desde la dirección opuesta.

El Carnicero, que le observó aproximarse con los ojos entrecerrados, ordenó a Amelia con tono firme:

—Desmonte, muchacha. Mi amigo desea matarla, de modo que es mejor que espere en la cueva mientras él y yo hablamos del asunto.

La necesidad de huir no cesaba de darle vueltas en la cabeza mientras Amelia se bajaba del caballo y se dirigía apresuradamente hacia la entrada de la cueva. Se detuvo unos instantes en el umbral, esperando a que sus ojos se adaptaran a la penumbra, mientras el otro escocés se detenía detrás de ella y desmontaba. Ella miró a su alrededor en busca de algo que pudiera utilizar como arma y empezó a tirar frenéticamente de sus ligaduras.

Capítulo 3

Angus MacDonald desmontó y aterrizó en el suelo con un ruido seco. Su dorada melena, húmeda y desgreñada, le caía sobre la frente, y su caballo se alejó trotando hacia hierbas más altas.

—Maldito seas, Duncan —dijo—. ¿En qué puñetas estabas pensando? Llevamos casi un año siguiendo la pista de Bennett. Supuse que pensábamos lo mismo.

—Y así es. —Duncan condujo a su montura hacia un cubo de agua situado junto a la entrada de la cueva.

No estaba de humor para esto. Acababa de matar a cinco hombre y sus ropas apestaban a sangre, a porquería y a muerte. Quería bajar al río a lavarse las manos y sus armas, y limpiarse el sudor y la mugre del cuerpo. Ante todo, quería tumbarse en algún lugar y dormir. Durante muchas horas.

—No he abandonado el plan —le explicó a Angus, su mejor amigo, el intrépido guerrero que le había salvado la vida en combate más veces de las que recordaba—. Pero Bennett no estaba donde suponíamos que estaría. Esa es la única razón de que siga vivo. —Duncan se volvió hacia Angus—. Pero si vuelves a echarme en cara mi conducta delante de otros, juro por Dios y por lo más sagrado que te daré una paliza hasta casi matarte.

Angus le miró durante unos largos y tensos momentos, tras lo cual se volvió hacia la vertiente rocosa de la colina y apoyó una mano cubierta de cicatrices sobre el granito. Habló con voz queda y llena de frustración.

—Esta noche quería su cabeza.

—¿Crees que yo no? —replicó Duncan—. ¿Cómo crees que me sentí cuando alcé mi hacha y vi a una mujer inocente en lugar de Bennett?

Angus se apartó de la roca.

—No debe de ser tan inocente si es la prometida de ese cerdo.

—Quizá.

Duncan se irritó al oír mencionar el compromiso de su prisionera, lo cual alteró su equilibrio anímico. Esa mujer había suscitado algo en él desde el primer momento. Le habían impresionado sus ojos verdes y penetrantes y su temeraria y estúpida osadía. Había dedicado demasiado tiempo a observar la generosa curva de sus pechos y su pelo de un rojo encendido. Le había turbado, y ese tipo de debilidad no era una opción. No en estos momentos, cuando habían llegado hasta aquí. No podía permitirse el lujo de que nada le distrajera de su propósito.

—¿Quizá? Es inglesa, Duncan. Me miró como si yo fuera escoria y ella la puta reina de Inglaterra.

—Es una mujer orgullosa —respondió Duncan. Alzó la pesada silla del caballo, que depositó en el suelo, y le quitó la brida—. Eso se debe a que es la hija del duque de Winslowe. —Miró a Angus con una expresión cargada de significado—. Supongo que te acuerdas de él. Comandaba el batallón en Sherrifmuir.

Angus abrió los ojos como platos.

—¿El duque? ¿El que mi padre estuvo a punto de abatir en el campo de batalla?

—El mismo. —Duncan pasó las palmas de las manos sobre los musculosos flancos de su corcel, limpiándole el pegajoso sudor mientras procuraba no pensar en la hija del célebre coronel, la cual le esperaba en la cueva.

Angus soltó un silbido.

—Ahora comprendo por qué dejaste que viviera, al menos de momento. —Arrugó el ceño, confundido—. ¿Pero es cierto que va a casarse con Bennett?

—Sí. Por eso fue al Fuerte William, supongo que soñando con sus futuras nupcias cuando yo casi le corto la cabeza.

Angus empezó a pasearse de un lado a otro frente a la entrada de al cueva.

—¿Es una unión por amor entre ellos? No lo creo.

—Ella asegura que sí.

—¿Pero le conoce?

Duncan emitió un suspiro de frustración. No conocía la respuesta a esa pregunta, porque el compromiso de cualquier mujer con ese animal de Richard Bennett no tenía sentido para él.

Angus se volvió y le miró a la cara.

—¿Crees que sabe lo que su prometido hizo a nuestro Muira? ¿Crees que ella misma le indujo a ello debido a lo que mi padre trató de hacerle al suyo en el campo de batalla?

Era un pensamiento inquietante —sin duda imposible—, pero Duncan meditó sobre él unos instantes antes de menear la cabeza.

—No lo creo. No me parece una mujer cruel.

—¿Qué es lo que le atrae entonces de Bennett? —inquirió Angus—. ¿Por qué está con él?

Era fácil imaginar por qué Bennett se había sentido atraído por ella. Lady Amelia no sólo era hija de un duque, lo cual le permitiría codearse con la alta sociedad, sino que era increíblemente bella.

Duncan evocó unas imágenes de lo que había ocurrido entre ellos en el prado, cuando la tenía tumbada boca arriba sobre la hierba, revolviéndose y restregándose contra él. La joven le había incitado a agredirla y abalanzarse sobre ella hasta tal extremo, que él había tenido que hacer acopio de todo su autocontrol para no tomarla allí mismo. Era difícil adivinar lo que hubiera sucedido de no haber aparecido Fergus y Gawyn en esos momentos, pues seguía deseándola.

Centrándose en la tarea de cepillar el pelo de *Turner*, Duncan se recordó que no debía pensar en su prisionera de esa forma y debía evitar ese tipo de pensamientos en el futuro. Ella no era sino un objeto para él. Era su enemiga y su señuelo, nada más. No debía olvidarlo.

—No lo sé —respondió—, pero me propongo averiguarlo.

Angus se acercó a la entrada de la cueva y miró en su interior.

—¿Y luego qué? ¿Ojo por ojo?

Duncan sintió que se le revolvían las tripas. Era un asunto sucio, y lo detestaba.

—Aún no lo he decidido. —Dejó que su caballo pastara tranquilamente—. Ve a esperar a los otros en la cima de la colina. Necesito estar un tiempo a solas con ella.

—¿Cuánto tiempo?

—Unas horas como mínimo.

Duncan sintió la mirada de Angus sobre él cuando penetró en la oscura y fría cueva.

—¿Y luego qué harás, Duncan?

—Ya te lo he dicho. Aún no lo sé. Pero estoy cansado y de mal humor, así que déjame en paz hasta que lo haya decidido.

Un joven soldado, que estaba apostado en la elevada muralla septentrional del Fuerte William, divisó a lo lejos a los Reales Dragones Británicos del Norte, los cuales se aproximaban a gran velocidad.

—¡El coronel Bennett ha regresado! —gritó, desencadenando un frenesí de actividad en el patio más abajo. Los mozos de cuadra se apresuraron a llenar cubos de los barriles de agua, y los soldados de infantería se pusieron en fila con sus mosquetes al hombro y las correas de sus macutos colgadas sobre el pecho.

El estruendo de cascos indicó el momento de abrir la puerta, y el imponente regimiento montado entró en el fuerte a galope.

El teniente coronel Richard Bennett fue el primero en desmontar. Sacó el importante contenido de sus alforjas, y entregó su montura a un mozo de cuadra. Mientras se encaminaba hacia las dependencias del coronel Worthington, se quitó los guantes y su casco de caballería.

Su espada le golpeaba el muslo mientras caminaba con paso decidido para hablar con Worthington, pues tenía que comunicarle una noticia. Había prendido fuego a la vivienda de otro arrendatario de una pequeña granja, donde había encontrado mapas, armas y cartas de numerosos y conocidos jacobitas.

Al cabo de unos momentos, Richard fue recibido por su comandante. Sin embargo, no estaba preparado para la inquietante imagen que vio cuando atravesó la puerta.

El duque de Winslowe, que tenía el pelo blanco como la nieve, estaba sentado en una silla, y el coronel se hallaba de pie junto a él sosteniendo una copa de brandy, que el duque parecía no querer o poder aceptar debido a su alterado estado.

—Gracias a Dios que ha regresado —dijo Worthington volviéndose de espaldas a Winslowe—. Ha ocurrido algo terrible, y confiamos en su discreción y su firmeza para resolver el asunto, Bennett.

—Pueden contar con mi colaboración, coronel Worthington.

—El asunto se refiere a lady Amelia.

Worthington se detuvo, y Richard tragó saliva, preparándose para la noticia que el coronel parecía reacio a revelarle.

—¿Qué ha pasado?

Después de respirar hondo, el comandante le refirió los detalles.

—Anoche raptaron a su prometida.

Richard se quedó inmóvil, con la mandíbula crispada, hasta que consiguió hacer acopio de la compostura y el autocontrol necesarios para expresarse con calma.

—¿Raptada? ¿Por quién?

—Hay indicios que sugieren que fue el Carnicero de las Tierras Altas.

El labio superior de Richard se contrajo en un tic nervioso. Avanzó un paso.

—¿Me está diciendo que ese salvaje se ha llevado a mi novia del Fuerte William, una mole de piedra fuertemente custodiada por tropas de guarnición?

El corpulento duque le miró y asintió con la cabeza.

—Mi sobrina —dijo—. Hija única de mi hermano... La conozco desde que era una criatura en brazos de su madre. Es preciso hacer algo, Bennett. Yo fui quien la trajo aquí, y si a esa chica le sucede algo, jamás me lo perdonaré.

Apenas capaz de ver más allá de la intensa furia que le nublaba la vista, Richard asió la empuñadura de su espada y retrocedió.

—¿Quién es responsable de esto? ¿Quién estaba de servicio anoche?

Los dos hombres le miraron turbados, y dado que ninguno respondió con la suficiente rapidez, les gritó:

—¿Quién, maldita sea?

—Todos están muertos —respondió el coronel.

Richard retrocedió hacia la puerta.

—Yo la encontraré —dijo—. Y cuando la encuentre, despedazaré a ese traidor jacobita. No sólo por el honor de Amelia, sino por mi Rey y mi país.

Acto seguido salió de la habitación, sofocando de inmediato la punzada de angustia que había sentido en el vientre, pues no era hombre propenso a ceder a tales debilidades.

Amelia estaba sentada en el suelo de la cueva, esforzándose en desterrar una abrumadora sensación de derrota. Por más que tiraba de las delgadas ligaduras que le sujetaban las muñecas, no podía liberarse. Estaba atrapada como una cierva impotente en la guarida de un lobo, y su captor no tardaría en regresar para hacer con ella lo que había deseado hacer desde el momento en que había entrado sigilosamente en la alcoba de su prometido.

De pronto Duncan apareció ante ella, arrodillándose en el suelo y sacando un cuchillo de su bota. El terror hizo presa en ella.

—*Por favor* —dijo, tirando con más fuerza y desesperación de sus ligaduras—. Si posee un ápice de humanidad, deje que me vaya. Debe hacerlo.

Él alzó el cuchillo bajo la tenue luz, y cuando ella pensó que iba a rebanarle el cuello, le cortó las ligaduras, las cuales cayeron al suelo.

—Está claro que es una luchadora. —El Carnicero le tomó las manos en las suyas y examinó la parte interna de sus muñecas—. Admiro su tenacidad, pero mire lo que se ha hecho.

Un hilo de sangre se deslizaba por el brazo de la joven. Él tomó un trapo, lo sumergió en la olla llena de agua que colgaba de un gancho sobre la hoguera que aún no había encendido, y se lo aplicó en las muñecas, enjugándole suavemente la sangre.

—¿Va a matarme? —preguntó ella, observando inquieta la espada que portaba al cinto—. Porque si va a matarme, deseo saberlo.

Él siguió centrado en la tarea que llevaba a cabo.

—No voy a matarla.

Esa información la alivió, como es natural, pero no consiguió aplacar su inquietud.

—¿Y el otro montañés? —inquirió—. Parece que no le caigo bien. —Dirigió la vista hacia la boca de la cueva.

—Es verdad. La detesta con toda su alma. —El Carnicero dobló el trapo y siguió enjugando el brazo de Amelia con la parte limpia.

—¿Por qué? ¿Porque soy inglesa? ¿O porque estoy comprometida con el coronel Bennett?

De pronto Duncan le tocó un punto sensible y Amelia retiró la mano bruscamente.

Él la miró fijamente, y sin decir una palabra la convenció con sus ojos para que soportara el dolor sin quejarse. Amelia respondió de forma sumisa, como si él la hubiera hipnotizado para que obedeciera.

—¿Por qué odian de esa forma a mi prometido? —preguntó, esforzándose en mantener su mente alerta y despejada mientras ofrecía de nuevo su mano a Duncan. Observó los pequeños chorros de agua que se deslizaban sobre la piel lacerada y sangrante de su brazo, prestando atención a los movimientos de las manos de su captor—. ¿Qué les ha hecho, aparte de luchar por nuestro Rey en esta guerra?

Duncan alzó la vista y la miró con ojos centelleantes.

—¿*Nuestro* Rey? ¿Se refiere al hombrecillo alemán que se sienta en su trono como un títere del parlamento y habla en francés?

—Es el legítimo Rey de Gran Bretaña —protestó ella—. Lo cual, por si no lo sabía, según la Ley de Unión, incluye a Escocia. Pero eso no viene a cuento. Su objetivo es mi novio. ¿Por qué?

—No deseo hablar de ello con usted.

—¿Por qué?

—Porque dudo que quiera oír lo que yo diga.

Amelia se incorporó de rodillas,

—¿Por qué no iba a querer oírlo? Es la razón por la que me ha tomado prisionera.

El Carnicero alzó la vista y la observó detenidamente.

—Sí, ¿pero está segura de que quiere saberlo todo sobre su prometido? Quizá le haga cambiar de opinión sobre él. Todos sus sueños románticos sobre su Príncipe Encantador a lomos de un espléndido corcel blanco se vendrían abajo. ¿Y qué hará entonces? Se sentiría perdida, desconcertada.

—Por supuesto que estoy segura —contestó ella, negándose a dejarse amedrentar por el tono condescendiente de su captor—. Además, nada de lo que usted pueda decir cambiará mi forma de pensar, porque estoy convencida de que Richard es un soldado valiente y noble en esta guerra. Es una lástima que sea su enemigo, pero no hace sino cumplir con su deber hacia su país.

Duncan terminó de curarle las heridas, estrujó el trapo y lo arrojó dentro del recipiente.

—De acuerdo. Le explicaré el motivo de que esté aquí, aunque no puedo revelarlo los pormenores, porque es preferible que no conozca las identidades de las personas involucradas en ello. Esto es lo que necesita saber: Su prometido es un tirano, un violador y un asesino de mujeres inocentes y niños. Si pudiera, quemaría todas las viviendas de las pacíficas gentes de Escocia.

Ella se sentó y soltó un respingo.

—Eso es absurdo. Está muy equivocado.

—Le aseguro que no. —El Carnicero se levantó y se dirigió hacia el otro lado de la cueva, donde tenía almacenada la comida. Parecía calibrar la expresión de la joven bajo la tenue luz.

Amelia sacudió la cabeza.

—Y yo le aseguro que sí. *Conozco* a Richard. Es un buen hombre y un soldado honorable. Sirvió a las órdenes de mi padre, que también era un buen hombre y un experto a la hora de detectar los defectos y las virtudes de las personas. Jamás habría bendecido nuestro compromiso si Richard fuera un hombre sin escrúpulos. Mi padre me quería mucho y velaba por mí. Deseaba que fuera feliz y que estuviera a salvo. Era cuanto deseaba, de modo que se equivoca.

Sin duda estaba equivocado.

—No me equivoco.

—Le aseguro que sí. —Amelia le observó arrancar un pedazo de pan de una hogaza que sacó de una cesta. Luego atravesó la cueva y se la entregó.

—Es increíble que se atreva a acusar a otro hombre de ser un tirano y un asesino —dijo ella, aceptando el pan—. Es el Carnicero de las Tierras Altas. Sus actos de brutalidad son legendarios, y los he presenciado con mis propios ojos. No sólo me ha secuestrado, sino que mató a Dios sabe cuántos soldados cuando se dirigía a mi alcoba, y estaba decidido a cortarle la cabeza a Richard cuando llegara allí. De modo que me niego a seguir escuchando estas falsedades. No logrará convencerme de que Richard es un tirano cuando está claro que en estos momentos tengo ante mí al paradigma de la tiranía.

Amelia se llevó el trozo de pan a la boca y de pronto cayó en la cuenta, alarmada, del descaro con que le había hablado al tristemente famoso Carnicero.

Él la observó masticar y tragarse el bocado de pan, tras lo cual se volvió en silencio hacia la cesta de comida y arrancó otro pedazo de pan.

Durante largo rato el Carnicero no dijo nada, y Amelia era muy consciente de la gigantesca espada que llevaba al cinto y de la inconcebible fuerza de esos musculosos brazos y hombros.

Pese a que era su enemigo, no podía por menos de reconocer la incontestable realidad de que era un magnífico ejemplar masculino, un guerrero nato. En el prado, se había sentido totalmente impotente ante su captor, mientras que éste se había mostrado casi complacido con los esfuerzos de ella por librarse de él. Probablemente había sido eso lo que la había inducido a rendirse.

Pero cuando él le había lavado la sangre del brazo, hacía unos minutos, le había demostrado que al menos era capaz de mostrar cierta humanidad.

—Levántese —le ordenó el Carnicero, de espaldas a ella—. Tengo que dormir.

—¿Y qué hará conmigo mientras duerme? —preguntó ella—. ¿Volverá a maniatarme? ¿Y si regresa el otro montañés?

Amelia observó preocupada la entrada de la cueva, iluminada por la reluciente neblina matutina, mientras el Carnicero se dirigía hacia el fondo de su guarida, donde había una cama construida con pieles.

—Se acostará a mi lado, muchacha, pegada a mí.

Amelia se tensó de inmediato.

—No lo haré.

—No tiene más remedio. —El Carnicero se quitó la funda de cuero y la espada y las depositó —junto con la pistola— en el suelo al lado de las pieles—. Venga a la cama.

¿Venga a la cama?

—Soy virgen —soltó ella de sopetón—. No sé si eso significa algo para usted, probablemente no, pero quisiera seguir siéndolo.

Él la observó contrariado.

—¿Se reserva para Bennett?

Amelia deseó que hubiera otra forma de responder a esa pregunta —una forma que no avivara el afán de venganza en su captor—, pero no la había.

—Sí, deseo reservarme para el matrimonio.

Él fijó los ojos en la luz fuera de la cueva, como si meditara detenidamente su respuesta.

—Si me permite conservar mi virtud —añadió ella—, le prometo... —No sabía muy bien qué ofrecerle a cambio de semejante acto de benevolencia por parte de él—. Le daré quinientas libras. Mejor dicho, se las dará mi tío.

Estaba segura de que su tutor cumpliría ese trato.

El Carnicero achicó los ojos.

—Ahórrese sus negociaciones. He decidido pedir mucho más que eso.

A ella le complació haber conseguido al menos algo, hablar de detalles prácticos referentes a su liberación.

—¿De modo que va a pedir un rescate? ¿En dinero? ¿O en tierras? ¿Desea un título? Porque no estoy segura de que mi tío pueda concedérselo, pero sin duda podría...

—No quiero tierras, muchacha, ni pretendo obtener un título.

—¿Entonces qué quiere?

El silencio se hizo tenso e incómodo mientras él permanecía bajo la luz grisácea de la mañana.

—Quiero que su prometido venga a buscarla.

—Para poder matarlo.

—Sí, pero será una pelea justa. Dejaré que se defienda antes de rajarlo en dos. Ahora, levántese y acérquese. —El Carnicero se sentó sobre las pieles, de espaldas a la pared—. Ha sido una noche muy larga y estoy cansado de hablar. Deseo sentir su cuerpo cálido junto a mí, para aliviar el frío que siento en los huesos.

Ella se levantó y se acercó a él.

—¿No teme que saque el puñal que lleva en la bota y le corte el cuello cuando se quede dormido?

Su captor esbozó una leve sonrisa, como si la idea le divirtiera.

—La estrecharé entre mis brazos, con fuerza, para tenerla pegada a mí, de modo que si mueve un solo pelo de su bonita cabeza, pueda sentirlo. —Sonrió—. Lo sentiré aquí, debajo de mi falda de tartán.

Ella miró alrededor de la cueva, deseando que hubiera algún medio de evitar tener tumbarse junto a él —porque sabía muy bien lo que se ocultaba debajo de esa falda escocesa—, pero se resignó al hecho de que eran unas esperanzas vanas. No tenía más remedio que rendirse a lo inevitable. Tenía que acostarse junto a él y tratar de dormir, durante tanto tiempo como pudiera.

Se arrodilló y se tumbó sobre las suaves pieles. Él se tendió detrás de ella, de espaldas a la pared, rodeándola por la cintura con sus brazos.

Amelia notó que el corazón le latía más deprisa debido a la intimidad de esa postura, mientras él la estrechaba contra sí. Nunca se había acostado en una cama con un hombre, ni siquiera con Richard. Era demasiado caballeroso para proponerle semejante cosa antes del matrimonio. Pero esta mañana yacía junto a un gigantesco montañés que estaba apretujado contra su espalda y su trasero.

Él sepultó la nariz en su pelo, y al sentirlo Amelia experimentó un intenso cosquilleo en sus brazos y piernas.

—Está temblando —dijo él.

—No puedo remediarlo. Tengo frío.

Pero era mucho más que eso. Él estaba sexualmente excitado. La decencia y el decoro no significaban nada para él, y cada movimiento que realizaba hacía que a ella se le cortara la respiración. Todo era carnal y primitivo, más allá de todo cuanto ella había imaginado que pudiera ocurrir en la vida respetable y civilizada.

De pronto comprendió que nada en su vida volvería a ser igual. No después de esta experiencia.

Él se acercó más, oprimiendo sus caderas contra ella. Amelia sintió que el corazón le latía con furia.

—Pronto entrará en calor —dijo él—. Y deje de temblar. Esta mañana no la tocaré, muchacha. Ya le he dicho que estoy cansado.

Ella trató de relajarse, pero su cuerpo no cesaba de temblar.

—Supongo que debería darle las gracias...

—¿Darme *las gracias*? —preguntó él sorprendido, alzando la cabeza.

—Sí. Por no arrebatarme mi virtud. Le agradezco que tenga al menos ese detalle. Gracias.

Él se rió por lo bajinis y apoyó las rodillas contra la espalda de Amelia, sepultando de nuevo la nariz en su sien.

—No se apresure en darme las gracias, muchacha —dijo con una voz que se hizo más queda conforme el sueño se apoderó de él—. Porque nunca le he prometido *eso*.

Capítulo 4

Amelia no podía conciliar el sueño. El Carnicero, sin embargo, dormía apaciblemente, sumido en un sueño profundo y reparador.

Estaba claro que tenía la conciencia tranquila. No le preocupaban los hombres que había asesinado durante la noche, ni el hecho de haber raptado a la prometida de un destacado oficial inglés, quien sin duda en estos momentos les seguía el rastro como un sabueso. No le inquietaba lo más mínimo que ella consiguiera escapar mientras él dormía. No, el Carnicero descansaba pacíficamente, sereno y tranquilo en su guarida secreta, convencido de que su aterrorizada prisionera no se rebelaría movida por el pánico y le apuñalaría por la espalda si él, en un descuido, la soltaba durante una ínfima fracción de segundo.

Desde luego, no era probable que ocurriera. Él notaría el más ligero movimiento por parte de ella, pues la abrazaba con fuerza por la cintura, inmovilizándola contra él. El mero sonido de su respiración —tan próxima, tan regular y profunda como las olas del océano— hacía que Amelia permaneciera quieta, sin apenas atreverse a respirar, por temor a despertarlo.

En silencio, sin mover un músculo, paseó la mirada por la cueva, débilmente iluminada, buscando algo que pudiera utilizar a modo de arma si se presentaba la ocasión. Sólo vio la hoguera sin encender y la olla de hierro fundido, la cesta de pan, algunas mantas, el hacha y la espada, no lejos de donde yacían.

Extendió la mano con cuidado para tocar el hacha, principalmente por curiosidad, pero sintió de inmediato que el cuerpo de su captor se tensaba. Éste se apretó más contra ella, y Amelia se quedó helada, controlando su respiración, pues temía que después de descabezar un sueñecito no se sintiera tan cansado. Quizá pensara que tenía el suficiente vigor para hacer algo más que permanecer tendido junto a ella. Quizá decidiera arrebatarle su virtud y cometer todas las sucias tropelías a las que se había referido mientras cabalgaban.

Amelia sintió que el corazón le daba un vuelco al recordar de pronto esa conversación. No podía desterrarla de su mente.

Ojalá pudiera conciliar el sueño. Durante los próximos días tenía que mantenerse alerta y no podía permitirse el lujo de estar distraída.

Un inopinado ruido seco frente a la entrada de la cueva la sobresaltó. Su corazón comenzó a latir aceleradamente, como el aleteo furioso de un pájaro silvestre, mientras miraba con los ojos muy abiertos a través de la bruma en busca del otro montañés, el cual deseaba despedazarla con su hacha y probablemente había venido a hacerlo.

Pero era sólo el enorme caballo negro del Carnicero, que se paseaba libremente frente a la cueva, con la cabeza gacha mientras arrancaba la hierba con los dientes. Al escuchar el sonido del animal pastando, Amelia emitió un suspiro de ansiedad y sintió que su captor se apretujaba contra ella, como si intuyera su inquietud y la conminara a relajarse.

Amelia calculó que debió de transcurrir una hora mientras yacía observando con los ojos inyectados en sangre la luz fuera de la cueva. De pronto el Carnicero se movió y soltó un prolongado suspiro.

—Eso está mejor —gimió, encogiendo las rodillas y apoyándolas en la parte posterior de las de Amelia—. Me siento estupendamente. ¿Ha conseguido dormir un rato, muchacha?

—No —le respondió ella secamente, sintiendo la erección de su miembro viril.

Él se incorporó sobre un codo.

—¿Por qué? ¿No es la cama lo bastante mullida? —Se detuvo y se inclinó sobre ella, observándola con detenimiento—. ¿Cuántos años tiene, muchacha?

—Veintidós. Aunque eso no le incumbe.

Él pasó su musculosa mano sobre la curva de la cadera y el muslo de la joven, y ella sintió una extraña y turbadora sensación en su vientre.

—De modo que es una mujer hecha y derecha. Sofisticada y con experiencia...

Amelia tragó saliva, nerviosa.

—Una mujer hecha y derecha, sí. Y con la experiencia suficiente para distinguir a un caballero de un salvaje.

—¿Entonces no necesita que le dé ninguna lección sobre la diferencia entre ambos?

—Desde luego que no.

El Carnicero se detuvo, mirándole las piernas mientras alzaba el pesado tejido de sus faldas. Arremangándoselas lentamente, centímetro a centímetro, hasta dejar sus pantorrillas descubiertas hasta las rodillas, murmuró con voz grave y ronca:

—Es una lástima, muchacha, porque soy un excelente maestro. Y huele usted muy bien.

—¿De veras? —preguntó ella con tono despreocupado, pese al hecho de que sentía como si el corazón fuera a saltársele del pecho.

Él le acarició el hombro con la barbilla, lentamente, como si estudiara su reacción a esa caricia.

Amelia permaneció muy quieta, con la mejilla apoyada en las manos, esforzándose desesperadamente en comportarse como si nada de esto la afectara. Estaba decidida a no responder a sus insinuaciones, ni mostrar temor o darle un manotazo, para no provocarle. Con suerte, una fachada de aburrimiento e indiferencia conseguiría enfriar sus actuales inclinaciones, fueran las que fueren.

—Sí, fresca como una margarita primaveral —dijo él—. Esta mañana está muy tentadora.

Siguió acariciándole el hombro con la barbilla mientras el corazón de Amelia latía a la velocidad de un zorro perseguido.

—Usted, por el contrario, no me tienta lo más mínimo —dijo—. De hecho, todo lo contrario.

—¿Debido a la forma en que nos hemos conocido? ¿Sin haber sido presentados formalmente?

Ella se volvió para mirarle indignada.

—Usted vino para matar a mi prometido, y estuvo a punto de cortarme la cabeza.

Él emitió un suspiro de resignación.

—Sabía que debí lucir mi casaca de seda. Lo he estropeado todo.

¡Santo Dios! ¿Se estaba burlando de ella? ¿O estaba desquiciado?

—Levántese —dijo él, saltando ligeramente sobre ella, poniéndose en pie y sujetándose la funda de su espada a la cintura.

Amelia se incorporó sobre los codos.

—¿Por qué?

Le observó tomar el hacha y dirigirse hacia la entrada de la cueva, donde se llevó dos dedos a los labios y emitió un silbido. Luego se volvió hacia ella. Su magnífica silueta, semejante a la de un dios, se recortaba contra la bruma; la brisa agitaba ligeramente su falda escocesa.

—Porque me propongo llevar a cabo mi artero y astuto plan.

—¿Enviará recado al fuerte de que me tiene cautiva? —preguntó ella, que seguía sin saber qué pensar de él cuando se expresaba de ese modo.

Él se inclinó hacia delante, recogió sus alforjas, regresó al interior de la cueva y empezó a guardar la comida en ellas.

—Aún no. Quiero que Bennett se preocupe por usted durante unos cuantos días.

Unos cuantos días... Amelia examinó las heridas de sus muñecas y recordó su desesperada necesidad de huir cuando había entrado en la cueva. Hacía menos de seis horas que era la prisionera del Carnicero y se sentía como si hubiera sorteado múltiples veces la muerte y el desastre. ¿Cómo lograría seguir sobreviviendo durante más días... y noches?

—¿Qué le hace pensar que todo el ejército inglés no ha emprendido ya mi búsqueda? —le espetó con tono desafiante—. ¿Cómo sabe que Richard no ha descubierto sus huellas o ha localizado este refugio secreto? Tiene motivos para interrogar ahora a la gente. Alguien debe de conocer la existencia de esta guarida.

—Por esto nos marchamos.

—¿Adónde?

—Más al norte. Hacia las elevadas montañas.

Ella dirigió de nuevo la vista hacia la entrada de la cueva.

—¿Sus amigos vendrán con nosotros?

—Permanecerán cerca —respondió él—, pero no viajaremos juntos. Eso facilitaría que nos siguieran la pista.

En ese preciso momento, los dos montañeses con quienes se habían encontrado en el lluvioso prado entraron en la cueva. El Carnicero arrojó una manta al más alto y pelirrojo que llevaba barba y tenía pecas.

—Nos vamos —dijo—. Recogedlo todo. Nos reuniremos en Glen Elchaig al anochecer.

El montañés empezó a enrollar la manta al tiempo que observaba a Amelia con sus ojos verdes.

—¿Viene ella con nosotros?

—Sí.

—Me llamo Gawyn —dijo el montañés, saludando a Amelia con un gesto de la cabeza. Luego señaló a su compañero—. Y este tipo tan feo es Fergus.

Fergus soltó un eructo y esbozó una sonrisa irónica e inquietante, que hizo que Amelia se estremeciera.

—Está celoso de mi atractivo sensual.

Profundamente turbada y procurando no bajar la guardia, Amelia se levantó y observó a los rebeldes recoger las provisiones que había en la guarida. Se movían con rapidez y eficiencia, mientras ella permanecía apoyada en la pared de la cueva, en silencio, tratando de evitar sus atenciones.

El Carnicero se echó las alforjas al hombro y se acercó a ella.

—Es hora de partir. —La agarró del codo y la condujo fuera de la cueva.

Apretando el paso para seguirle, Amelia aspiró el aire salado de la niebla cuando salieron al exterior envuelto en la luz matutina. La bruma se deslizaba sobre las rocosas cimas de las colinas, y sintió el frío aire sobre su piel.

El Carnicero ensilló su caballo mientras los otros dos montañeses guardaban las provisiones en unas bolsas y unas alforjas. Amelia observó el escabroso paisaje, en busca de alguna señal del montañés rubio llamado Angus, pero parecía haberse esfumado en la neblina. Estos rebeldes de las Tierras Altas eran unos tipos ladinos y de poco fiar.

—Le aconsejo que haga sus necesidades antes de partir —comentó el Carnicero—. Allí hay una roca, pero no se le ocurra tratar de escapar. —Señaló una peña y se alejó unos metros.

Esto es una pesadilla, pensó Amelia. *Ojalá pudiera despertarme.*

Al cabo de unos minutos, concluyó sus quehaceres matutinos y regresó donde la esperaban los otros.

—¿Tengo que maniatarla durante el viaje? —Su captor la miró con gesto desafiante mientras guardaba un mosquete en la alforja.

Ella se tocó las heridas que le habían producido las ligaduras en sus muñecas, que aún le dolían, y negó con la cabeza.

—No.

—Tiene la oportunidad de ganarse mi confianza —dijo él—, y si me defrauda, la mantendré maniatada y amordazada hasta que consiga matar a su prometido, lo cual quizá me lleve un tiempo, habida cuenta de adónde nos dirigimos.

Ella alzó la vista para contemplar las cumbres de las montañas y se estremeció.

—No trataré de huir. Le doy mi palabra.

—¿Puedes fiarte de la palabra de los ingleses? —preguntó Fergus, montando en su caballo y ajustando el cuerno de pólvora que llevaba en el cinto.

—Yo podría decir lo mismo sobre los escoceses rebeldes —replicó Amelia secamente.

—Tranquila —le advirtió el Carnicero al oído, con un tono casi divertido—. No se meta en un debate político con Fergus. La dejará en ridículo.

Duncan le rodeó la cintura con sus fuertes manazas, pero Amelia le propinó un manotazo para que la soltara.

—Sé montarme en un caballo —dijo—. No tiene que tomarme en brazos cada vez y sentarme en la silla como si fuera una niña.

Él retrocedió fingiendo que se rendía.

En cuanto se apartó de ella, la joven apoyó el pie en el estribo y montó. El Carnicero se colgó el escudo a la espalda y montó detrás de ella.

—Creí que las damas inglesas refinadas sólo montaban a la amazona —comentó en voz baja—, porque les gusta mantener las piernas bien juntas.

¿Por qué se empeñaba en hacerle esos comentarios tan ordinarios?, pensó Amelia. ¿Y por qué tenía que murmurárselo todo al oído como si fuera un secreto íntimo entre dos amantes?

—Como sabe —dijo ella—, mi padre era un coronel del ejército. Le habría gustado tener un hijo varón. Puesto que no lo tuvo, de niña tuve la suerte de poder jugar a los «dragones», con gran disgusto de mi madre.

—¿Su padre la enseñó a montar como un soldado?

—Entre otras cosas.

—Lo tendré presente.

Duncan hizo girar al caballo en sentido opuesto a la dirección por la que habían venido, mientras Fergus y Gawyn partían a galope hacia el este, eligiendo una ruta distinta hacia Glen Elchaig. Amelia no lamentó verlos partir, pues sabía menos sobre ellos que sobre el Carnicero, el cual —para su asombro— aún no le había causado daño alguno, pese a las numerosas oportunidades que había tenido. De los otros no estaba tan segura.

Entonces alzó la vista y vio a Angus, montado en su caballo rucio, observándoles desde el borde de un escarpado afloramiento rocoso. Lucía su tartán a modo de capucha sobre la cabeza, y los largos mechones de su melena rubia se agitaban como livianas cintas bajo la brisa.

—Ahí está su amigo —dijo ella, recelosa.

—Sí.

La joven observó a Angus hasta que éste hizo girar a su montura en dirección opuesta, desapareciendo sobre la colina. No obstante, Amelia tenía la sensación de que el montañés no se alejaría mucho. Durante el resto del viaje, permanecería siempre cerca, observándoles a través de la bruma, dirigiendo a Amelia miradas fulminantes. Ella confiaba en que no esperara el momento oportuno para acercarse y estrangularla mientras el Carnicero estaba distraído.

Cabalgaron en silencio durante un rato, y a ella le entró sueño mientras avanzaban a paso lento, meciéndose de un lado a otro sobre la silla. Dio una cabezada y se enderezó apresuradamente, tratando de espabilarse y luchar contra el sopor que la invadía, hasta que el Carnicero le cubrió la frente con la palma de su mano. Tenía un tacto sorprendentemente cálido.

—Apoye la cabeza en mi hombro —dijo.

Ella deseaba resistirse pero estaba casi mareada debido a la falta de sueño y decidió que era preferible obedecer, pues en ese estado de cansancio no podía hacer gran cosa para aliviar su situación.

Al poco rato comenzó a soñar con un salón de baile, lleno de una música orquestal y la luz de velas que giraba mientras ella bailaba en la pista. La sala estaba inundada de olor a rosas y perfume. Lucía el cabello empolvado, pero sus labios estaban pintados de un rojo chillón y las llagas que tenía en los pies, calzados en unos estrechos escarpines que le abrasaban como hierros candentes, le hacían estremecerse de dolor mientras bailaba un minueto tras otro.

De pronto sintió que surcaba el firmamento como un pájaro, sobre las montañas y a través de las nubes. ¿Era esto la muerte? ¿O el paraíso?

Se despertó bruscamente. Con el corazón latiéndole con furia, sin saber dónde se hallaba, se inclinó hacia delante y se agarró a los brazos fuertes y recios que impidieron que se cayera del caballo.

El suave sonido de los cascos sobre el camino la devolvió a la realidad. Contempló el escenario que la rodeaba y que le resultaba desconocido: las ramas y las hojas de los árboles sobre su cabeza y, más allá, el espléndido firmamento. Se encontraban en el bosque, avanzando a través de la mullida tierra cubierta de musgo. Una bandada de currucas piaban ruidosamente en las copas de los árboles.

—¿Cuánto tiempo he dormido?

—Más de una hora —respondió el Carnicero.

—¿Una hora? Es imposible.

—Se lo aseguro. Murmuraba mi nombre y decía: «*Sí, Duncan, sí, sí. Otra vez, otra vez...*»

Amelia arrugó el entrecejo y se volvió hacia él.

—Está mintiendo. Yo jamás diría eso, y apenas conozco su nombre. Para mí es el Carnicero.

—Pero esta mañana averiguó mi nombre, ¿recuerda?

—Claro que lo recuerdo, pero no lo pronunciaría en sueños, a menos que fuera para despedirme de usted antes de matarle de un tiro con la pistola que lleva en el cinto.

Él se rió mientras su cuerpo se balanceaba de un lado a otro al ritmo de los armoniosos movimientos de su montura.

—Usted gana, muchacha. Lo confieso. No murmuraba mi nombre. Estaba callada como una tumba, durmiendo como un cadáver.

—Qué imagen tan encantadora. —Amelia confiaba en que no fuera un indicio de lo que iba a ocurrir.

Siguieron cabalgando en silencio durante breve rato.

—¿Dónde estamos? —inquirió ella—. ¿Falta mucho para llegar a nuestro destino? —Aún no habían comido, y sus tripas protestaban.

—Hemos recorrido la mitad del camino, pero dentro de poco nos detendremos para descansar y comer.

—¿Ha traído comida? —preguntó la joven. Al pensar en ello empezó a salivar.

—Sí. No puedo dejar que se muera de hambre.

—Bueno, supongo que debo darle las gracias.

—No me dé las gracias, muchacha. Sólo quiero mantenerla viva porque es mi señuelo.

Agacharon la cabeza para pasar a través de una densa arboleda. Las ramitas y fragmentos de corteza de los árboles crujían debajo de los pesados cascos del caballo, y el Carnicero apartó con los brazos las ramas para proteger el rostro de Amelia.

—¿Responderá a una pregunta que deseo hacerle, muchacha? —inquirió él cuando salieron a un claro.

—Supongo que sí.

—¿Cuánto tiempo hace que conoce a su prometido?

Ella respiró hondo, recordando esos días idílicos, de ensueño, tan distintos a la experiencia que vivía ahora.

—Le conocí hace un año, en julio, en un baile en Londres. Richard servía a las órdenes de mi padre y ambos habían regresado a casa de permiso. Pero no podían quedarse muchos días debido a los rebeldes que había aquí, en Escocia. Todas las tropas tenían que regresar a sus puestos.

—¿De modo que Escocia tiene la culpa de que fuera un noviazgo fugaz?

—En cierto modo, sí.

—Quizá si hubiera pasado más tiempo con su amado, no se casaría con él.

Amelia se volvió ligeramente en la silla para responder.

—Permita que se lo diga con toda claridad, señor. He pasado un tiempo más que suficiente con Richard Bennett, y sé muy bien lo que hago. Es usted quien no conoce al hombre que considera su enemigo, pues es un gran héroe de guerra. Salvó la vida de mi padre en el campo de batalla, y de no ser por la herida mortal que sufrió en primavera, cuando disparó contra él un rebelde jacobita como usted... —Amelia se detuvo unos momentos, incapaz de proseguir—. Tal vez fue usted quién le mató.

Duncan contestó airado.

—No, muchacha, le aseguro que no fui yo.

La vehemencia de su negativa bastó para convencerla, de modo que dejó el tema.

—Al menos gozó de unas últimas y felices Navidades en casa —añadió—, sabiendo que alguien velaría por mí, que Richard me protegería.

Amelia supuso que el Carnicero aprovecharía la ocasión para apuntar de nuevo que Richard no había cumplido su misión de protegerla, pero dijo algo muy distinto.

—Tuvo suerte de tener como padre a un hombre semejante.

Ella se volvió rápidamente en la silla.

—¿Por qué lo dice? ¿Acaso lo conoció?

Amelia no alcanzaba a explicárselo, pero sentía una necesidad casi desesperada de establecer una conexión o un vínculo entre este brutal salvaje y su padre. Deseaba sentir que su padre estaba, de alguna forma, aquí con ella, ejerciendo siquiera un pequeño influjo sobre su captor.

Pero la expresión del Carnicero no revelaba nada extraordinario. Seguía mostrando un gesto frío e impasible.

—Ya le dije que luché en Sheriffmuir, de modo que sé que su padre fue un soldado brillante y un honroso líder de hombres. Fue una pelea justa, pese a que el resultado no se saldó a nuestro favor. —Se detuvo, y su voz asumió un tono más sereno—. También sé que cuando su padre se recuperó de sus heridas, después de las Navidades que pasó con usted, regresó a su puesto y trató de negociar con los nobles escoceses a fin de ofrecerles una segunda oportunidad de aceptar la Unión y acordar la paz.

Ella frunció el ceño, sorprendida.

—¿Está enterado de las reuniones y negociaciones que mantuvo mi padre con el conde de Moncrieffe?

—Sí.

—¿Cómo lo ha averiguado?

Él se rió de ella.

—Los montañeses hablamos entre nosotros, muchacha, al igual que los clanes. No todos vivimos en cuevas, ni somos unos ignorantes palurdos.

Ella se volvió de nuevo hacia delante.

—No, por supuesto. Mi padre hablaba en términos muy elogiosos del conde de Moncrieffe, que era un montañés como usted. Decía que era un apasionado coleccionista de arte italiano, y le describía como un hombre duro pero justo. Decía que su casa era como un palacio. —Amelia se volvió de nuevo en la silla—. ¿Conoce al conde?

—Sí —respondió el Carnicero—. Pero las cosas no son tan sencillas como cree. Aquí en Escocia, nada es blanco y negro. Puede que su padre considerara al conde un hombre justo y civilizado, un *caballero*, según sus elegantes definiciones, pero debido a que negocia con los ingleses y sus jardines están tan cuidados como los de una suntuosa mansión inglesa, tiene numerosos enemigos. Muchos escoceses, los que desean luchar por un rey Estuardo, le consideran un cobarde y un traidor. Creen que sólo pretende incrementar sus tierras, lo cual no deja de ser verdad en parte.

—¿Y usted qué opina?

El Carnicero calló unos instantes.

—Opino que todo hombre tiene sus razones para hacer lo que hace, para elegir un camino en lugar de otro. Y nadie puede saber realmente lo que alberga el corazón de un hombre. Puedes juzgarlo a distancia, pero nunca sabrás por qué hace lo que hace, a menos que confíe en ti lo suficiente para revelártelo.

—¿Así que no cree que Moncrieffe sea un traidor contra Escocia? ¿Cree que tiene motivos legítimos para negociar con los ingleses?

—Yo no he dicho eso.

—De modo que no conoce realmente al conde. No hasta ese extremo.

Él guardó silencio un rato, mientras el caballo avanzaba a paso lento a través del claro.

73

—No creo que nadie le conozca realmente.

¿Y a ti, existe alguien que te conozca?, se preguntó ella de pronto.

—Descansemos un rato —dijo él.

Cuando llegaron a un arroyo poco profundo, el Carnicero condujo a su montura hasta un lugar donde las aguas fluían rápidas y límpidas. Esperó a que *Turner* terminara de beber antes de desmontar, y luego extendió los brazos para ayudar a Amelia. Ella dudó unos segundos antes de aceptar su ayuda.

—No sea tan testaruda, muchacha.

—No soy testaruda.

—Entonces apoye las manos en mí. No me la comeré viva, ni me dejaré llevar por mi salvaje deseo de desvirgarla.

A regañadientes, ella apoyó las manos sobre los anchos hombros de su captor y se bajó, deslizándose suavemente sobre la sólida masa de su cuerpo, hasta aterrizar en el suelo. Se detuvo unos instantes, mirándole a la cara, observando sus pronunciados rasgos y ángulos perfectos. Tenía los labios suaves y carnosos, y sus ojos emitían unos insólitos destellos plateados que ella no había observado antes.

—Supongo que no ha montado nunca con su amado sentada a horcajadas, ¿verdad? —preguntó Duncan, con las manos apoyadas aún sobre las caderas de Amelia.

Ella se apresuró a retroceder un paso, turbada por su tono provocador.

—Por supuesto que no. Como le he dicho, Richard es un caballero. Jamás me propondría semejante cosa. —Observó al Carnicero quitar las alforjas de la grupa del caballo—. Quisiera que me creyera.

Él sacó una jarra de vino y pan de la alforja de cuero y se sentó sobre un tronco en el suelo, junto a un sauce llorón.

—Al menos es usted leal.

—Tengo sobrados motivos para serlo, y no cejaré en mi intento de convencerle.

Su captor utilizó los dientes para extraer el corcho de la jarra, tras lo cual volvió la cabeza para escupirlo.

—¿Para que deje que se vaya?

—Para que deje de perseguir a Richard —le aclaró ella, observándole mientras bebía—. Es un buen hombre, Duncan. Salvó la vida de mi padre.

Era la primera vez que ella pronunciaba el nombre de pila del Carnicero, lo cual no pasó inadvertido a éste. Sus ojos mudaron de expresión, y arrugó el ceño.

—Esta conversación está empezando a irritarme.

Acercó la jarra a sus labios y bebió con avidez, después de lo cual se enjugó la boca con la mano. Su expresión denotaba algo feroz y salvaje cuando ofreció a Amelia la jarra de vino. La miró, aguardando.

Al cabo de unos momentos, ella la aceptó. La jarra de cerámica tenía un tacto frío. Decidió beber sólo un sorbo, pero cuando sintió el potente vino escocés deslizarse sobre sus labios y su lengua comprendió que estaba muy sedienta y bebió con avidez, al igual que había hecho él.

Nunca había bebido de forma tan grosera de una botella, pero los buenos modales estaban fuera de lugar aquí, en compañía de este hombre, sentado sobre un tronco en el suelo de un bosque, que la miraba como si quisiera estrangularla o arrojarla al suelo y saciar sus deseos.

—Antes de que termine con usted —dijo él con expresión seria y decidida—, le demostraré que los oficiales ingleses con sus elegantes casacas rojas pueden ser tan salvajes como cualquier escocés vestido con su falda de tartán.

Ella le miró perpleja, turbada por semejante imagen, pero el sonido de unos cascos que se aproximaban interrumpió la discusión. Bajó la jarra de vino y vio a Gawyn y a Fergus galopando a través del claro hacia ellos.

El Carnicero se puso en pie, tomó la jarra de manos de Amelia y se encaminó hacia ellos.

—Pensé que no ibais a llegar nunca —dijo malhumorado—. Tengo que orinar.

Acto seguido pasó frente a ella y se dirigió hacia una densa arboleda de coníferas.

—¿Qué quieres que hagamos con ella? —le gritó Fergus.

—Ya se os ocurrirá algo —contestó el Carnicero, sin dignarse a volverse antes de desaparecer por entre la cortina de ramas.

Fergus saltó de su montura y esbozó una sonrisa maliciosa. Gawyn desmontó y se colocó detrás de ella. Amelia se sintió acorralada.

De pronto se hizo el silencio. Un silencio sepulcral. Incluso las hojas en los árboles parecían contener el aliento.

Lamentando que el Carnicero hubiera elegido este preciso momento para dejarla sola, Amelia se volvió hacia los otros. Inopinadamente, para colmo, Angus apareció a galope tendido entre unos matorrales. Saltó al suelo, recobrándose rápidamente del ímpetu de la carrera a caballo avanzando a grandes y resonantes zancadas y se detuvo frente a Amelia.

Ésta, con los brazos perpendiculares al cuerpo y los puños crispados, se esforzó en hacer acopio de todo su valor mientras los tres feroces montañeses la rodeaban. Pero no era empresa fácil, pues dos de ellos parecían desear comérsela viva y el tercero la observaba como si quisiera rajarla en dos.

Capítulo 5

Duncan se sentó en una roca a orillas del agua, bebió otro trago de vino y se inclinó hacia delante con los codos apoyados en las rodillas. Agachó la cabeza, lamentando que en la jarra quedara el suficiente vino para agarrar una buena cogorza, pero aunque hubiera habido, no le habría servido de nada. No podía huir de lo que le atormentaba.

Había supuesto que a estas alturas todo habría terminado y que hoy recuperaría la paz que había conocido en otros tiempos, antes de que empezara la guerra. Era una calma interior que había dado por sentado y que quizá nunca había valorado como era debido.

Pero había comprobado que la vida no siempre discurre según lo previsto. De hacerlo, en estos momentos él no estaría sentado en esta fría roca sosteniendo una jarra de vino semivacía en la mano, con el pelo cayéndole sobre la cara, mientras trataba de decidir qué hacer con una mujer obstinada e increíblemente bella que estaba entregada a su enemigo mortal.

No sólo entregada, sino enamorada de él.

¡Dios, cómo la odiaba por defender a ese monstruo! Pero cuando se había despertado esta mañana en la cueva, el deseo carnal que le inspiraba era abrumador, y por segunda vez había tenido que reprimir el anhelo de tumbarla boca arriba y tomarla sin más contemplaciones. Había deseado penetrar en lo más íntimo de su ser y demostrarle que ya no pertenecía a su enemigo. Ahora era suya, porque él se la había arrebatado.

Pero esa violenta necesidad de conquistar y poseer le resultaba más que turbadora, pues su desprecio hacia los hombres que empleaban la fuerza con las mujeres era justamente la razón por la que perseguía a Richard Bennett.

Duncan bebió otro trago de vino y observó cómo las límpidas aguas fluían alrededor de las rocas en el río.

Quizás este abominable huracán de furia que se agitaba en su interior era un destino al que jamás lograría escapar. A fin de cuentas, era el hijo bastardo de una ramera, y su padre había sido una bestia cruel. Por su sangre corrían pasiones feroces y una irreprimible sed de venganza.

Nunca se lo había planteado con anterioridad, pero hoy todo era más complicado, porque nunca le había costado tanto resistirse a una mujer. La mayoría de jóvenes escocesas se rendían a él sin mayores problemas, y en muchos casos era él quien tenía que rechazarlas. Pero esta orgullosa y exasperante mujer inglesa que le despreciaba —justificadamente— le recordaba que era un hombre con intensos apetitos sexuales. La política y la venganza no tenían nada que ver en ello.

Al menos los otros habían llegado en el momento preciso hacía un rato; de lo contrario quizás él no estaría sentado aquí en estos momentos, bebiendo vino y observando el discurrir de las aguas. Quizás estaría aún en el claro, zarandeando a esa dama en un intento de hacerla entrar en razón, explicándole, palabra por palabra, los atroces detalles sobre su amado. Dándole un par de lecciones sobre villanos y héroes.

Se llevó de nuevo la jarra a los labios y bebió con avidez, después de lo cual se restregó el pecho con la palma de la mano en pequeños círculos para aliviar el dolor que de repente sentía allí.

Se preguntó si Bennett sabía lo afortunado que era de contar con el amor de una mujer como lady Amelia. Aunque no merecía su amor, ni el de ninguna mujer. Lo que merecía era que alguien le arrebatara a su prometida, apartándola para siempre de su vida, rápida y violentamente, sin previo aviso ni oportunidad de enmendar sus culpas.

Ojo por ojo.

Duncan alzó la cabeza, encajó el impacto de su malhumor sobre su cerebro como lo hubiera golpeado un pesado martillo, y bebió otro trago de vino.

Amelia deseaba salir huyendo pero era como si tuviera los músculos petrificados. Estaba tan aterrorizada que no podía moverse, hablar ni respirar.

Angus, el rubio, estaba frente a ella, en actitud desafiante, con las piernas separadas, el rostro a escasos centímetros del suyo, tan cerca que ella sintió su acelerada respiración en su mejilla. Una repentina ráfaga de viento se alzó sobre las copas de los árboles y barrió el claro, mientras Amelia sentía que el corazón le latía con furia.

Por ridículo que pareciese, rogó en silencio que el Carnicero regresara pronto y se interpusiera entre ella y esos tres salvajes montañeses. *Por favor, Señor...*

Pero Dios no la escuchó.

Angus ladeó la cabeza, aspiró el aroma de su piel y dejó que su peligrosa mirada se paseara sobre su cuerpo. Era un deliberado intento de amedrentarla. Ella lo comprendió, y dio resultado —de eso no cabía duda—, pero al mismo tiempo espoleó su furia.

No le había hecho nada a este hombre, ni a ninguno de estos rebeldes. Era la víctima inocente de esta situación, y despreciaba lo que éstos representaban. Detestaba sus infames y violentos métodos y su repugnante sed de sangre y brutalidad. No era de extrañar que Inglaterra estuviera empeñada en aplastar esta rebelión escocesa.

—No me matará —dijo, articulando las palabras con toda claridad a fin de dar la impresión de sentirse segura de sí,

—¿Está segura? —replicó el montañés con voz inusitadamente suave y queda.

—Sí, porque me necesitan —dijo ella—. Yo soy su señuelo. Me lo dijo Duncan.

Angus esbozó una siniestra sonrisa.

—Sí, eso es porque se propone utilizarla para saldar una deuda. —Miró a los otros dos, que observaban este toma y daca con cierta preocupación, y retrocedió lentamente.

Con la mano apoyada en la empuñadura de su espada de doble filo, Angus echó a andar en dirección opuesta. Su caballo le siguió, trotando obedientemente. Cuando llegó al borde del claro sacó comida de sus alforjas, se sentó en el suelo con la espalda contra el tronco de un sarmentoso castaño, y se puso a comer solo.

—¿Tiene hambre, lady Amelia? —preguntó Fergus.

A ella le sorprendió la insólita cortesía con que se había dirigido a ella.

—Sí —respondió.

—Entonces coma algo, —Fergus se acercó a su montura y tomó su bolsa de provisiones—. No disponemos de gran cosa, tan sólo de unas pocas galletas y queso, pero servirá para llenar el hueco en su tripa hasta que Gawyn pueda prepararle una comida caliente como Dios manda.

—Una comida caliente como Dios manda —repitió ella—. Confieso que me gusta cómo suena. —Aunque no estaba segura de en qué consistiría, o si tendrían cubiertos. Se imaginó sentada ante un fuego, devorando la carne del muslo de un animal.

—Venga a sentarse —dijo Gawyn, desdoblando una manta escocesa y extendiéndola sobre la hierba. Ofreció a Amelia unas galletas de aspecto un tanto reseco mientras Fergus echaba vino en una taza de peltre y se la entregaba.

—Gracias.

Comieron las galletas en silencio. Amelia observaba nerviosa a los hombres, y éstos la vigilaban a ella, mirándola con frecuencia y desviando rápidamente la vista. Para evitar que sus miradas se cruzaran embarazosamente, dejó que su vista se paseara alrededor del claro en una y otra dirección, en un intento de averiguar dónde se hallaban. Seguía confiando en que Richard hubiera salido en su busca, o que ella pudiera huir cuando sus captores estuvieran distraídos, ¿pero adónde iría? Podía morir en este lugar remoto y agreste. Podía morirse de hambre o devorada por un lobo, o ser atacada por un jabalí.

De sopetón Gawyn le hizo una pregunta de carácter personal.

—¿De modo que iba a casarse en el fuerte? —La observó con el ceño arrugado—. Hace apenas un mes que murió su padre, muchacha. ¿No creé que debería guardarle luto durante un tiempo decoroso ante de dar un paso tan importante?

Sorprendida, Amelia tomó otra galleta.

—¿Cómo sabe que mi padre ha muerto?

—Angus nos dijo quién era su padre, el cual era muy conocido entre los clanes.

Amelia suspiró y retomó la pregunta que le había hecho el montañés.

—Pese a lo que puedan pensar de mí por comportarme de esta forma, medité largamente sobre mi prisa por casarme. Aún no estoy segura de que hice bien al partir para Escocia poco después de haber enterrado a mi padre. Pero algo me impelía a hacerlo. Mi padre nos había dado su bendición, y yo estaba convencida de que eso era lo que habría querido, que yo estuviera a salvo y que alguien velara por mí. Mi padre no quería que estuviera sola.

—Pero tenía a su tío, que era su tutor —le recordó Gawyn—. Y debe de tener otros parientes. ¿No tiene hermanos ni hermanas, muchacha? ¿O primos?

Al detectar un tono compasivo en la voz de ambos hombres, Amelia les miró y luego dirigió la vista a través del claro para fijarla en Angus, que seguía observándola como un animal famélico.

—Soy hija única —les explicó—, de modo que no tengo hermanos ni hermanas. Tengo unos primos que accedieron a acogerme en su casa, pero no tengo una relación estrecha con ellos y no quería alejarme de mi prometido.

Estaba segura de que Angus no podía oír lo que decía, aunque parecía escuchar sus palabras desde el otro lado del claro con expresión amenazadora.

Gawyn, que estaba sentado con las piernas cruzadas al estilo oriental, apoyó los codos en sus rodillas y la barbilla en las manos.

—Sí, la comprendo, muchacha. El amor verdadero es muy poderoso.

Fergus le propinó un codazo con tal fuerza que le hizo caer de costado.

—¿Qué carajo te pasa? Está hablando del coronel Bennett, idiota.

Gawyn se incorporó.

—Ya lo sé, Fergus, pero el amor es ciego. Lo sabes tan bien como yo.

—No estoy ciega —protestó ella—. Sé que mi prometido es su enemigo, pero como le dije a Duncan, estamos en guerra. El coronel Bennett es un soldado y debe cumplir con su deber ante el Rey. Además, ustedes no tienen derecho a acusarlo de nada cuando son conocidos como los rebeldes intocables del Carnicero y asesinan a todo desdichado soldado inglés que se cruza en su camino.

—¿Eso dicen de nosotros? —inquirió Gawyn—. ¿Que somos intocables?

Amelia miró a los dos jóvenes y entusiastas escoceses y empezó a replantearse sus impresiones iniciales sobre su talante salvaje, hasta que al dirigir una rápida mirada al otro lado del claro recordó que no debía confiarse demasiado ni dar nada por sentado.

—¿Por qué me odia tanto? —preguntó, sin apartar la vista de Angus.

—No la odia a usted —le explicó Fergus—, sino a su prometido.

—Pero su odio se extiende a ella —aclaró Gawyn, fijando sus ojos de color verde musgo en Amelia—. Piensa que Duncan no debió perdonarle la vida.

—Eso supuse.

—No me malinterprete; está claro que la odia —dijo Fergus con tono indiferente, llevándose una galleta a la boca—. ¿Pero quién puedo reprochárselo? Su prometido violó y asesinó a su hermana.

De pronto a Amelia le pareció como el claro se pusiera a girar en círculos ante sus ojos mientras trataba de asimilar el comentario que Fergus había hecho a la ligera, el cual se le había atascado como una piedra en la garganta.

—¿Cómo dice?

—Luego le cortó la cabeza —apostilló Gawyn con idéntico tono indiferente mientras masticaba una galleta.

Muda durante unos momentos y estupefacta hasta el punto de sentir náuseas, Amelia se esforzó en articular unas palabras.

—No puede hablar en serio. Ignoro los chismorreos que ha oído, o qué le ha contado el Carnicero, pero no puede ser verdad. De haber ocurrido semejante atrocidad, es imposible que mi prometido estuviera involucrado en ella. Debe de confundirlo con otra persona.

¿Su Richard? ¡Santo Dios! Jamás haría algo semejante. Ni en cien años. Tenían que estar confundidos. Por fuerza.

Las ramas de los árboles se agitaron y sacudieron, y apareció Duncan. Ella se volvió para mirarlo. Sus ojos mostraban una expresión dura y sombría.

—Recogedlo todo —ordenó a Fergus y a Gawyn—. Debemos partir.

Ambos se levantaron, guardaron la comida en las alforjas y se dirigieron apresuradamente hacia sus monturas.

—¿Es esto cierto? —preguntó Amelia, levantándose también—. ¿Es por eso que está empeñado en matar a Richard? ¿Porque cree que mató a la hermana de su amigo? ¿Y que... la violó?

Eso último le costó decirlo.

—Sí, es cierto. —Duncan bajó la voz—. Esos dos son unos bocazas.

El estupor y la incredulidad se apoderaron de ella. No quería creer lo que esos hombres decían —eran sus enemigos—, pero una parte de su ser no podía ignorar la intensidad del odio que sentían. Semejante obsesión con vengarse de un hombre tenía que basarse en algo.

—¿Pero cómo puede estar seguro de que fue Richard? —inquirió, aferrándose aún a la esperanza de que era un error o un simple malentendido—. ¿Estaba usted presente? Porque me resulta muy difícil creer que Richard permitiría que ocurriera semejante cosa.

—Le aseguro que ocurrió. —Duncan se encaminó hacia su caballo.

—¿Pero estaba usted allí?

—No.

Amelia apretó el paso para no quedar rezagada.

—¿Entonces cómo sabe lo que ocurrió exactamente? Quizá Richard trató de impedirlo. O quizá no se dio cuenta de lo que sucedía hasta que fue demasiado tarde. ¿Lo presenció Angus?

—Claro que no. De haber estado presente, su amado ya estaría muerto. —Duncan guardó la jarra de vino vacía en una alforja.

—¿Entonces cómo lo sabe con certeza? —insistió ella, porque le resultaba imposible creerlo.

Cada instinto y necesidad de su ser la impelía a negarlo, porque en caso de que fuera cierto, jamás podría volver a confiar la capacidad de su criterio, y dudaría también del criterio de su padre, lo cual le partiría el corazón, porque atesoraba su memoria. Era su héroe. No podía haberse equivocado con respecto al gallardo oficial con el que la había animado a casarse. Su padre era un hombre decente, y ella siempre había confiado en él en lo tocante a su felicidad. Él jamás la habría prometido a un monstruo. ¿O estaba equivocada?

—Porque parece muy seguro de lo que dice —dijo con voz trémula.

Duncan se detuvo y la miró durante unos largos y tensos momentos, hasta que la impaciencia en sus ojos dio paso lentamente a otra cosa, a una expresión reticente y melancólica.

—Vi la cabeza de esa mujer en una caja —dijo—. Y había una nota, describiendo lo que había sucedido y por qué.

Mareada y con ganas de vomitar, Amelia se llevó una mano al estómago.

—¿Y cuál fue el motivo? Debo saberlo.

Él bajó la vista y asió la empuñadura de su espada.

—Satisfaré su curiosidad, muchacha, sólo porque estoy seguro de que cuando sepa la verdad, aprenderá a moderar sus palabras y a guardar silencio, especialmente delante de Angus.

Ella aguardó, conteniendo el aliento, a que Duncan prosiguiera.

—La muerte de Muira fue un castigo dirigido contra el padre de Angus, que es el poderoso jefe de un clan, un célebre caudillo, y un persistente y declarado jacobita. Fue quien reclutó al ejército que luchó en Sherrifmuir, y quien disparó contra el padre de usted en el campo de batalla.

Amelia se estremeció. Ella no tenía nada que ver en esto —odiaba la guerra y las matanzas—, pero estaba atrapada en esta endiablada y repugnante red de venganza, como todos ellos.

—¿Cree que Richard quiso vengarse... por mí?

Duncan sacó una pistola de una alforja y se la colocó en el cinto.

—Ignoro la respuesta a esa pregunta. Lo único que sabemos es que el padre de Angus estaba de pie junto al suyo, espada en mano, dispuesto a asestarle el golpe de gracia, cuando su prometido apareció a caballo entre el humo de los fusiles y le golpeó. Al cabo de unas semanas, la hermana de Angus había muerto y su padre dio su aprobación a su matrimonio con Bennett.

—¿De modo que cree que Richard salvó la vida de mi padre para asegurarse su ascenso?

—Sí.

—¿Piensa también que mi padre estaba involucrado en la muerte de esa mujer?

—No. Su padre era un buen hombre. Sé que era justo. No sospecho que cometiera semejante traición.

Ella emitió un suspiro de alivio.

—¿Pero no piensa lo mismo de Richard?

Duncan negó con la cabeza.

Amelia alzó la cabeza y contempló el cielo plomizo, un círculo perfecto enmarcado por las copas de los árboles.

—No sé qué decir sobre todo esto.

No alcanzaba a descifrar sus sentimientos. Estaba conmocionada y se sentía perdida. El hombre que creía que acudiría a salvarla cual un caballero con su reluciente armadura estaba acusado de unos horrendos actos de vileza.

—Me siento como una ingenua —continuó—. Confiaba en que mi padre elegiría un marido para mí, pero ahora debo aceptar que su criterio pudo no haber sido acertado. ¿En quién puedo confiar, entonces? ¿En quién puedo creer?

Duncan se acercó a ella.

—Fíese de su propio criterio, muchacha. Tan sólo del suyo.

Ella apartó la vista del cielo y observó la expresión preocupada que mostraba Duncan. Sabía que sus palabras eran atinadas, pero lo que en ese momento le impresionó más fue la compasión que sus ojos dejaban entrever, aparte de los acelerados latidos de su propio corazón. Le miró con asombro y curiosidad, dejando que sus ojos recorrieran sus facciones, y tuvo la sensación de que comprendía lo que ella sentía.

Él desvió la vista hacia los árboles. En su mandíbula se crispó un músculo y respiró hondo, haciendo que su pecho se hinchara. Amelia le miró fijamente, abrumada por la necesidad de saber... ¿En qué estaba pensando?

Él se acercó más.

—Tiene mucho que aprender sobre el mundo, muchacha.

Amelia jamás se había sentido tan turbada, como si la hubieran arrancado de su confortable y bien planeada existencia y tuviera que aceptar el hecho de que él tenía razón, pues nada de esto encajaba en el protegido, y claramente deficiente, ámbito de su experiencia.

Acto seguido Duncan extendió la mano, y curiosamente ella no sintió miedo cuando le rozó los labios con el pulgar. Él escrutó su rostro, un pájaro cantó en las copas de los árboles, y luego se inclinó hacia ella y oprimió suavemente sus labios sobre los suyos.

Un gesto sorprendente, reconfortante, que no tenía ningún sentido para ella. Ninguno en absoluto.

Amelia se apartó de inmediato y retrocedió unos pasos, pero él la siguió. Todos sus sentidos comenzaron a bullir, y sintió como si se derritiera. No podía pensar con claridad.

Él la miró con fuego en los ojos, como si estuviera tan sorprendido por ese beso como ella. Luego retrocedió y centró su atención en las alforjas, apretando las cinchas y tomando las riendas.

Ella se enjugó la humedad de los labios.

—¿Por qué ha hecho eso?

Él no respondió. Se limitó a conducir al caballo hasta el borde del claro.

—Le agradecería que dejara que me fuese —dijo ella suavemente, siguiéndole—. Soy una víctima inocente en esto. Lo que Richard hiciera no es culpa mía. No sé nada al respecto. Y no comprendo por qué Angus me odia tanto, cuando fue él quien disparó contra mi padre en el campo de batalla. Es justamente al revés. Es *él* quien me ha hecho daño a *mí*.

Duncan se detuvo a la sombra de un árbol y se volvió hacia ella.

—No es sencillo explicar la furia que corroe a Angus. Es una furia que nos corroe a todos, y usted es incapaz de comprenderlo.

Ella recordó la apasionada furia que había hecho presa en ella cuando él había irrumpido en su alcoba.

—Quizá me subestima.

—No, muchacha. Usted es una ingenua. Tendría que penetrar en el infierno por sus propios medios para comprender a qué me refiero.

Amelia advirtió algo tenebroso e inquietante en sus ojos y frunció el entrecejo.

—No estoy segura de querer oír nada más.

—Entonces deje de hacer preguntas. De hecho, ya sabe demasiado. —Él se acercó a ella, la tomó del brazo y la condujo irritado hacia su montura—. ¿Quiere que la suba o puede hacerlo sola?

—Puedo hacerlo sola —respondió ella, pues no quería seguir discutiendo con él, al menos en estos momentos, cuando él se mostraba tan enojado y ella se sentía confundida sobre lo que acaba de ocurrir entre ellos.

Tampoco podía desterrar de su mente lo que le había ocurrido a la hermana de Angus. No soportaba pensar en el sufrimiento de esa joven.

Al menos ahora comprendía por qué Duncan y Angus odiaban a Richard hasta ese punto. Sus motivos para hacer estragos entre las filas inglesas estaban muy arraigados.

Amelia montó en el caballo, y Duncan montó detrás de ella. Al cabo de unos minutos salieron al trote del claro, en dirección al norte.

—No diga nada más —le advirtió él—. Mantenga la boca cerrada, porque está agotando mi paciencia con tantas preguntas, y si vuelve a sacar el tema, me sentiré tentado a amordazarla.

Amelia se estremeció ante la firmeza de esa orden.

Los otros ya habían abandonado el claro. Se habían esfumado entre los árboles como remolinos de una bruma fantasmagórica, y Amelia empezaba a sentirse también como un espectro. Tenía la sensación de estar desapareciendo en un mundo y una vida que no alcanzaba a comprender.

Llegaron a Glen Elchaig al anochecer, justo cuando empezaba a salir la luna. Las estrellas rielaban en lo alto, y un lobo aulló a lo lejos.

Los otros montañeses habían llegado al refugio de la cañada antes que ellos y habían encendido fuego. Amelia aspiró el suculento aroma a carne asada y casi saltó del caballo ante la perspectiva de gozar de una comida caliente.

—¿Lo que huelo es conejo? —preguntó, famélica hasta el punto de sentirse mareada, pero sin por ello haber olvidado lo que había ocurrido con anterioridad en el claro. Aún no se había recuperado de la impresión.

—Sí. Gawyn es un cocinero de primera a la hora de preparar rápidamente una comida. Es capaz de captar el olor de animal, matarlo, desollarlo en menos de un minuto, y ponerlo a asar en un espetón en un abrir y cerrar de ojos.

Duncan espoleó al caballo y ella lo sintió lanzarse al galope, como si volaran. Entraron en el campamento y desmontaron, y lo primero que notó Amelia fue que tenía las piernas entumecidas después de tantas horas a caballo. Apenas podía dar un paso.

Duncan se ocupó del caballo mientras ella se acercaba al vivo y crepitante fuego. Las chispas se alzaban hacia el oscuro firmamento mientras las gotas de grasa de la carne que se asaba chisporroteaban sobre los troncos ardientes. Extendió las manos para calentárselas.

—¿Tiene hambre, lady Amelia? —le preguntó Gawyn. Era la misma pregunta que le había hecho antes, dirigiéndose a ella con el mismo respeto.

—Sí. Huele maravillosamente.

Gawyn dio la vuelta a la carne. La olisqueó como un perro olisqueando el aire, y ella sospechó que tenía un olfato tan experto como el de cualquier famoso chef francés en París o en Londres.

Al poco se sentaron todos alrededor del fuego, engullendo la suculenta carne y bebiendo en unas tazas un vino con mucho cuerpo. Amelia se alegró de disponer de una taza, un plato y una piedra sobre la que sentarse. No estaba acuclillada en el suelo, como había imaginado que tendría que hacer.

De hecho, se sentía muy cómoda, pese a sus entumecidos músculos y múltiples preocupaciones. No podía negar que la tierna carne de conejo era lo más sabroso que había probado en su vida.

Duncan fue el primero en terminar de cenar. Se levantó y arrojó su plato y su taza a una caldera llena de agua caliente que colgaba sobre el fuego.

—Yo haré la primera guardia. —Desenfundó su espada describiendo un amplio arco, y se alejó de la hoguera.

Amelia dejó de masticar y le observó alejarse. Seguía tratando de encontrar algún sentido a lo que había ocurrido entre ellos antes, y el motivo de que él la hubiera besado cuando parecía despreciar todo cuanto ella representaba y la consideraba una insensata por acceder a desposarse con Richard Bennett.

Quizá lo que más le sorprendió fue la ternura con que él se había comportado en ese momento, la cual contradecía todo lo que ella sabía y pensaba sobre él. No podía equivocarse sobre la compasión que había observado en sus ojos, de lo cual se sentía agradecida.

Centrando su atención de nuevo en los otros, de pronto se sintió atrapada en la tormenta de hielo que mostraba la gélida mirada de Angus. Había terminado de cenar y estaba apoyado sobre un codo, hurgándose los dientes con un huesecillo.

—Lamento lo de su hermana —dijo ella, haciendo acopio de toda la cortesía de que era capaz para pronunciar esas palabras.

Él la miró arrugando el ceño, y se levantó.

—No le he pedido sus condolencias, muchacha, de modo que es mejor que se reserve sus pensamientos.

Al igual que había hecho Duncan, desenvainó su espada de doble filo con un ruido metálico al rozar ésta contra el cuero de la funda, y echó a andar en dirección opuesta. El frío de la oscura noche en las Tierras Altas rodeaba a la joven como una gélida niebla.

—No le haga caso, señora —dijo Gawyn—. Aún no ha conseguido superarlo.

—¿Se refiere a su hermana? —preguntó ella.

—Sí.

Amelia terminó de cenar y dejó su plato a un lado.

—Supongo que nadie puede superar nunca algo semejante. ¿Cómo se llamaba su hermana?

—Muira.

Amelia dirigió la vista hacia el lugar al que se había dirigido Duncan, que les observaba desde un afloramiento rocoso situado sobre el campamento.

—¿Regresará antes de que se haga de noche? —preguntó.

—Es difícil predecirlo —contestó Gawyn—. De un tiempo a esta parte pasa mucho tiempo solo.

—¿Por qué?

—Porque él tampoco ha superado la muerte de Muira.

A Amelia se le encogió el corazón al asimilar la evidente insinuación de que Duncan había tenido una relación con Muira, quizá había estado enamorado de ella.

Eso explicaría muchas cosas, pensó sintiendo una turbadora punzada de dolor al imaginarlo tan profundamente enamorado y entregado a una mujer que se sentía obligado a vengar su muerte matando al hombre responsable de ella.

Su prometido.

Amelia respiró hondo y trató de concentrarse en la simple tarea de humedecerse los labios mientras observaba a Duncan sentado sobre la roca más arriba.

Casi al instante se reprochó el preocuparse por las circunstancias que rodeaban la vida de ese hombre o las relaciones sentimentales que hubiera mantenido en el pasado. Era su captor y su enemigo, y el hecho de que la hubiera besado y se hubiera mostrado comprensivo con sus sentimientos no cambiaba nada. Había sido un momento fugaz que no podía eclipsar a los otros.

No podía dejar que la atracción que él ejercía sobre ella la distrajera, por desconcertante que le resultara. Tenía que concentrarse en sobrevivir y escapar.

Bebió otro sorbo de vino y no se permitió mirar de nuevo hacia donde se encontraba él.

Capítulo 6

—Lo siento, lady Amelia —dijo Gawyn—, pero Duncan dice que tengo que atarle las muñecas durante la noche.

—¿Van a maniatarme de nuevo? —preguntó ella—. ¿Es realmente necesario? —Las heridas que le habían producido las ligaduras aún no habían cicatrizado por completo.

—Dice que es por su bien, porque si trata de huir se extraviará y puede tener problemas.

—Prometo no huir —insistió ella mientras le observaba sacar la tosca cuerda de una alforja, y se estremeció al recordar haberse despertado esa mañana maniatada—. ¿Adónde iba a ir? No hemos visto un alma en muchos kilómetros. No soy estúpida, Gawyn.

—Ya, pero quizá le entre pánico durante la noche —terció Fergus—, o trate de rebanarnos el cuello mientras dormimos.

—No sea ridículo. No soy una salvaje asesina.

Fergus sonrió irónicamente.

—Pero está en compañía de salvajes, muchacha, ¿y acaso no sabe que nuestras perversas costumbres son contagiosas?

Ella miró su rubicundo semblante mientras él le ataba con la cuerda las muñecas, que aún tenía llagadas debido a los esfuerzos de esa mañana por liberarse.

—No estoy segura de si habla en serio o en broma, Fergus.

Él volvió a sonreír.

—Eso le dará en qué pensar, muchacha, hasta que se suma en el país de los sueños.

El sol matutino despertó a Amelia de un sueño inquieto. Se incorporó sobre el lecho de pieles y comprobó que el fuego ya estaba encendido y chisporroteando en el hoyo. En una sartén se freían unos huevos.

—¿Lleva pollos en sus alforjas, Gawyn? —preguntó, examinando sus muñecas y comprobando que ya no estaban atadas. Alguien había cortado la cuerda mientras ella dormía sin que se percatara.

Gawyn inclinó la cabeza hacia atrás y soltó una carcajada.

—¡Pollos! ¡Qué ocurrencia, lady Amelia!

Ella pestañeó unas cuantas veces; de pronto vio a Duncan a su lado, sosteniendo una abollada taza de peltre. La joven aún no se había despabilado, y estiró el cuello para alzar la vista de las musculosas piernas y los pliegues de su falda de tartán verde hasta su rostro, iluminado por el sol.

Tenía un aspecto más atractivo que nunca, viril y casi mítico, sosteniendo la abollada taza por el asa con un grueso dedo y el mango de su hacha con la otra mano, al tiempo que la brisa le agitaba un poco el pelo.

—¿Es necesario que lleve siempre eso encima? —inquirió ella, cansada de contemplar esa siniestra arma.

Él sacudió la cabeza para echar hacia atrás un mechón de pelo rebelde.

—Sí. Tenga, bébaselo.

—¿Qué es? —preguntó Amelia.

—Café.

Incorporándose aún medio dormida, aceptó la humeante taza. Duncan se sentó a su lado.

Mientras Gawyn daba la vuelta a los huevos, Fergus, que se hallaba a unos metros, blandía su espada, abalanzándose hacia delante como si atacara a un enemigo.

—¿Está practicando por algún motivo? —preguntó ella, bebiéndose el café a sorbos.

—Ninguno en particular.

—Supongo que se trata de la acostumbrada escaramuza mortal cotidiana.

Duncan la miró de refilón pero no hizo ningún comentario.

—¿Fue usted quien me desató? —inquirió ella—. Debía de estar profundamente dormida para no darme cuenta.

—Sí, ha dormido toda la noche a pierna suelta.

Ella no apartó los ojos de Fergus, que seguía blandiendo su espada.

—¿Y usted pudo verlo desde casi la cima de la colina?

—Bajé cuando todo estaba en calma —le explicó él.

—¿De modo que se paseó por el campamento, observándome mientras dormía?

—Sí. —Él aceptó otra taza de café de manos de Gawyn y sopló sobre ella para que se enfriara un poco—. Le estuve observando toda la noche, muchacha, y debo informarle de que ronca como un toro.

—¡Es mentira!

—Gawyn oyó sus ronquidos con tanta claridad como yo.
—Duncan alzó la voz—. ¿No es así, Gawyn? ¿No es cierto que anoche oíste a lady Amelia roncar como un toro?

—Así es, sus ronquidos no me han dejado pegar ojo, muchacha.

Amelia se rebulló incómoda sobre las suaves pieles y bebió otro sorbo de café.

—No pienso quedarme sentada aquí discutiendo con ustedes dos sobre el asunto.

Duncan cruzó sus largas y musculosas piernas a la altura de los tobillos.

—Una decisión muy sabia, muchacha. A veces es preferible rendirse desde el principio.

Ella soltó una risita mordaz.

—Mm, eso ya lo aprendí ayer. Cuando me tenía inmovilizada contra el suelo bajo la lluvia.

Gawyn, que se disponía a cascar otros dos huevos en la sartén, alzó los ojos brevemente.

—Al menos ha aprendido la lección —dijo Duncan—. Conviene darse cuenta de que uno ha sido derrotado.

Amelia meneó la cabeza, negándose a dejar que él la provocara.

—¿Y qué plan tiene hoy el poderoso conquistador para su prisionera? —preguntó, decidida a cambiar de tema—. Supongo que seguirá arrastrándome montaña arriba. Aunque no comprendo por qué, si lo que desea es que Richard dé con nosotros. O quizá no es lo que desea.

Él volvió a mirarla de refilón.

—Por supuesto que lo deseo, muchacha. Sólo quiero que

sufra un poco más con la angustia de no saber qué ha sido de usted. Me divierte imaginarlo revolviéndose en la cama, preguntándose si está viva o muerta. O imaginando mi hacha desgarrándole el vestido, y usted temblando de miedo cuando la toco, implorándome misericordia, y por fin rogándome que la satisfaga hasta hacerle perder el conocimiento, una y otra vez, durante toda la noche.

Ella le dirigió una mirada desdeñosa.

—No se haga ilusiones, Duncan. Eso no ocurrirá nunca.

Él bebió un trago de café sin apartar los ojos de Fergus, que seguía practicando con su espada.

—Dentro de poco enviaré un mensaje a Bennett.

—¿Un mensaje? ¿Cómo? ¿Cuándo? No he visto ninguna pluma de ganso por aquí, ni papel, ni un tintero. Tampoco he visto ningún escritorio por estos parajes, ni a un emisario para entregar raudo el mensaje.

Él siguió rehuyendo su mirada.

—¿Acaso cree que voy a revelarle mis planes?

Ella aceptó el plato que le ofreció Gawyn.

—Llénese el buche, muchacha —dijo éste sonriendo para animarla—. Nos aguarda una larga jornada.

Ella tomó la cuchara y se puso a comer.

—¿Estaba muy unido a la hermana de Angus? —preguntó a Duncan más tarde, después de que recogieran sus provisiones y abandonaran la cañada. Los rebeldes se desplegaron a caballo en todas las direcciones como las varillas de un abanico—. Gawyn me contó que...

—Gawyn habla demasiado. —La respuesta de Duncan cayó con la contundencia de un martillo.

Al percatarse de la irritación que denotaba su voz, Amelia se aclaró la garganta y empezó de nuevo.

—Puede que sí, pero ahora estamos solos, Duncan, y me gustaría saber más detalles sobre lo sucedido. ¿Fue la muerte de Muira lo que desencadenó esta atroz matanza? ¿O era usted conocido como el Carnicero antes de que ocurriera?

Él calló durante largo rato, de modo que Amelia se limitó a esperar. Y a esperar.

—No sé quién se inventó ese nombre —dijo él por fin—. No fuimos nosotros. Probablemente fue un soldado adolescentes inglés que se ocultó detrás de un barril cuando atacamos su campamento.

—Alguien que vivió para contarlo —apostilló ella.

—Y que le pareció muy ingenioso exagerar los hechos.

Sintiendo renovadas esperanzas, Amelia se volvió sobre la silla de montar para escrutar sus ojos.

—¿Exagerar? ¿Así que no es cierto todo lo que dicen?

Él se detuvo.

—Una gran parte se basa en la realidad, muchacha, de modo que no se haga ilusiones.

Siguieron cabalgando. Los cascos del caballo avanzaban al paso a través de la hierba mientras una espesa bruma se deslizaba sobre las cumbres de las montañas.

—Pero aún no ha respondido a mi pregunta —dijo ella—, sobre la hermana de Angus. ¿Estaban ustedes muy unidos?

Él respondió con tono quedo:

—Muira iba a ser mi esposa.

Amelia ya sospechaba que su afán de venganza se debía a algo más que a la lealtad hacia un amigo, pero al oírle reconocerlo abiertamente sintió como si le hubieran propinado un puñetazo en el pecho. No alcanzaba a explicárselo. No debería importarle, pero lo cierto es que le importaba, especialmente ahora, cuando empezaba a relajarse envuelta en el calor de su cuerpo y sintiéndose segura y a salvo en sus brazos.

Alzó la vista y miró las nubes bajas que surcaban el cielo, sospechando que pronto ocultarían el sol. Un mirlo aparecía y desaparecía entre la bruma, y ella tuvo de nuevo la sensación de haber penetrado en un mundo distinto, un lugar complejo y lleno de tristeza. Había mucho dolor aquí —ella misma lo percibía en diversos y confusos aspectos—, pero al mismo tiempo había una belleza divina en estas remotas y majestuosas montañas. El aire era puro y límpido; las aguas de los ríos y arroyos transparentes como el cristal. Todo era dramática y curiosamente contradictorio y a la vez conmovedor.

Durante el resto de la mañana, después de la conversación que habían tenido sobre Muira, apenas se dirigieron la palabra. Él se replegó en sí mismo, mostrando un talante de indiferencia, que Amelia trató de considerar una bendición, pues era su captor y ella era una estúpida por compadecerse de sus circunstancias, o peor aún, de creer que empezaba a sentirse atraída por él. Era preferible que no se dirigieran la palabra.

Más tarde, él la dejó sola durante breve rato. Se detuvieron junto a un río para abrevar al caballo y comer unos trozos de pan y queso rancio. Duncan no comió junto a ella, y durante esos breves segundos de libertad ella miró a su alrededor pensando en la posibilidad de huir rápidamente, pero se lo impedía el hecho de no conocer su posición en un mapa, o qué había al otro lado de la siguiente colina.

Más vale malo conocido que bueno por conocer, se dijo al fin, imaginándose escalando las montañas y hallando un lugar donde ocultarse. ¿Y si se topaba con una banda menos amable de salvajes? ¿Un grupo distinto de bárbaros que no vacilarían en abusar de ella? ¿O un feroz y famélico animal salvaje?

De modo que esa tarde no trató de huir. Se limitó a permanecer sentada tranquilamente sobre una roca, esperando a que Duncan volviera, y cuando lo hizo se sintió profundamente aliviada.

Esa noche, después de cenar —en otra cañada muy parecida a la última—, cuando Amelia se acostó en la cama de pieles junto al fuego que se extinguía lentamente, se esforzó en conservar la calma evocando unos recuerdos más gratos. Recordó las tartas de frambuesa que la cocinera solía preparar en la casa que ocupaban en Londres, las suaves almohadas de plumón que tanto le gustaban, y el sonido de su doncella al entrar de puntillas en su habitación a primera hora de la mañana con la bandeja del desayuno,

Pensó también en la voz suave y tranquilizadora de su padre, en su risa grave y alegre por las noches, cuando se fumaba una pipa junto al hogar.

Al evocar esos recuerdos sintió que se le formaba un doloroso nudo en la garganta, pero desterró la nostalgia que la invadía, pues no podía venirse abajo ahora. Si había conseguido llegar hasta aquí, resistiría hasta el final.

Cubriéndose con la manta hasta la barbilla, cerró los ojos y trató de descansar. Al menos Angus no estaba presente esa noche. Había ido a explorar el bosque al otro lado de la cañada.

En cuanto a Duncan, estaba sentado sobre una afloración rocosa situada más arriba, al igual que la noche anterior, vigilando por si detectaba algún peligro. Aunque seguramente vigilaba que ella no se levantara por la noche y los matara a todos con una piedra.

¿Pero sería ella capaz de matar a un hombre si se presentaba la oportunidad?

Sí, decidió Amelia. *Sería capaz.*

Con esa macabra idea dándole vueltas en la cabeza, se sumió en un agitado sueño, y durante la noche se despertó al oír unos pasos apresurados y unos susurros.

El temor se apoderó de ella. Despabilándose al instante, permaneció inmóvil, aterrorizada.

—Por la mañana partiremos hacia el sur —dijo Fergus, tumbándose en el suelo y cubriéndose los hombros con su tartán—. De regreso a Moncrieffe.

¿Moncrieffe? ¿La residencia del conde?

Amelia aguzó el oído...

—Pero pensé que Duncan quería tomárselo con calma —murmuró Gawyn. —Y así es, pero Angus ha visto a unos casacas rojas en el lago. Debemos retroceder.

Amelia oyó a Gawyn incorporarse.

—Loch Fannich se encuentra a menos de un kilómetro. ¿No dijo Duncan que debíamos recoger las cosas inmediatamente?

Fergus también se incorporó.

—No, Angus dijo que sólo había cinco soldados, que tenían la barriga llena de ron y que todos estaban dormidos.

Gawyn volvió a acostarse.

—No deja de ser un alivio.

—Quizá para ti. Pero no oíste a Angus y a Duncan pelearse sobre qué hacer con la dama. —Fergus bajó más la voz y se inclinó hacia delante apoyado sobre un codo—. Creí que iban a arrancarse mutuamente la cabeza —dijo—. Angus quiere matarla esta noche y dejar su cadáver junto al campamento inglés.

Amelia sintió que el temor se apoderaba de ella.

Gawyn volvió a incorporarse.

—Pero es la hija de un duque.

—Chitón. —Fergus se detuvo—. No deberíamos hablar de ello.

—¿Qué han decidido?

—No lo sé.

Durante unos momentos guardaron silencio; luego Fergus se acostó y se tapó la cabeza con su tartán.

—En cualquier caso, no depende de nosotros, de modo que deja de parlotear, estúpido rocín. Tengo que dormir.

—Y yo, culo apestoso. Fuiste tú quién inició la conversación.

* * *

Una hora más tarde, Amelia echó a correr a través de la oscuridad, jadeando, tropezando con piedras y salvando de un salto los hoyos que se encontraba en su camino. Sus faldas se agitaban de un lado a otro con cada paso apresurado que daba, y un terror indecible abrasaba su corazón.

Rogó que Duncan no advirtiera aún su ausencia, y que no se encontrara cara a cara con Angus, quien se había adelantado para explorar el bosque y deseaba dejar su cadáver en el campamento inglés. Amelia era consciente del riesgo que corría, pues si sus captores descubrían su fuga antes de que se reuniera con los soldados ingleses, no podía predecir lo que harían con ella.

Por favor, Señor, haz que encuentre el campamento. No puedo morir aquí.

De pronto sintió una presencia,..

El sonido de pasos a través de la cañada, acercándose sigilosamente, rápidos y ágiles en la noche, como un animal fantasmagórico. Se acercaban por detrás.

O por un costado... O en diagonal... ¡Quizá estaban frente a ella!

Avanzando tan velozmente como podía, Amelia se volvió para mirar atrás.

—¡Deténgase! —dijo una voz.

—¡No!

Antes de que pudiera reconocer de qué se trataba en la densa penumbra, algo chocó con ella de lado.

¡Menudo porrazo! Amelia cayó al suelo sin aliento. Sintió un fuego que corría por sus venas al comprender lo ocurrido. Estaba atrapada de nuevo debajo del cuerpo de Duncan.

¿De dónde había salido? Estaba segura de haber huido sin que la observaran. ¿Acaso su captor tenía ojos en la nuca?

—¿Está loca? —le preguntó Duncan, incorporándose a cuatro patas, con el pelo cayéndole sobre el rostro. Llevaba su escudo a la espalda, su espada envainada colgaba junto a su muslo y su hacha en el cinto.

—¡Suélteme! —gritó ella, más desesperada que nunca por escapar y ponerse a salvo.

La palma de su mano tocó una piedra, y antes de que pudiera articular un pensamiento coherente, la arrojó y golpeó a Duncan en un lado de la cabeza.

Éste emitió un gemido y tropezó, llevándose la mano a la sien. Cayó de espaldas. La sangre manaba entre sus dedos.

Horrorizada, Amelia se levantó apresuradamente.

Él trató de moverse. Se retorció y revolvió en el suelo. La sangre chorreaba por todas partes, cayéndole sobre los nudillos y el brazo. ¡Cielo Santo! ¿Qué he hecho?, se preguntó Amelia.

Se volvió y dirigió a vista hacia las lindes del bosque, sabiendo que el lago no estaba lejos. Allí había soldados ingleses. Aún podía alcanzarlos.

La indecisión la tenía paralizada. Estaba horrorizada de lo que lo había hecho a Duncan; no sabía que fuera capaz de tal violencia. ¿Pero qué otra cosa podía hacer?

Él gimió de nuevo, tras lo cual quedó inconsciente. ¿Le había matado?

Conmocionada, desorientada y aterrorizada de que Angus apareciera de la nada y le hiciera pagar por su rebeldía, Amelia echó a correr hacia el bosque.

No podía arrepentirse de lo que había hecho. Había sido raptada por unos montañeses enemigos. No había tenido más remedio que salvarse. Al menos ahora tenía la oportunidad de sobrevivir y reunirse con sus compatriotas. Vería de nuevo a su tío y regresaría a su casa en Inglaterra. Dormiría en su cama. Por fin se sentiría a salvo.

Cuando alcanzó los árboles, se detuvo en seco. El bosque estaba oscuro como boca de lobo. ¿Lograría encontrar el camino?

El corazón le latía con furia; de pronto se lanzó ciegamente a la carrera, atravesando como una exhalación el laberinto de ramas, hojas y afiladas espinas que le arañaban la cara. Se cayó tantas veces que perdió la cuenta, pero cada vez que aterrizaba en el suelo conseguía levantarse y seguir adelante.

Jadeando, boqueando, se negaba a darse por vencida. Se abrió camino a través de la oscuridad hasta que vio el destello de la luz de la luna entre los árboles. La bruma sobre el agua. Las ondas que rielaban.

Salió volando de los matorrales y cayó a cuatro patas sobre la hierba. Una hoguera ardía como un faro en la playa. No quedaba lejos. Vio una tienda de campaña. Caballos y un carro. Barriles. Una mula. Sacos de grano...

Sin levantarse, Amelia apoyó la frente en el suelo. *Gracias, Dios mío.*

Por sin se incorporó. Avanzó renqueando a través de la hierba hacia la playa cubierta de guijarros. Esto era una victoria. Había llegado a lugar seguro.

Débil y agotada, se encaminó hacia el campamento inglés y trató de no pensar en el hombre que había dejado atrás, inconsciente y sangrando profusamente en la cañada. Procuraría no pensar en su dolor, o en la sorpresa que mostraban sus ojos al darse cuenta de lo que ella le había hecho. Desterraría de su mente todo pensamiento referente a él. Era su enemigo. No volvería a pensar en él.

Capítulo 7

Cinco soldados dormían en sus petates dentro de la tienda de campaña, y Amelia —sosteniendo la puerta abierta con una mano— tuvo que aclararse la garganta dos veces antes de que tres de ellos se despertaran sobresaltados. Se levantaron apresurada y torpemente, y de pronto Amelia vio que la encañonaban con unas pistolas, tres para ser precisos, que amartillaron simultáneamente.

—¡Soy inglesa! —exclamó aterrorizada.

Los tres soldados que se habían levantado tardaron unos momentos en asimilar sus palabras mientras los otros dos gemían en sus petates.

—¿Qué pasa? —preguntó uno, que se hallaba en la puerta de la tienda de campaña junto a una linterna, observando a Amelia con ojos entrecerrados.

—Necesito con urgencia que me asistan y protejan —contestó ella—. Soy la prometida de Richard Bennett, teniente coronel del Noveno Regimiento de Dragones. Fui raptada del Fuerte William por el Carnicero de las Tierras Altas.

—¿El Carnicero? —El soldado situado en el extremo opuesto forcejeó con su petate hasta lograr liberarse de él y buscó a tientas un arma, que al parecer no conseguía localizar—. ¡Maldita sea!

Que Dios los asista. Que Dios los asista a todos.

—Por favor —dijo ella—. Creo que convendría que nos alejáramos de aquí cuanto antes. Veo que disponen de caballos...

—Pues claro —respondió uno de los soldados, dirigiéndose apresuradamente hacia la puerta y apartando a Amelia de un empujón—. ¿Dónde diablos está mi montura?

El fuerte olor a ron que exhalaba su aliento asaltó la nariz de la joven cuando el soldado salió trastabillando a la playa iluminada por la luna.

Esto era un desastre. Ella había imaginado que se encontraría con una disciplinada brigada de aguerridos héroes ingleses, en guardia y empuñando sus armas, los cuales se apresurarían a rescatar a la aristocrática dama de las zarpas de un conocido rebelde jacobita y enemigo de la Corona. Pero al parecer se había topado con un incompetente grupo de cobardes y borrachos.

—Silencio, imbéciles —dijo otro desde el interior de la tienda de campaña al tiempo que deponía su pistola—. Lo del Carnicero es un cuento chino. Una historia que se han inventado los MacLean para impedir que invadamos sus tierras, y todo el mundo sabe que los MacLean no son más que unos ladrones de ovejas.

—Yo había oído decir que esos eran los MacDonald.

—Pues yo he oído decir que es verdad —dijo otro. Seguía acostado en su petate y se incorporó sobre un codo para tomar una botella que tenía detrás de la almohada. La colocó boca abajo y la agitó, pero estaba vacía—. Mi primo lo vio en cierta ocasión. Estaba acampado con los soldados fuera de Edimburgo, y dijo que el Carnicero había matado a diez hombres él solo, después de lo cual había cortado la cabeza al comandante y la había arrojado a su caballo para que la devorara.

Uno de ellos soltó una risa despectiva mientras otro salía de la tienda de campaña a la carrera, derribando a Amelia. Ella le siguió hasta la playa, donde la hoguera seguía encendida. El primer soldado partió a galope.

—¡Espere! —gritó ella, corriendo tras él.

—Por el amor de Dios —dijo otro, saliendo de la tienda y blandiendo su pistola—. Estúpido cobarde. No tardará en chocar contra un árbol.

Amelia se volvió hacia él.

—¿Quién está al mando aquí? —inquirió—. ¿Usted, señor?

—Sí. —El soldado trastabilló un poco y parecía no verla con claridad.

—¿Su nombre y rango?

El soldado pestañeó.

—Soy el comandante Curtis, a su servicio.

—No sabía que fueras un poeta, Jack —comentó uno de ellos, arrojándole un puñado de guijarros.

Exasperada, Amelia dijo con aspereza:

—Le aseguro, señor, que el Carnicero es un hombre de carne y hueso, y creo... —Se detuvo, volviéndose para mirar hacia atrás—. Creo que quizá le he matado.

El hecho de decirlo en voz alta le produjo náuseas.

Otro soldado salió de la tienda de campaña, bebiendo a morro de una botella.

—Esto es una broma —dijo—. Alguien nos está tomando el pelo. No hay más que ver a esta cochambrosa joven. ¡Qué va a ser la prometida de un oficial! Está más sucia que una pescadera. Propongo que nos divirtamos un poco con ella.

—No se trata de una broma —protestó Amelia—. Me raptaron del Fuerte William. Estoy prometida con Richard Bennett, teniente coronel del Noveno Regimiento de Dragones, y el Carnicero y su banda de rebeldes no se hallan lejos de aquí. Debemos escapar de inmediato e informar de lo ocurrido.

El soldado que sostenía la botella se acercó a ella trastabillando y con expresión repulsiva.

—Acércate, cariño. Dame un beso.

—¡No me toque con sus pútridas manos! —Amelia retrocedió y miró hacia atrás, buscando el medio de huir. De golpe se le ocurrió que debió haber robado el hacha que Duncan llevaba en el cinto. ¿Por qué no lo había hecho?—. No dé un paso más, señor.

Pero el soldado se abalanzó sobre ella antes de que Amelia tuviera tiempo de reaccionar. La sujetó por la parte superior de los brazos y oprimió sus pegajosos labios contra su mejilla. Empezó a besuquearla, chupando y lamiéndole el rostro con su húmeda lengua. Su aliento y su cuerpo exhalaban un hedor nauseabundo, y ella se enfureció.

Trató de golpearle, pero él la sujetaba con fuerza. Era un hombre alto y corpulento contra el que no podía luchar, pese a estar borracho.

Los otros salieron de la tienda de campaña y empezaron a vitorear y aplaudir a su compañero, divertidos y estimulados por los inútiles intentos de Amelia de asestar patadas y arañar a su agresor.

—¡Suélteme! —gritó, pero de pronto se encontró postrada boca arriba en el suelo, retorciéndose y luchando con todas sus fuerzas mientras el repugnante tipejo se montaba sobre ella.

—Luego me toca a mí —oyó decir Amelia a uno de los otros. Luego sintió un agudo y mareante zumbido en los oídos que ahogó los demás sonidos salvo los frenéticos latidos de su corazón y sus furiosos gritos mientras pugnaba por liberarse.

De pronto oyó un tumulto a su alrededor, gemidos, porrazos y golpes contundentes, y el fláccido montón de carne montado sobre ella se alzó en el aire. Le vio volar hacia arriba formando un arco y aterrizar en el lago con un fuerte estruendo.

Amelia se incorporó y vio a Duncan, de pie junto a ella, con las piernas separadas, hacha en mano, su poderoso pecho moviéndose de forma convulsa debido a los jadeos, enseñando los dientes como un animal. Sus miradas se cruzaron, y él la contempló furibundo, presa de una furia asesina.

Tenía el pelo empapado en sangre, y su rostro manchado también de sangre, como una grotesca máscara de pintura de guerra. Lo único que veía Amelia era el blanco de sus ojos, y se estremeció de temor.

El sonido de un chapoteo en el agua hizo que ésta se volviera hacia el lago.

Con su espada de doble filo oscilando dentro de su funda, Duncan se encaminó hacia el borde del lago. Se sumergió en las oscuras y onduladas aguas iluminadas por la luna, persiguiendo al soldado que la había atacado.

El hombre se puso a sollozar.

—¡Por favor, no! —Dio un traspié hacia atrás y desapareció debajo de la superficie, luego se incorporó y empezó a nadar en dirección opuesta, alejándose de la orilla, agitando las piernas y los brazos frenéticamente entre las olas.

Duncan siguió avanzando, sin dejar que la resistencia del agua se lo impidiera. Sostenía el hacha sobre su cabeza.

Amelia se puso en pie, horrorizada. No podía contemplar la escena. No soportaba presenciar el cruel asesinato de un hombre a sangre fría, ante sus ojos, pese a que éste había estado a punto de violarla.

—¡No, Duncan! —gritó, avanzando ansiosamente un paso.

Su voz detuvo a éste en seco, y bajó la vista para observar su falda de tartán flotando en el agua a su alrededor. Parecía como si ella le hubiera arrancado de un trance.

Se volvió, salió del lago y silbó para llamar a su caballo. *Turner* salió trotando de entre los árboles sin su silla ni las riendas. Duncan se guardó el hacha en el cinto y montó en el gigantesco corcel negro. Cabalgó a pelo hasta donde se hallaba Amelia, frente a la tienda de campaña. Rodeada por tres soldados muertos. La miró y extendió su mano.

Ella dudó unos instantes.

Entonces uno de los soldados que yacía postrado gimió y se dio la vuelta detrás de ella. Amelia se volvió sobresaltada. Otro empezó a arrastrarse a través de la playa, alejándose del campamento, como si reptara hacia los matorrales para ponerse a salvo.

De modo que no estaban muertos, aunque su jefe, el comandante Curtis, seguía tratando de mantenerse a flote en el lago y probablemente se ahogaría dentro de unos minutos.

—Venga conmigo —gruñó Duncan—, o se expone a sufrir una suerte peor a manos de estos hombres.

El soldado que estaba junto a ella empezó a incorporarse a cuatro patas, y sin pensárselo dos veces Amelia se agarró al brazo de Duncan y se encaramó sobre el lomo del caballo.

Duncan se quitó el escudo por la cabeza y se lo entregó.

—Póngaselo. Sujéteselo a la espalda.

Ella obedeció, le rodeó la cintura con los brazos y partieron a galope del campamento inglés hacia el bosque.

En el preciso momento en que penetraron en el bosque, Amelia se volvió y vio algo que corría como una exhalación por la playa. Era Angus montado en su caballo rucio, con su melena rubia ondeando al viento y blandiendo su espada de doble filo sobre su cabeza. Perseguía a galope al cobarde soldado inglés que había sido el primero en huir del campamento.

Que Dios se apiadara de ese desgraciado.

De pronto la oscuridad cayó sobre cuanto era visible, mientras ellos avanzaban a través de las ramas y saltaban sobre los troncos caídos en el suelo. En el bosque reinaba el silencio, a excepción de las veloces y resonantes pisadas de los cascos sobre el suelo y el sonido de ramas y hojas secas al partirse. El viento azotaba el rostro de Amelia, que se agarró con más fuerza al atlético cuerpo de Duncan, su salvador.

—Agache la cabeza —dijo éste, y ella sepultó el rostro en la suave lana de su tartán que llevaba sujeto al hombro, sobre su fornida y musculosa espalda.

Amelia cerró los ojos y trató de dejar de temblar, pero fue inútil. Era una reacción tardía al terror de lo que acababa de ocurrir cuando aquel tipo despreciable se había abalanzado sobre ella, rasgándole la ropa y besuqueándola por todas partes.

Se aferró a Duncan con más fuerza, abrumada por un sentimiento de gratitud y alivio —*gracias a Dios que había aparecido en el momento oportuno*—, pero al mismo tiempo se sentía desorientada por el vertiginoso cambio que habían experimentado sus emociones.

Él era su captor. Era el culpable de que ella estuviese aquí, y no hacía mucho *él mismo* la había inmovilizado contra el suelo mientras ella se debatía y pugnaba por liberarse.

Sin embargo, de algún modo lo que había ocurrido con el soldado inglés le había producido una sensación muy distinta, cosa que Amelia no alcanzaba a comprender en su aterrorizada mente. Se había sentido a la vez furiosa y atemorizada cuando Duncan la había arrojado al suelo en el prado la primera mañana, pero siempre había tenido la impresión de que jugaba con ella. Había intuido que esperaba el momento propicio, dejando que ella le arañara y se rebelase contra él hasta quedar sin fuerzas. Esperaba a que ella capitulara. A que se rindiera cuando estuviera dispuesta a rendirse.

Con el soldado borracho había sido muy distinto. Éste no habría dudado en violarla. De no haber aparecido Duncan y obligarlo a arrojarse al lago la estaría violando en estos momentos.

¿Pero qué era lo que ella sentía exactamente? ¿Era Duncan su salvador? ¿Su protector?

No. La había raptado de su lecho en una fortaleza inglesa custodiada por soldados. Deseaba matar a su prometido. Había matado a centenares de hombres. Era un guerrero brutal y vengativo y ella no estaba muy segura de que no terminaría muerta. Era posible que esta noche la hubiera salvado porque era su señuelo. La necesitaba para atraer a Richard a la trampa que le tendería.

Con todo, ella aún no estaba dispuesta a dejar de aferrarse a él, y si alguien hubiera tratado ahora de separarla de él, habría fracasado. Se aferraba a él como si su vida dependiera de ello, y aunque hubiese querido no habría podido soltarlo. Se sentía más segura aquí que hacía un rato en la playa, incluso en estos momentos en que volaban enloquecida y frenéticamente a través del oscuro bosque a la velocidad de una bala de mosquete.

No tenía idea de cuánto tiempo habían galopado a través de la espesura. No deseaba detenerse. Deseaba seguir adelante, alejarse lo más posible, pero de pronto notó que Duncan se inclinaba hacia atrás y frenaba al caballo al paso del trote. Entonces abrió los ojos.

—¡So! —dijo Duncan con voz queda pero firme y autoritaria.

Se detuvieron en un claro iluminado por el resplandor de la luna, no lejos de un arroyo de aguas cantarinas.

Duncan respiraba trabajosamente. Ella sintió el movimiento convulsivo de su pecho.

—Desmonte —le ordenó él con aspereza.

Ella deslizó una pierna sobre el lomo del caballo, aterrizó en el suelo y ajustó la correa que sujetaba el escudo a su espalda. Él aterrizó junto a ella y dio una palmada al caballo en la grupa. El animal se dirigió trotando hacia el arroyo para beber.

Duncan se encaró furioso con ella.

—¡No vuelva a hacerlo!

—No lo haré —respondió ella, sin estar muy segura de a qué se refería. ¿A su huida, en general? ¿O al momento en que ella le había golpeado en la cabeza con la piedra?

Duncan se llevó una mano a la barriga.

—Joder...

Dio media vuelta y se acercó a un árbol, donde se inclinó hacia delante y se puso a vomitar. Amelia le observó horrorizada. ¿Era debido a lo que ella le había hecho?

Al menos estaba vivo. No le había matado. A Dios gracias.

—Lo siento —dijo cuando él recobró la compostura.

Él se encaminó hacia el arroyo cuyas aguas fluían rápidamente y se lavó la cara. Después de haber eliminado la sangre, se lavó también las manos, frotándoselas con energía, violentamente, rascándose la piel con las uñas.

—Le juro, Amelia —dijo con tono grave y amenazador—, que siento deseos de propinarle una paliza hasta dejarla sin sentido. ¿En qué estaba pensando?

Ella frunció el ceño mientras observaba sus anchas espaldas, pues Duncan seguía inclinado sobre el arroyo.

—¿En qué supone que estaba pensando? Trataba de huir de mi enemigo y alcanzar a un aliado, mis compatriotas. No era un plan tan descabellado, y no debe de sorprenderle. Angus quería matarme esta noche. ¿Qué esperaba que hiciera yo?

Él volvió la cabeza y la miró enojado.

—No dejaré que la mate nadie. Ya se lo dije.

—Pero al parecer Angus no está de acuerdo con su decisión a este respecto.

—Hará lo que yo diga.

—¿Cómo puede estar seguro? No sé nada sobre él, ni sobre usted. Sólo sé que me raptó, y que quiere matar a mi prometido, y que en estos momentos todo el ejército inglés debe de estar temblando de miedo porque es una bestia feroz dotado de una fuerza increíble que lleva una gigantesca hacha y pretende liquidarlos a todos mientras duermen.

Él se levantó y se acercó a ella.

Ella retrocedió atemorizada.

—Esos hombres —dijo él en voz baja y amenazadora—, querían deshonrarla. No debió ir allí.

—¡Yo no lo sabía cuando huí! Lo único que quería era volver a sentirme a salvo.

—Conmigo está a salvo.

Amelia sintió como si algo se trastocara en su interior.

—Me cuesta creerlo.

—Créalo. —Él se volvió para ir en busca de su caballo—. Y espero que esta noche haya escarmentado.

—Sí —confesó ella a regañadientes—. Creo que sí.

Él se volvió de nuevo hacia ella.

—¿Lo *cree*? ¿Tiene piedras en la cabeza en lugar de un cerebro?

—¿Qué espera, Duncan? Usted es el Carnicero, y me ha traído aquí en contra de mi voluntad. ¡Me ha raptado y soy su prisionera!

Él la miró irritado. Su voz denotaba resentimiento.

—Sí, porque no podía dejarla allí. —Se pasó una mano por el pelo empapado en sangre, y dijo con voz grave y áspera—. No imagina cómo deseaba matar a ese soldado esta noche. Al verlo montado sobre usted, manoseándola como un animal, cuando estaba claro que usted no quería que la tocara. Y los otros, observando la escena sin mover un dedo... —Sacudió la cabeza—. Siento deseos de volver allí y terminar lo que empecé. Deseo sumergirle la cabeza debajo del agua y observar cómo agita las manos y patalea y muere. ¿Por qué me lo impidió? —No cesaba de crispar y relajar los puños.

—Porque... no soportaba verlo.

Duncan parecía forcejear con un demonio interior que pugnaba por liberarse. Era incapaz de alzar los ojos. Amelia observó la parte superior de su cabeza, que aún estaba cubierta de sangre. Sus hombros se movían convulsivamente cada vez que respiraba.

Ella aún no estaba segura de él, temía su explosivo e irascible temperamento. Había golpeado a esos hombres en el campamento hasta dejarlos sin sentido y deseaba regresar para causar más daño.

Sin embargo quería hacer esas cosas para protegerla. Para vengarse de quienes habían tratado de deshonrarla.

O quizá no fuera su deshonra lo que deseaba vengar...

—Gracias —dijo ella suavemente, pues no sabía qué decir—. Gracias por salvarme de esos hombres.

Él la miró con enojo —¿o eran remordimiento?—, tras lo cual se llevó una mano a la cabeza y dio unos pasos de lado, tambaleándose.

—Maldita sea.

Ella se apresuró hacia él y trató de sujetarlo por las axilas, pero no pudo evitar que se desplomara en un gigantesco montón cubierto por su tartán.

Se inclinó sobre él, arrodillada en el suelo, y le abofeteó las mejillas.

—¡Duncan! ¡Duncan!

¡Santo Dios! Sentándose en cuclillas, Amelia se llevó una mano a la frente. Él acababa de salvarla de esos indeseables. Seguía viva y conservaba su virtud gracias a él. ¿Qué había hecho?

Un búho ululó entre las copas de los árboles, y ella alzó la vista hacia el firmamento iluminado por la luna. No sabía cómo ayudarle. Se hallaban en un lugar alejado de toda civilización.

De pronto oyó un ruido más allá del claro, los mugidos de una vaca en la noche. Quizá había un rebaño cerca, y si había un rebaño, podía haber un pastor, o incluso una pequeña granja con un granero y una familia con comida y agua potable y provisiones...

Se levantó y miró a Duncan, que seguía postrado en el suelo, inconsciente, miró a su caballo pastando, y echó a correr hacia el sonido que había oído rogando a Dios que no fuera otra tropa de soldados ingleses borrachos.

Capítulo 8

Una luz débil y parpadeante iluminaba una ventana. Amelia salió de entre los árboles y atravesó un prado hacia una casita rústica, hecha de tosca piedra y rematado por un techado de heno. De la chimenea brotaba una espiral de humo, que se recortaba contra el despejado y estrellado cielo, y oyó de nuevo los mugidos de una vaca en la oscuridad.

Arremangándose las faldas hasta las rodillas, echó a correr por el accidentado terreno hasta alcanzar la puerta y llamar a ella con insistencia. Ya había decidido lo que iba a decir, pues no tenía idea cómo la recibirían estas gentes de las Tierras altas, ni qué tipo de familia era.

La puerta de madera se abrió unos centímetros con un chirrido, y Amelia vio a un anciano de aspecto delicado vestido con una falda escocesa. Se apoyaba en un tosco bastón de madera, y tenía el pelo blanco y encrespado, como si no se lo hubiera peinado desde hacía una década. Su fláccida piel mostraba unos surcos que parecían tan vetustos como la corteza de un roble de doscientos años.

Amelia sintió que el alma se le caía a los pies. Había pensado que sería recibida por un joven y robusto granjero, el cual se apresuraría con ella hasta el claro y quizás accedería a transportar a Duncan a un lugar seguro.

—Discúlpeme por importunarlo a estas horas tan intempestivas —dijo—, pero necesito ayuda. Mi... —Amelia se detuvo, y luego prosiguió—. Mi *marido* está herido en el bosque. —Se volvió y señaló los árboles.

La puerta se abrió más y apareció en el umbral una mujer joven que iba descalza. Lucía una sencilla camisa de color blanco. Su pelo rubio y rizado le caía sobre los hombros, y sostenía a un bebé en brazos.

—Es inglesa —dijo el anciano con voz ronca y suspicaz.

A continuación Amelia vio aparecer, con profundo alivio, a un joven y fornido escocés. Era rubio, de tez pálida, y lucía una amplia camisa de dormir.

—¿Dice que está herido? ¿Dónde?

—En el claro, no lejos de aquí —respondió ella—. Puedo llevarle allí, si accede a ayudarnos. —Amelia decidió que era prudente ofrecerles información adicional—: Mi marido es escocés.

El joven asintió con la cabeza.

—No importa, muchacha. Engancharé el caballo al carro. —Se volvió hacia su mujer—. Pon agua a hervir y trae unas mantas.

Después de desaparecer unos momentos, el joven regresó luciendo un tartán, que se sujetó al hombro mientras salía detrás de Amelia. Se sentía incómoda sintiendo el escudo de Duncan golpeándole ligeramente la espalda.

Al poco rato, atravesaron el bosque en un desvencijado carro cuyo eje rechinaba, tirado por un robusto poni blanco que avanzaba con demasiada lentitud para el estado de nervios en que se hallaba Amelia.

—Es allá —dijo señalando el claro iluminado por la luna, tras lo cual saltó de su asiento antes de que el carro se hubiera detenido. Echó a correr y encontró a Duncan exactamente donde lo había dejado.

—¡Aquí! —gritó—. ¡Estamos aquí!

Por favor, Señor, haz que viva.

Se arrodilló y le tocó la mejilla. Su piel aún estaba tibia, y en su cuello latía el pulso con fuerza.

El carro se detuvo con un rechinar de ruedas, y el escocés saltó del vehículo.

—¿Qué le ha ocurrido?

Amelia se detuvo, devanándose los sesos en busca de una explicación verosímil mientras el poni se movía haciendo sonar el arnés.

—Mi marido se cayó del caballo y se golpeó en la cabeza.

El montañés miró brevemente a *Turner*, que pastaba tranquilamente en la fresca y verde hierba, y apoyó una rodilla en el suelo. Observó también el hacha y la espada de doble filo de Duncan, y luego le examinó la cabeza.

—El corte es profundo, pero al menos no se ha partido la cabeza. Ayúdeme a colocarlo sobre el lecho en el carro.

Tras no pocos esfuerzos por parte de los dos, consiguieron alzar a Duncan y depositarlo sobre un lecho de heno en la parte posterior del carro. Amelia se sentó a su lado y apoyó su cabeza en su regazo durante el breve trayecto de regreso a la casa.

Cuando llegaron a la pequeña granja se detuvieron delante de la puerta. El joven se echó a Duncan al hombro y lo transportó al interior de la vivienda. En el hogar ardía un fuego. La mujer del granjero se había puesto un sencillo vestido marrón tejido en casa.

—Vaya —dijo, depositando a su bebé dormido en una cesta—, este montañés es un buen mocetón. ¿Qué le ha pasado?

—Se cayó del caballo y se golpeó en la cabeza —respondió su marido con cierto escepticismo, dirigiendo a su mujer una mirada cargada de significado.

—¿Cómo se llama, muchacha? —preguntó la mujer. Su tono era directo pero afable.

—Amelia. —Decidió no mencionar el apellido ni el título de su familia. Esta gente no tenía por qué saber que era hija de un aristócrata.

La mujer la observó con curiosidad.

—Yo me llamo Beth —dijo—, y mi marido Craig. Nos apellidamos MacKenzie, y fue mi padre quien le abrió la puerta. Es un MacDonald.

—Me siento honrada de conocerles —respondió Amelia, saludando respetuosamente con la cabeza al anciano, que se hallaba en el centro de la habitación, apoyado en su bastón, sin mirarla. Sus ojos furiosos e incrédulos estaban fijos en Duncan.

—Bien, veamos si conseguimos reanimar a este torpe montañés —dijo Beth, reaccionando con indiferencia a la tensión en la estancia mientras se acercaba a la tosca mesa de madera—. ¿Dice que es su marido? —preguntó absteniéndose de mirar a Amelia a los ojos.

—Sí. ¿Pueden ayudarle?

Beth cambió otra mirada recelosa con Craig, pero a Amelia no le preocupaban las sospechas que pudieran albergar. Lo único que quería era que Duncan se despertara.

—Haremos lo que podamos. —Beth tomó un plato y aplastó su contenido con una cuchara de madera—. Dice que se hirió, de modo que cuando se fueron preparé un ungüento con hojas de dedalera. Creo que le curará, pero si la herida es grave, el posible que el cerebro se haya hinchado, en cuyo caso sólo podemos esperar y rezar.

Amelia reprimió su temor, y miró ansiosa al anciano, quien retrocedió hacia la pared y la observó con ojos sombríos y amenazadores. Su expresión hizo que Amelia recordara las terroríficas pesadillas que había tenido en su infancia.

Más tarde, cuando Craig salió para atender al poni y el carro, Beth miró a Amelia a los ojos.

—Dígame la verdad, muchacha. Ese hombre no es su marido, ¿verdad?

Ella y Beth se sentaron a la mesa.

—No.

El padre de Beth, el viejo MacDonald de pelo blanco, estaba sentado en una butaca junto al fuego con sus artríticos dedos apoyados en el mango del bastón, mirando furibundo a Amelia.

—No le haga caso —murmuró Beth, inclinándose hacia delante ligeramente—. En cualquier caso no oye la mitad de lo que decimos.

—Ha oído lo suficiente para saber que soy inglesa.

Beth se encogió de hombros.

—Sí. Es cauteloso, nada más. ¿Cómo conoció a este gigantón escocés? —Señaló a Duncan, que descansaba tranquilamente en la cama.

Amelia se volvió para mirarlo y sintió una intensa punzada de angustia. ¿Y si no se recuperaba?

—Me raptó y me separó de mi prometido —respondió midiendo bien sus palabras.

Beth achicó sus ojos azules con gesto suspicaz.

—¿De modo que son amantes?

Amelia sabía que Beth no creía eso. Lo había dicho para arrancarle una explicación.

—No somos amantes.

El anciano dio tres golpecitos en el suelo con su bastón, como si siquiera que le llevaran algo. Beth alzó un dedo.

—Déjese de secretos, muchacha —murmuró—. Sé quién es este hombre, y sé que usted no es su amante.

Amelia se esforzó en conservar la calma.

—¿Cómo lo sabe?

La mujer señaló el escudo circular que Amelia llevaba sujeto a la espalda.

—Es el escudo del Carnicero. Todo el mundo sabe que contiene la piedra sustraída al arma de su antepasado, Gilleain na Tuaighe.

—Gillean el del Hacha de Guerra —repitió Amelia, traduciéndolo en unas palabras que ella comprendía bien por las historias legendarias sobre el Carnicero, que descendía de un famoso caudillo. Se quitó el escudo sobre la cabeza para examinarlo de cerca y tocó la bruñida piedra ovalada situada en el centro del mismo. Era de un blanco inmaculado, con unas vetas circulares de color gris.

—Es un ágata de Mull —comentó Beth.

—Es muy bella. —Pero que Dios se apiadara ahora de ella.

Beth asintió.

—Mi marido se fijó en ella cuando salió de la casa detrás de usted. Entonces vio la espada con empuñadura de cesta que portaba su montañés, con unos diminutos corazones grabados en el acero, junto con el imponente corcel negro del que usted afirma que se cayó, y adivinó la verdad. El hombre en el claro era el Carnicero, y usted trataba de salvarle la vida.

Trataba de salvarle la vida...

—Sí —respondió Amelia—. Sí, debo procurar que viva.

—Pero usted no es su novia —añadió Beth—. Eso también lo sé.

—¿Cómo puede estar tan segura? —A Amelia le sorprendió el tono desafiante con que formuló la pregunta.

Beth la miró con ojos perspicaces.

—Porque su novia murió, muchacha, y por lo que he oído decir, el Carnicero enterró su corazón en la fosa junto a su amada el día en que ésta murió..., en todo caso la parte de su corazón que es capaz de amar. Ahora lucha por la libertad de los escoceses. Es lo único que le importa. La libertad y la justicia. Además —añadió mirando a su bebé que dormía en la cesta—, usted es inglesa. El Carnicero jamás entregaría su corazón a una inglesa. No pretendo ofenderla, pero es así.

Amelia se reclinó en su silla, sorprendida de los profundos conocimientos que tenía esta mujer sobre el famoso Carnicero, los detalles específicos que conocía sobre sus armas y antepasados y el dolor que le reconcomía, el cual le incitaba a pelear y matar.

—Dice usted que lucha por la libertad de los escoceses —dijo—. ¿Pero que consigue matando?

Pensó en su querido padre, que había tratado de negociar pacíficamente con los nobles escoceses y había logrado que muchos accedieran a deponer sus espadas y unirse a Inglaterra bajo un soberano.

Beth se levantó de la mesa.

—¿Le apetece una copa de vino? Sé que mi padre querrá que le dé un poco de vino si me oye hablar del pasado.

—Sí, gracias —respondió Amelia.

Beth se dirigió a la alacena, sacó una pesada jarra de piedra y sirvió vino en tres copas. Ofreció una a su padre, que la aceptó con un tembloroso gesto de la cabeza, y depositó las otras dos en la mesa.

Luego se sentó.

—Muchos escoceses creen que la lucha es la única forma de preservar nuestra libertad, porque muchos recuerdan una época en que las negociaciones fracasaron. ¿Ha oído hablar de Glencoe?

—No —respondió Amelia sacudiendo la cabeza.

—Es natural que a la mayoría de damas inglesas privilegiadas como usted no les expliquen estas cosas. Por su acento, muchacha, deduzco que no es una ayudante de cocina. En cualquier caso, ocurrió en el 92, seguramente antes de que usted naciera. Su Rey, ese usurpador, Guillermo de Orange, dio a los miembros de los clanes un ultimátum para que juraran lealtad a su Corona o sufrieran las consecuencias y perdieran sus tierras. La mayoría de ellos firmaron el documento, pero uno de los jefes de los MacDonald no lo hizo antes de la fecha señalada, y poco después su clan fue masacrado. Fueron conducidos al exterior al amanecer y fusilados en la nieve. Pocos escoceses han perdonado a los ingleses esa injusticia, ni a los Campbell, porque fueron ellos quienes hicieron el trabajo sucio. Y ahora los Campbell apoyan la sucesión de los Hannover. —Beth se inclinó hacia delante—. De modo que, como es lógico, muchos montañeses están impacientes por tomar una espada o un mosquete y luchar por la auténtica Corona escocesa.

—Se refiere a la sucesión de los Estuardo —dijo Amelia—. ¿Fue por eso que los jacobitas se rebelaron? ¿Debido a lo ocurrido en Glencoe? Supuse que era porque querían a un católico en el trono.

Beth dejó su copa sobre la mesa.

—Es muy complicado, muchacha. Demasiada sangre escocesa ha sido derramada a lo largo de los siglos, y esa sangre sigue fluyendo con la misma potencia en los ríos y arroyos de esta tierra. Tenemos que pelear —le explicó—. No podemos evitarlo. Nuestros orgullosos montañeses son valerosos y aguerridos. Por su torrente sanguíneo corre el instinto guerrero, y no están dispuestos a capitular ante un tirano.

—El rey Jorge no es un tirano —protestó Amelia.

—Pero su parlamento sí —replicó Beth—. Ni siquiera voy a mencionar a Cromwell —murmuró—, porque si mi padre oye ese nombre en su casa, se levantará de la butaca blandiendo su bastón, deseoso de seguir al Carnicero cuando parta mañana para matar él mismo a unos casacas rojas.

Amelia miró al viejo y ajado montañés y luego a Duncan, que aún no se había movido.

—Ruego a Dios que mañana se haya despertado.

—Sí, roguemos que así sea —dijo Beth—. Porque si no se despierta, le prometo que los clanes se sublevarán como ni siquiera se imagina y su preciado rey alemán deseará no haber nacido nunca.

Amelia bebió un trago de su vino, turbada, reflexionando sobre lo que acababa de oír. No sabía nada sobre la terrible matanza de Glencoe. Estaba claro que su padre le había ocultado esa información.

Para protegerla, por supuesto. Porque en su mundo a las refinadas y señoritas con cierta sensibilidad había que protegerlas de esos horrores.

Dirigió sus cansados ojos hacia Duncan y comprendió de nuevo que había mucho que ignoraba sobre este país. Su historia y su política eran muchos más complicadas de lo que había supuesto, y con cada hora que pasaba se hacían más complicadas.

—¿Conoce usted la verdadera identidad del Carnicero? —preguntó, inclinándose hacia delante y observándolo. Ahora sentía más curiosidad que nunca sobre su vida y su educación. ¿Había estado presente en Glencoe? ¿Tenía familia? ¿Hermanos o hermanas? ¿Qué clase de infancia había conocido? ¿Había asistido a la escuela? ¿Sabía leer? ¿O había aprendido sólo a pelear y matar?

—Nadie sabe de dónde proviene —respondió Beth—. Algunos dicen que es un fantasma. Pero abundan los rumores que afirman que uno de los rebeldes que luchan junto a él es un MacDonald que sobrevivió a la matanza de Glencoe. En aquel entonces era un niño, y su madre lo ocultó en un baúl para que los Campbell no lo encontraran. Cuando todo terminó salió de su escondrijo y vio a su madre desangrarse sobre la nieve.

¿Se refería Beth a Angus?

Ésta señaló con la cabeza a su padre, que bebía tranquilamente su copa de vino junto al fuego, y bajó la voz.

—Los sobrinos de mi padre murieron también allí.

Amelia sintió náuseas al pensar en esas pobres gentes víctimas de una muerte tan violenta en aquella gélida mañana de invierno.

—¿Pero y la mujer que iba a convertirse en la esposa del Carnicero? —preguntó de sopetón—. ¿Sabe alguien quién era?

Beth negó con la cabeza.

—Es un secreto bien guardado. Pero imagino que muchas jóvenes escocesas estarían más que dispuestas a contribuir a restañar las heridas del corazón del Carnicero. Los hombres suelen hablar sobre su hacha y su espada y los poderes místicos de esa antigua piedra, pero las muchachas se dedican a cotillear sobre el poder de lo que tiene *debajo* de su falda escocesa. —Por fortuna, Beth decidió cambiar de tema—. ¿Así que dice que el Carnicero la raptó, robándola a su prometido?

—Sí.

En ese momento, la puerta se abrió con gran violencia. Beth gritó, su padre dejó caer su copa al suelo y se levantó de la butaca emitiendo un amenazador grito de guerra.

En un vertiginoso remolino de tartán, Duncan se levantó también de la cama, agarró a Amelia con una mano y la obligó a ocultarse detrás de él mientras con la otra sacaba la pistola del cinto y la apuntaba contra el intruso.

Amartilló el arma con el pulgar. Parecía como si el mundo entero se hubiese detenido mientras Amelia contemplaba a Craig, el marido de Beth, al otro lado de la habitación, inmóvil, con un puñal apoyado en el cuello.

Capítulo 9

Era evidente que Duncan se había recobrado. Amelia, sin embargo, temió que ahora sería ella quien tendría que acostarse, pues estaba convencida de que iba a desmayarse a sus pies.

—¿Qué pasa aquí? —preguntó Duncan con voz grave y amenazadora. Seguía apuntando con la pistola a Craig. Miró a Beth y al anciano, y luego sus sombríos ojos se fijaron en Angus, que mantenía a Craig inmovilizado con la afilada punta de su puñal—. ¿Quiénes son estas personas?

Angus respondió con voz clara.

—Vi tu caballo fuera, pero este tipo al que tengo agarrado por el cuello me dijo que no te había visto, que no había recibido ningún visitante. Comprendí que me mentía, de modo que decidí echar un vistazo por mí mismo.

—Por supuesto que le mentí —dijo Craig no sin cierta dificultad—. Este hombre y esta mujer están bajo mi protección. Yo no sabía quién era usted, y sigo sin saberlo, maldito cabrón. De modo que hasta que lo averigüe, por mí puede pudrirse en el infierno.

Duncan volvió la cabeza ligeramente, como para asegurarse de que Amelia se hallaba a salvo detrás de él.

—Estoy bien —dijo ella—. Estas personas nos han brindado su ayuda. De veras. Le doy mi palabra.

Duncan se llevó una mano a la cabeza y se tocó la pomada balsámica que le habían aplicado, tras lo cual olisqueó el potingue.

—Han ayudado a la *inglesa* —corrigió Angus con su habitual tono belicoso—. Y no me sorprendería ver de pronto a una tropa de casacas rojas entrar a galope en el establo.

Duncan no había bajado su pistola. Amelia le observó asir con sus largos dedos el mango de su hacha.

El anciano miró con gesto petulante a Angus. Alzó su bastón del suelo y le apuntó con él.

—¿Quién es usted, para derribar la puerta de esta casa y acusar a esta familia de simpatizar con los ingleses?

—Soy amigo de este hombre —contestó Angus, mirando a Duncan—, el cual necesita que le guarde las espaldas porque tiene más de un enemigo acechándole. Como esta mujer —añadió señalando a Amelia.

—Le traje aquí para salvarle la vida —protestó ella—. Le hirieron en el bosque.

—No me extraña —replicó Angus—. Usted le golpeó en la cabeza con una piedra.

Todos se volvieron hacia ella. Al observar la expresión de decepción en los ojos de Beth, Amelia sintió que se le encogía el corazón.

—¿Es eso cierto, Amelia? —preguntó Beth—. ¿Le golpeó con una piedra? ¿Es su enemiga?

Amelia trató de justificarse.

—No exactamente.

—Ya —comentó Angus con tono satisfecho ante el oportuno giro de los acontecimientos—. ¿Lo han oído? Ha dicho «no exactamente». Deberían saber también que es la futura esposa de Richard Bennett, el mayor verdugo de los escoceses.

Maravilloso.

—No es un verdugo —les explicó Amelia, tratando de defenderlo. O quizá quería defenderse a sí misma y su elección de marido. En cualquier caso, no importaba. Se había implicado en el asunto y había confirmado las acusaciones de Angus: que era enemiga de Escocia y también del Carnicero.

—¿De modo que tú no lo sabías? —preguntó Angus zarandeando a Craig, al que seguía agarrando por el cuello.

—¿Esta mujer está prometida con ese cerdo? —inquirió Craig con voz seca y gutural.

Entretanto, Beth no dijo nada.

Angus soltó de inmediato a Craig, que cayó postrado de rodillas, esforzándose en recobrar el resuello.

—Sí —dijo Angus—. Conviene que sepamos de qué lado de la frontera cae tu espada, granjero. ¿Cómo te llamas?

—Craig MacKenzie —respondió éste, levantándose torpemente.

El padre de Beth se relajó y habló con tono más conciliador.

—Usted es el MacDonald que sobrevivió en Glencoe, ¿no es así?

Angus miró fríamente a Amelia y asintió con la cabeza.

El anciano cruzó con él una larga mirada cargada de significado.

—Ofrece a este valiente muchacho una copa del mejor licor que tenemos, Beth. Saca la botella de whisky Moncrieffe del arcón de caoba.

Angus miró a Duncan arqueando una ceja en un gesto de satisfacción, y el otro soltó por fin el percusor de la pistola y se la guardó en el cinto.

Amelia retrocedió en un tenso silencio mientras Beth se apresuraba hacia el cuarto situado al fondo. Regresó con una botella, sacó cuatro copas de cristal tallado de la alacena y sirvió una medida de whisky a cada uno de los hombres vestidos con una falda escocesa. Nadie dijo una palabra. Avanzaron unos pasos, congregándose alrededor de la mesa, y apuraron sus bebidas de un trago. Los cuatro depositaron sus copas en la mesa simultáneamente.

—Otra ronda, Beth —dijo Craig.

Su mujer sirvió una segunda ronda, y se repitió el ritual; luego cada hombre retrocedió lentamente hacia su respectivo rincón.

No obstante, antes de sentarse de nuevo en la cama, Duncan se detuvo unos momentos para observar a Amelia con gesto interrogante. Ambos se miraron unos segundos, hasta que él se sentó y apoyó los codos en las rodillas.

Angus se acercó al fuego para calentarse las manos mientras Craig se frotaba el cuello, moviendo los hombros para aliviar la tensión de los músculos.

El padre de Beth se sentó en su butaca, asintiendo con gesto de orgullo y satisfacción. Le complacía tener al Carnicero y a uno de los rebeldes en su casa.

—Muchachos, si necesitan provisiones para sus desplazamientos —dijo—, todo cuanto tenemos está a su disposición.

Sin apartarse del fuego, Angus le agradeció su oferta.

Duncan volvió a dirigir a Amelia una mirada interrogante. Ella se apresuró a menear brevemente la cabeza, confiando en transmitirle que nada de ello era cierto. Era inglesa, sí, y estaba prometida con Richard Bennett, pero le había traído aquí para salvarle la vida, y por motivos que aún no estaba dispuesta a explorar, necesitaba que él lo supiera.

—¿Cómo localizó este lugar? —le preguntó él.

—Oí a los animales de la granja y eché a correr a través del bosque. Usted cayó inconsciente en el claro en el que nos detuvimos. ¿Lo recuerda? Yo no sabía qué hacer.

—De modo que corrió hasta aquí en busca de ayuda y luego regresó a por mí.

—Sí. El señor MacKenzie enganchó el caballo al carro y yo le mostré el lugar donde se hallaba usted.

Todos miraron a Craig, que confirmó la versión de Amelia asintiendo con la cabeza.

Ella observó que Angus se había vuelto para mirarla con un odio intenso y abrasador. Seguía desconfiando de ella, y Amelia pensó que era imposible lograr que cambiara de opinión.

—Es la verdad —terció Beth—. Eso es lo que ocurrió. Y les aseguro que no vienen ningunos soldados ingleses de camino, al menos que nosotros sepamos. Lo único que quería esta mujer era salvar a su montañés.

—Les dije que usted era mi marido —explicó Amelia a Duncan.

Él se tocó de nuevo la pomada que le habían aplicado en la cabeza y esbozó un pequeño gesto de dolor.

—Estoy en deuda con ustedes —dijo a los MacKenzie.

—Era lo menos que podíamos hacer —respondió Craig—. No nos debe nada, amigo. En todo caso, somos nosotros quienes estamos en deuda con usted, por lo que hace por Escocia.

Amelia observó que Duncan no respondió, lo cual era típico de él, y dedujo que la fama y la adulación no significaban nada para él. Tenía sus razones para hacer lo que hacía —unas razones personales e íntimas—, y a juzgar por lo que había observado en él durante estos días, cada vez estaba más convencida de que no gozaba matando. No le complacía hacerlo, ni le motivaba un impulso de locura asesina.

Un hecho que sin duda sorprendería a más de uno. La mayor parte de la población inglesa le tenían por un bárbaro sediento de sangre, que atacaba y mataba por el puro placer de matar. Ella misma lo había pensado. Hasta hoy.

—¿De modo que es cierto —preguntó el curtido y viejo montañés a Amelia— que golpeó usted al gran Carnicero derribándolo tan sólo con una piedra? ¿Una muchacha tan delicada como usted? —El anciano alzó su copa en un brindis con gesto socarrón—. Apuesto a que más de un inglés se sentiría impresionado por semejante proeza.

Todos se rieron, a excepción de Angus.

—Esta joven no tiene nada de delicada —les dijo Duncan, sin apartar los ojos de los de Amelia—. Y les prometo que lo pensaré dos veces antes de volver a discutir con ella, sobre todo en la oscuridad. Y aconsejo a todos los hombres presentes que no lo intenten siquiera. No cederá a sus deseos, de modo que es mejor que no traten de ponerle la mano encima, muchachos, o les partirá la cabeza en un abrir y cerrar de ojos.

Todos se rieron, pero el silencio cayó en la habitación cuando Angus comentó:

—No tiene nada de gracioso. Esa mujer trataba de llegar al campamento inglés en Loch Fannich, y les dijo dónde nos encontrábamos. Preferiría vernos a todos encerrados en las mazmorras que aquí, degustando nuestro excelente whisky escocés.

Todos miraron a Amelia.

—Eso era *antes* —dijo ésta para justificarse—. Antes de averiguar con qué clase de hombres me había tropezado.

Seguía sintiéndose profundamente sorprendida y turbada por la idea de que todo cuanto había pensado sobre los salvajes escoceses y los soldados ingleses había quedado trastocado. ¿Por qué no la había preparado su padre para esto? ¿Cómo era posible que la hubiera educado para creer que el mundo era blanco y negro? ¿Qué existía el bien y el mal y que Inglaterra era incontestablemente benévola?

—Sí —dijo Craig, quien al parecer comprendía el significado más profundo de sus palabras—. Una casaca roja con botones de metal y unas botas negras y relucientes no convierten a un hombre en alguien digno de su confianza, ni en una persona honorable.

—Ahora lo sé —respondió ella, fijando los ojos en su regazo—. Y no olvidaré lo que he aprendido.

—Es muy sabio por su parte —añadió Beth para apoyarla—. No puede juzgar el honor de un hombre por el uniforme que luce. Eso es mero lino y lana. Pero para ser justos, debo reconocer que en el pasado he conocido a muchos ingleses decentes, así como a muchos montañeses deshonestos y capaces de robarte en cuanto te distrajeras. La corriente se mueve en ambas direcciones, y conviene no olvidarlo. —Tomó su copa de vino y bebió un trago.

—¿Qué piensa hacer con esta arrogante joven inglesa? —preguntó el anciano a Duncan—. ¿Cabe suponer que iba a utilizarla para llegar a Bennett?

—Sí —contestó Duncan—. Y le agradecería que difundiera el rumor. Quiero que Bennett sepa que he capturado a su prometida, y que le perseguiré hasta el infierno, con el fin de que se haga justicia.

Amelia se echó a temblar al oír las palabras de Duncan y no pudo por menos de pensar en Richard, sobre el que siempre había pensado que se limitaba a cumplir con su deber en esta sublevación. Siempre le había imaginado participando en batallas organizadas en campo abierto, pero estaba claro —después de lo que había ocurrido esta noche— que tenía que aceptar que no todos los soldados ingleses eran tan nobles como había supuesto y que era muy posible que Richard hubiera cometidos algunas atrocidades.

Craig se repantigó en su silla y estiró sus largas piernas.

—Él ya sabe que usted le persigue, por eso no ha logrado atraparlo. Hasta ahora ha conseguido zafarse de usted.

—Es un maldito cobarde —comentó Angus en baja y con rabia.

—Nadie se lo discutirá en esta casa —dijo el anciano—. Ambos deben saber que Bennett pasó ayer por Invershiel de camino al Castillo de Moncrieffe para hablar con el conde.

—¿El conde? —preguntó Amelia, sintiendo renovadas esperanzas—. ¿Nos encontramos en tierras de Moncrieffe?

Era difícil imaginar un suntuoso palacio en estos parajes, con un parque perfectamente cuidado, sirvientes y una espléndida colección de libros raros y cuadros italianos. Si consiguiera llegar al castillo, el conde sin duda se acordaría de su padre y haría que se reuniera con su tío.

—No, muchacha —respondió Duncan con firmeza—. El conde es un MacLean, y ahora nos hallamos en tierras de los MacKenzie.

—A Dios gracias —apostilló el padre de Beth—. Ese repugnante MacLean es el hijo bastardo de una puta y un traidor a Escocia. Su padre se revolvería en su tumba si supiera en qué se ha convertido su hijo. Les aseguro que ese escocés infiel obtendrá su merecido.

—¿Pero qué ha hecho para ganarse una fama tan terrible? —inquirió Amelia. Todos la miraron irritados, por lo que se apresuró a añadir—: Mi padre le conoció en cierta ocasión, y le tenía por un hombre honorable. Creía que el conde deseaba la paz con Inglaterra.

El padre de Beth dio un respingo.

—Concederá a Bennett todo cuanto éste le pida, si con ello logra congraciarse con el Rey. Lo único que desea es incrementar sus tierras y su fortuna. Es capaz de entregar toda la milicia a Bennett, para ayudarle a dar con el Carnicero y enviar su cabeza clavada en una estaca a la Torre de Londres.

Angus empezó a pasearse de un lado a otro frente al hogar.

—La única cabeza que veré pronto clavada en una estaca es la de Bennett.

—Dios lo quiera. —El padre de Beth alzó su copa y bebió otro trago.

Beth se apresuró a levantarse.

—Lamento interrumpir la fiesta, caballeros, pero ha amanecido. Las vacas no tardarán en ponerse a mugir, y los niños se despertarán.

Craig se levantó.

—¿Qué planes tienen? —preguntó a Angus y a Duncan—. Pueden quedarse aquí tanto tiempo como deseen.

Duncan también se puso en pie.

—Partiremos hoy, pero les agradeceríamos que nos dieran algunas provisiones, y a la dama le vendría bien dormir un rato en un lugar tranquilo. Ha sido una noche muy larga para ella, y supongo que querrá lavarse.

—Puede acostarse en la habitación del fondo —dijo Beth—. Los niños no tardarán en levantarse, y les pediré que saquen la bañera y calienten agua para que se bañe.

Amelia emitió un suspiro de alivio.

—Gracias, Beth.

Duncan se acercó a Angus y le preguntó en voz baja:

—¿Dónde están los otros?

—Ocupándose del campamento —respondió Angus—. No tardarán en llegar.

Duncan miró a Amelia y habló de nuevo en privado con Angus, pero ella aguzó el oído para captar lo que decían.

—Di a Gawyn que se siente delante de la ventana de la muchacha —murmuró Duncan—, y que vigile también la puerta.

—De acuerdo.

—Y envía a Fergus con un mensaje para mi hermano —dijo bajando más la voz—. Quiero que sepa adónde nos dirigimos.

¿De modo que tenía un hermano?

Duncan cruzó una breve mirada con ella, fría e indescifrable, antes de apoyar la mano en la empuñadura de su espada y salir de la casa.

Unas horas más tarde, después de un sueño profundo y apacible, seguido por el ansiado baño de agua caliente, Amelia se sintió mejor. Se había despojado de la mugre acumulada durante días de viajar a caballo y de la viscosa huella del repugnante soldado inglés que le había asaltado en la playa. Se estaba trenzando el pelo cuando al pasar a través de la cortina que hacía las veces de puerta de la habitación del fondo chocó inesperadamente con Duncan.

—Pensé que no iba a salir nunca —dijo éste.

Amelia sintió que se le formaba una bola de fuego en la boca del estómago. Hacía cinco minutos había estado desnuda, convencida de que estaba sola en la pequeña granja. No le había oído entrar y le inquietaba la posibilidad de que él la hubiera visto bañarse a través de una rendija en la pared o hubiera oído la suave cadencia de su voz mientras canturreaba. De pronto sintió que las varillas del corsé le apretaban los pechos, todavía húmedos.

—Y yo creí que había muerto y me hallaba en el paraíso —contestó ella con desenfado—, al pensar que me encontraba *sola*.

Él la miró con ojos relucientes, y en la cabeza de Amelia empezaron a sonar unas campanas de alarma, pues era difícil ignorar el recuerdo sensual de sus labios sobre los suyos el otro día en el claro. La reacción de su cuerpo al sentirlo a él tan cerca la desconcertó.

—Quería darle las gracias —dijo él— por lo que hizo anoche. Pudo haberme dejado morir en el bosque, pero en lugar de ello vino aquí.

—No tuve más remedio. No habría llegado muy lejos sola. Además, esos soldados ingleses...

No era preciso que siguiera. Él asintió con gesto de comprensión, lo cual produjo a Amelia un extraño desconcierto. A decir verdad, se sentía profundamente aliviada de que siguiera vivo. Pese a todo, jamás se habría perdonado el haberlo matado, especialmente después de lo que él había hecho por ella junto al lago.

Por supuesto, seguían en lados opuestos de esta guerra —él era un jacobita escocés y ella una inglesa leal al Rey—, pero el antagonismo personal entre ambos parecía haberse suavizado. Era menos intenso. Parecía como si estuviera agazapado en las sombras, y ella no estaba segura de cómo se sentía al respecto.

Él hizo girar su hacha en la mano y se la guardó en el cinto.

—Huele usted muy bien, muchacha. Como esa primera mañana en la cueva, cuando tuve que reprimir mis salvajes instintos para no violarla.

—Está claro que sus salvajes instintos no han remitido —replicó ella, ocultando su turbación con una respuesta entre ingeniosa y arrogante—. Menos mal que me apresuré a vestirme hace unos momentos; de lo contrario se exponía a recibir otro golpe en la cabeza.

Él la miró con gesto divertido; sus ojos parecían gemas, y ella sintió de nuevo las brasas del deseo quemarle la piel, traspasar sus nervios. Eran tan excitantes como unos fuegos de artificio.

—¿Le importa que aproveche el agua en que se ha bañado para darme también un baño? —preguntó él. Sin esperar a una respuesta, empezó a desabrocharse el alfiler y a quitarse el tartán—. Sin duda se alegrará de ello cuando montemos juntos a *Turner*. Imagino que prefiere que me afeite la barba, para no arañar su delicada piel cuando vaya montado detrás de usted en la silla.

¿Por qué tenía la manía de decir esas cosas? Con ello no conseguía sino alarmarla y hacer que el corazón le latiera aceleradamente.

Amelia se esforzó en hablar con tono despreocupado al tiempo que avanzaba de lado para pasar junto a él, pues estaban atrapados entre un armario y una silla. Era muy consciente de los recios músculos de su torso cuando sus pechos le rozaron, haciendo que el corazón le diera un vuelco. Trató desesperadamente de no sonrojarse, pues prefería morirse antes de que él observara el efecto que le causaba.

—Se lo agradecería profundamente —dijo—, porque apesta a sudor.

Él se rió.

—Estuve en el jardín, jugando con los niños a la pelota —respondió con tono grave y sensual.

—Sin duda es una forma muy grata de pasar el tiempo.

—Hay otras más gratas.

Él retrocedió hacia la cortina. Ésta se cerró airosamente detrás de él, se agitó durante unos segundos y se quedó inmóvil. Amelia se quedó plantada en la habitación delantera, sin saber qué hacer y profundamente turbada por sus aceleradas pulsaciones y la excitación que sentía en todos los músculos de su cuerpo. Parecía como si fuera de masilla y él no tuviera más que tocarla para que se doblegara y deshiciera en sus manos.

Al cabo de unos segundos, le oyó chapotear en la bañera y comprendió que se había sumergido en el agua en la que ella se había bañado, desnudo como había estado ella. El hecho de imaginar el impresionante espectáculo de su cuerpo desnudo, mientras el agua en el que ella se había sumergido le acariciaba sus recios y tensos músculos le resultaba profundamente turbador.

Amelia se alejó de la cortina y miró a su alrededor en busca de algo con que entretenerse para no pensar en esas cosas, pero esta no era su casa y aunque lo fuera, no tenía la menor idea de lo que había que hacer. Era hija de un aristócrata, y siempre había tenido sirvientes que se ocupaban de los quehaceres domésticos.

Sintiéndose incómoda y nerviosa, se dirigió hacia la puerta y la abrió. Lucía el sol y sintió su calor en la piel.

Alzó una mano para escudarse los ojos y observó a los niños, que se divertían dando patadas a un balón en el establo, cuando de pronto apareció ante ella el rubicundo rostro de Gawyn.

—¿Qué hace, muchacha?

Amelia se sobresaltó.

—¡Gawyn! Me ha dado un susto de muerte.

—Duncan me dijo que custodiara la puerta —dijo—, y me limitaba a obedecer sus órdenes.

—Entiendo —respondió ella, respirando profundamente—. Le aseguro que no trato de escapar. Como no tenía nada que hacer, decidí averiguar qué hacían los demás.

—Están jugando a la pelota, muchacha. No supuse que pretendía escapar. Estoy aquí para vigilar por si aparecen los ingleses. Nunca se sabe si uno de esos energúmenos con casaca roja intentará volver a raptarla. Creo que no necesito recordarle el episodio con los soldados en el lago.

Amelia se aclaró la garganta.

—Gracias. Agradezco que vele por mí.

Él asintió con cortesía.

—¿Sabe lo que Duncan tiene planeado hacer hoy? —preguntó ella con el fin de entablar una conversación informal—. ¿Pernoctaremos aquí otra noche?

—No, muchacha, partiremos dentro de poco para dirigirnos al sur, hacia Moncrieffe. Nos llevará dos jornadas a caballo.

—¿Moncrieffe? —Ella sintió que el corazón le daba un vuelco ante la perspectiva de viajar hacia el sur, hacia una pequeña órbita de civilización en medio de estas tierras agrestes y desconocidas para ella. Era una excelente noticia. Quizá Duncan la entregaría al conde, suponiendo que pensara perdonarle la vida, como estaba casi convencida que haría. Al menos, eso era lo que le había prometido anoche. Y esta mañana parecía sentirse sinceramente agradecido a ella por haberle salvado la vida. Quizá su bienestar y felicidad fueran incluso una cuestión de honor para él.

Pero de pronto recordó el principal objetivo de su captor, que no tenía nada que ver con el hecho de dejarla libre, y sintió una inquietante punzada de incertidumbre. Puede que se sintiera en deuda con ella —y era evidente que había gozado coqueteando con ella hacía un rato—, pero seguía empeñado en capturar a Richard, y cuando llegaran a Moncrieffe quizás éste tuviera que luchar para salvar su vida enzarzándose en una brutal y cruenta batalla inducida por la sed venganza.

—Gracias, Gawyn —dijo Amelia antes de entrar en la casa y cerrar la puerta.

Dentro todo estaba en silencio. Un silencio casi excesivo. No oyó a Duncan chapotear en el agua, ni el sonido de una cuchilla de afeitar rasurando los pelos de su barba, lo cual hizo que Amelia se preguntara si se había quedado dormido en la bañera.

—Sí, muchacha, es verdad —dijo él desde la habitación del fondo, dando al traste con esa suposición cuando ella percibió su voz profunda y seductora a través de la cortina—. Hoy partiremos a caballo hacia el sur, hacia Moncrieffe. No dudo que se alegra de ello.

—Desde luego —respondió ella, esforzándose en adoptar un tono desenfadado—. Aunque después de darme un baño caliente me importa menos —añadió como de pasada—. Me siento rejuvenecida y dispuesta a comerme el mundo.

—Lo mismo que yo —contestó él, chapoteando en el agua—. Y debo confesar que el placer de yacer en esta bañera llena de agua tibia, rodeado por el persistente perfume de su cuerpo desnudo, me ha curado el dolor de cabeza producido por la pedrada.

Ella atravesó la habitación, aguzando el oído...

—De modo que no baje la guardia, jovencita. Ahora corre más peligro que nunca.

Amelia sintió que el corazón le latía aceleradamente. Detestaba que él tuviera la facultad de provocarle esta ansiedad. Lo hacía adrede. Estaba segura de ello.

—¿Sabe? —continuó él—, no puedo por menos de preguntarme en qué estaría pensando en el fuerte, cuando le arranqué el camisón y le arrojé esa falda apresuradamente, ordenándole que se vistiera. Dejé pasar el momento sin prestarle la atención que usted merecía.

Oprimiendo la oreja contra la cortina, Amelia procuró que su voz sonara firme y serena.

—Le aseguro, Duncan, que habría rechazado sus atenciones de plano. Así que no merece la pena que se lamente de ello. No fue una oportunidad perdida. Puede estar seguro de ello.

Le oyó que seguía moviéndose dentro del agua, hasta que de pronto la puerta principal se abrió. Beth entró con una cesta de huevos y se detuvo en seco. Miró a Amelia arqueando las cejas y señaló la cortina, como para indicar que sabía exactamente lo que pasaba y que lo comprendía. Que *sí*, que Duncan era un magnífico ejemplar masculino y era natural que

Amelia —o cualquier mujer— tratara de echarle un vistazo mientras se bañaba.

Furiosa consigo misma por haber sido descubierta en una situación tan embarazosa, Amelia expelió una larga bocanada de aire.

Beth dejó la cesta de huevos sobre la mesa y volvió a salir. Cerró la puerta tras ella, haciendo que la cortina se agitara. Había un pequeño espacio entre la cortina y la pared, que indicaba que una persona situada donde se hallaba Amelia podía mirar a través de la rendija. Suponiendo que se sintiera tentada a hacerlo, claro está.

Oyó unas salpicaduras cuando Duncan salió de la bañera.

Amelia se apresuró a mirar a través de la abertura, y le pareció contemplar la estatua esculpida de un esbelto y reluciente Neptuno de bronce alzándose del mar. El agua chorreaba sobre su espectacular y musculoso cuerpo, formando unos diminutos riachuelos de agua límpida y plateada.

Ella jamás había visto a un hombre desnudo. Había visto obras de arte, desde luego, pero nunca una obra maestra de la virilidad en carne y hueso. Y no cabía duda de que Duncan lo era.

Con los labios entreabiertos, Amelia contempló su estrecha cintura, sus sólidas y firmes nalgas y sus poderosos muslos. El pulso empezó a latirle con fuerza debido al asombro y la fascinación, y aunque sabía que debía dar media vuelta y alejarse, era incapaz de hacerlo. Parecía como si estuviera clavada en el suelo, mirando a través del estrecho espacio entre la cortina y la pared, incapaz incluso de tragar saliva o pestañear.

De pronto, mientras el destello del agua se deslizaba sobre los vigorosos músculos de los hombros y los brazos de Duncan, ella se fijó en sus cicatrices. Algunas eran pequeñas, como unos diminutos cortes en la piel, mientras que otras eran anchas y profundas. Una era tan larga como el brazo de Amelia, desde la muñeca hasta el codo, curvada y en forma de media luna.

¿En cuántas batallas había luchado y sobrevivido este hombre? ¿Acaso estaba hecho de acero? Parecía invencible. No era de extrañar que se hubiera convertido en una leyenda. Nadie podía aplastarlo o matarlo, ni con un cuchillo, una espada o una piedra.

Por alguna extraña razón, ella le imaginó desnudo con una amante. *Nosotros no tememos gruñir, emplearnos a fondo con una mujer y utilizar la boca para hacerla gozar.*

Amelia sintió un fuego abrasador dentro de sí. No había olvidado esas palabras, ni la forma en que él había oprimido su cuerpo contra el suyo, inmovilizándola contra el suelo, la mañana en que la había raptado.

Había gruñido y se había restregado contra ella. Amelia recordaba cada increíble momento, cada movimiento, cada sensación...

Duncan tomó su camisa, que se enfundó por la cabeza, se puso su falda escocesa y su cinturón y se prendió el alfiler en el hombro. Cuando se disponía a tomar sus armas Amelia salió de su estupor y comprendió que no tardaría en aparecer a través de la cortina. Retrocedió, miró a su alrededor en busca de algo que hacer, casi derribando una jarra de leche con el codo, y se acercó a la cesta de huevos que había sobre la mesa. ¿Pero qué podía hacer con ellos?

La cortina se abrió con un murmullo casi inaudible, pero ella no se volvió. Lo único que podía hacer era escuchar los rápidos pasos de Duncan resonando sobre el suelo, aproximándose..., cada vez más..., desde atrás.

El aroma que exhalaba invadió todo su ser. Pero no era un olor a agua de rosas. Era el olor a almizcle de su cuerpo y sus ropas, el tartán y el cuero. Era el olor a Escocia.

Ella sintió su presencia..., muy cerca, su torso rozándole la espalda. Él apoyó las manos sobre sus caderas y ella sintió que se le ponía la piel de gallina.

—Me estaba observando, ¿verdad? —le susurró al oído.

Era inútil mentir. Él se daría cuenta.

—Sí.

Amelia sintió como si sus huesos se derritieran bajo el contacto abrasador de su piel.

—¿No había visto nunca a un hombre desnudo?

Ella negó con la cabeza,

—Por supuesto que no. En el mundo del que procedo no vivimos de esa forma. A las mujeres nos protegen de esas cosas.

—¿Incluso después de casarse?

—Lo ignoro.

Él no se movió, pero ella seguía sintiendo su aliento tibio y húmedo sobre su oreja. Notó una extraña pulsión dentro de sí. Fuera de su cuerpo, el mundo pareció sumirse en el silencio y detenerse.

Por fin, al cabo de unos minutos, él se apartó, y ella emitió un suspiro de alivio.

—Partiremos dentro de poco —dijo él, pero ella era incapaz de alzar la vista de la cesta de huevos, ni volverse para mirarle a los ojos. Se sentía demasiado avergonzada. Le había observado mientras se bañaba y se había excitado sexualmente al contemplar su cuerpo atlético y viril, y él lo sabía.

Pero al menos esta vez, fue lo bastante caballero para no hacer ningún comentario. Pasó junto a ella y salió.

Capítulo 10

Richard Bennett se levantó en la bañera, llena de un agua tibia que olía a rosas, deseando gozar de la sensación de sentirse limpio, pero no podía deleitarse en ello, no en estos momentos en que estaba tan irritado. Había viajado todo el día y la mitad de la noche para llegar al Castillo de Moncrieffe pero tenía la sensación de no haber avanzado nada en esta endiablada persecución. Amelia era todavía la prisionera del Carnicero —suponiendo que siguiera viva— y él no sabia por dónde buscarlos.

Se volvió y chasqueó los dedos tres veces para llamar al ayuda de cámara de Moncrieffe, el cual parecía absorto en sus pensamientos.

—¡Apresúrate, hombre! ¡Aquí hace un frío polar!

El criado se acercó rápidamente sosteniendo una voluminosa toalla de lino desdoblada.

—Creí que este lugar gozaba de una situación privilegiada —comentó Richard—. Pero supongo que es imposible eliminar la humedad del aire por completo tan al norte de la frontera. ¿Luce alguna vez el sol en estos parajes? —Se envolvió en la mullida toalla, pero seguía sintiendo el frío de este pútrido aire característico de las Tierras Altas.

—Por supuesto, señor.

Richard se volvió para observar al bajo y fornido ayuda de cámara del conde, quien retrocedió lentamente.

—Observabas mis cicatrices, ¿no es así? Y te has quedado pasmado al verlas y comprobar lo grotesco que soy.

El hombre mantuvo la mirada fija en el suelo.

—No, mi coronel.

La irritación de Richard remitió un poco ante el gesto sumiso del criado.

—No finjas que no te has percatado. No quiero a un embustero junto a mí. Además, puedo encajarlo. He encajado cosas mucho peores. ¿Cómo crees que las obtuve?

Richard salió de la bañera y apoyó los pies en el suelo de madera pulida, chorreando agua.

El ayuda de cámara alzó la vista con cautela.

—Sufrirá mucho, señor.

—Te equivocas —contestó Richard—. Hace mucho que las tengo. No siento nada. Sólo me enoja cuando alguien las ve y reacciona como tú.

Se frotó el pelo con la toalla, restregándose el cuero cabelludo para eliminar el agua.

—Dime, sirviente... ¿Qué sabes del tristemente célebre Carnicero al que tengo el placer de perseguir? ¿Saben las gentes de estas tierras que ha raptado de su lecho a una dama inglesa? ¿Saben que es la hija de un gran héroe de guerra, que en cierta ocasión trató de ayudar a Escocia negociando para alcanzar la paz? Vamos, vamos, los criados os enteráis de cosas. ¿Qué opina el pequeño granjero común y corriente sobre las tácticas del Carnicero? Imagino que algunos las criticarán.

Al ver que el ayuda de cámara no respondía, Richard siguió diciendo lo que pensaba.

—Me consta que el conde es un hombre civilizado, un caballero según algunos. ¿Pero y el populacho fuera de los muros del castillo? ¿Estoy rodeado por personas instruidas, o está este lugar infestado de jacobitas como el Carnicero, sedientos de sangre inglesa? ¿Debo dormir con un ojo abierto?

El ayuda de cámara fue a buscar la bata de Richard, que estaba dispuesta sobre la cama de columnas.

—Le prometo que aquí estará a salvo, coronel Bennett, dentro de los muros del castillo. Y puede echar el cerrojo a la puerta desde dentro.

Richard se acercó al criado, que sostenía su bata.

—¿Dices que puedo echar el cerrojo? Lo cual significa que no estoy tan a salvo como creía.

El ayuda de cámara se aclaró la garganta, nervioso.

—No querría que le sucediera nada malo, coronel. Estoy seguro de que su señoría desea reunirse con usted y hablar sobre la infamia que ha cometido el Carnicero. Querrá prestarle toda la ayuda que pueda.

Richard dejó caer la toalla de lino al suelo e introdujo los brazos en las holgadas mangas de la bata.

—Ya. No es ningún secreto que al conde le complace ayudar al Rey, al menos cuando le resulta provechoso.

El ayuda de cámara se agachó para recoger la toalla bordada, la dobló y se la colgó del brazo.

—Mi amo jamás consentiría que alguien lastimara a una dama. Por la mañana le prestará toda su atención.

—Eso espero —respondió Richard, anudándose el cinturón de la bata—. Obtuvo pingües beneficios de sus negociaciones con el duque de Winslowe en primavera, y la vida de la hija de ese noble está en peligro. Confío en que el conde se sienta... *obligado* a hacer algo al respecto.

—*Obligado*... —El criado parecía casi aterrorizado—. Sí, coronel Bennett. El conde comprende las deudas y obligaciones. Y desea la paz.

—Estoy seguro de ello.

Extenuado y deseoso de dormir profunda y plácidamente, Richard se acostó en el mullido lecho de plumas y apoyó la cabeza en la almohada.

—Entretanto —dijo—, tráeme una botella de ese famoso whisky de Moncrieffe. Tengo entendido que es el mejor.

—En efecto, coronel. Haré que le suban una botella de inmediato.

—Muy bien.

—¿Cómo piensa enfrentarse a Richard cuando lleguemos al castillo? —preguntó Amelia.

Ella y Duncan viajaban a través de un umbroso bosque, repleto de pinzones, escribamos y currucas que no cesaban de cantar y agitar sus pequeñas alas en las copas de los árboles. Una suave brisa murmuraba y suspiraba a través de los frondosos sicomoros, como una suave caricia, y Amelia se dio cuenta de que disfrutaba con la paz de este lugar más de lo debido. Este no era un apacible paraíso para el alma. Era el sendero que les conducía a la guerra personal de Duncan, que sería brutal y cruenta.

—No es un secreto que el conde de Moncrieffe no apoya la sublevación jacobita —añadió—, y que ha jurado lealtad al Rey. Sin duda tiene un ejército preparado para repeler la amenaza que usted representa.

—Sí —respondió Duncan—, ¿pero no oyó lo que dijo el padre de Beth en la granja? ¿Qué el padre del conde se revolvería en su tumba si supiera en qué se había convertido su hijo? Ese orgulloso terrateniente escocés era un convencido jacobita, que luchó valerosamente en Sherrifmuir y murió allí, junto con muchos otros escoceses leales que estaban a sus órdenes. Por ese motivo, el Castillo de Moncrieffe está dividido, y lo único que tenemos que hacer es atravesar la puerta a caballo con nuestras hachas y nuestras Claymores y a los pocos minutos tendremos a doscientos hombres del ejército del conde. No se engañe. Su prometido no gozará de protección aquí. Ese lugar está repleto de jacobitas que estarán encantados de entregárnoslo en bandeja de plata. De hecho, no me sorprendería que ya estuviera muerto cuando lleguemos, lo cual sería sin duda una lástima.

—¿Porque quiere matarlo con sus propias manos?

—Sí.

Amelia se estremeció.

—Lamento oírle decir eso, porque cuando mi padre pasó unos días en el Castillo de Moncrieffe en primavera, tuvo la impresión de que el conde y los miembros de su clan eran personas civilizadas, y que deseaban la paz.

—Y así es, pero la diferencia reside en los métodos que emplean para alcanzarla. Algunos luchan por ella. Otros se limitan a hablar y a beneficiarse de sus firmas. Pero estoy cansado de esta conversación. Hablemos de otra cosa.

Molesta por su tono oficioso, Amelia trató sin embargo de expresarse de forma desapasionada.

—¿De qué quiere que hablemos? Espero que no tenga nada que ver con lo ocurrido en la granja,

—¿Por qué? ¿Tanto se excitó al contemplar mi magnífico cuerpo desnudo, muchacha?

Ella no pudo seguir manteniendo su tono desapasionado, probablemente porque le había costado un gran esfuerzo pensar en algo distinto a su cuerpo desnudo desde que habían montado en el caballo. La imagen de él en la bañera había evocado unos recuerdos eróticos durante toda la mañana, y por más que se esforzara no lograba reprimir el persistente y ardiente deseo sexual que provocaba en ella.

—Le he dicho que no quiero hablar de ese tema. No es una conversación decorosa para una dama.

—¿Entonces por qué lo ha sacado a colación? —Él se detuvo—. Me choca la forma en que ustedes las jóvenes inglesas se comportan según lo que les conviene. ¿No siente nunca deseos de vivir con sinceridad, sin ocultar ni reprimir sus deseos?

—¿Insinúa que le deseo, Duncan?

Él frotó ligeramente la nariz contra el pelo de Amelia, lo cual desencadenó un inoportuno torrente de excitación en ella, haciendo que se le pusiera la carne de gallina entre los omóplatos.

—No se trata de eso —respondió él— y usted lo sabe, aunque creo, efectivamente, que le parezco atractivo. ¿Cómo no iba a parecérselo?

Era realmente un hombre increíble.

—Pero si ese prometido suyo —prosiguió él— se comportaba siempre de forma tan correcta en su presencia, con exquisita educación, ¿cómo puede estar segura de conocer su verdadera naturaleza?

Ella reflexionó sobre ello unos instantes.

—Ya he reconocido que es posible que no la conociera.

—¿Lo ve? Si un hombre no dice o hace lo que siente realmente...

—Pero eso es justamente lo que trato de decirle, Duncan. En Inglaterra ejercemos el autocontrol, y por eso que me siento más segura allí, entre personas que se comportan con arreglo a unas estrictas normas sociales, en lugar de entre personas como usted, que actúan movidos por sus impulsos.

—¿Prefiere a los hombres que acatan las reglas —aclaró él—, como esos soldados en el lago?

Amelia se rebulló incómoda en la silla. Él había vuelto a poner en solfa sus creencias básicas, lo cual la turbaba, porque se sentía sola y perdida en esta tierra agreste y extraña. Su padre había muerto. Si no tenía un hogar civilizado al que regresar, ¿cómo conseguiría sobrevivir a esta penosa experiencia?

—¿Es preciso que volvamos sobre eso?

—Sí, si reconoce que ser inglés y mostrar unos modales perfectos en la mesa no hace que un hombre sea forzosamente decente u honorable.

Ella frunció los labios, preguntándose si era posible ganar alguna vez una discusión con este hombre.

—De acuerdo, lo reconozco. ¿Cómo no iba a hacerlo? Tiene usted razón. Esos hombres eran unos salvajes. ¿Cuántas veces quiere que lo reconozca?

—El oficial también. Era el peor de todos. Dígalo, muchacha.

—Ya lo he hecho —replicó ella irritada—, pero volveré a decirlo si con ello consigo que abandone el tema. Eran unos salvajes. Sobre todo el oficial.

Duncan se inclinó hacia atrás.

—Bravo, muchacha. Está usted progresando. ¿Recuerda lo que le dije el primer día, cuando nos detuvimos en el claro?

Por supuesto que lo recordaba: *Antes de que termine con usted, le demostraré que los oficiales ingleses con sus elegantes casacas rojas pueden ser tan salvajes como cualquier escocés vestido con su falda de tartán...*

Al cabo de un momento, él añadió:

—Pero debe saber que en Escocia también tenemos reglas. Los clanes tienen las suyas. Acatamos las órdenes del jefe.

—Y usted debe saber que no todos los ingleses son como esos soldados.

Mientras seguían cabalgando, ella pensó en la lección que Duncan trataba de enseñarle y comprendió que tenía razón en muchos aspectos. Era preciso mirar más allá de la indumentaria y el aspecto —incluso a veces más allá de su conducta— para saber cómo era realmente un hombre. Ella siempre había tenido en cuenta ese principio desde el punto de vista intelectual, pero nunca se había visto obligada a tratar de comprender a un hombre que no pertenecía a su mundo.

Reflexionó también en lo que había experimentado durante los últimos días: el haber sido obligada a desnudarse delante de este guerrero de las Tierras Altas, maniatada y amordazada, raptada por la fuerza. Había dormido en una cueva y había comido la carne de un conejo que acababan de matar. Para colmo, la noche anterior había estado a punto de causarle la muerte al golpearlo con una piedra. No sabía que era capaz de esas cosas.

¿Cómo podía pensar que conocía el corazón de un hombre cuando ni siquiera comprendía el suyo propio?

Pensó en Beth, en sus hijos y en su hogar cálido y acogedor. Llevaba una vida sencilla y apacible, pero su anciano padre había luchado en numerosas batallas y había perdido a seres queridos en una matanza brutal emprendida por los compatriotas de Amelia.

Por último, evocó la imagen de Duncan —su feroz y violento captor— saliendo de la bañera, chorreando agua. Era fuerte, rudo y viril. ¿Un salvaje? Quizá. Pero increíblemente apuesto, y un héroe, a su manera. Además de inteligente.

Pensó de nuevo en todas las pruebas que atestiguaban su vida como guerrero...

—¿Le duelen esas cicatrices? —preguntó.

Él se detuvo. *Turner* movió la cabeza y sacudió sus largas y negras crines.

—Sí. A veces me duele alguna inopinadamente, haciendo que recuerde el momento en que me la causaron. Conozco cada cicatriz de memoria, dónde me hallaba cuando la recibí, en qué ejército luchaba y contra quién. Incluso recuerdo los ojos del hombre que me hirió, y si lo maté o no en defensa propia.

—¿Y la cicatriz en forma de media luna? —inquirió ella—. Parece muy profunda. ¿Dónde se la hizo?

Él se detuvo.

—Me caí por una ladera cuando era niño, precipitándome y botando como una piedra.

Ella se volvió rápidamente en la silla.

—¡Caramba! Debió de ser terrible.

—En efecto, me despeñé por la vertiente pedregosa de un barranco. Me partí también la muñeca, y tuve que volver a colocarme el hueso yo mismo.

Ella se estremeció de dolor al oírle relatar ese episodio.

—¿Cuántos años tenía?

—Diez.

—¡Cielo santo! ¿Pero qué hacía solo en la montaña? ¿No había ningún adulto cerca para vigilarle o ayudarle a atender sus heridas?

—No, estaba solo.

—¿Pero por qué? ¿No tenía familia?

—Sí, pero mi padre creía en una dura disciplina. «De la cuna al combate», solía decir. Fue él quien me llevó a las montañas y me dejó para que encontrara solo el camino de regreso a casa.

Amelia no podía entenderlo. Le parecía increíble.

—¿Por qué hizo su padre semejante cosa? Pudo haber muerto.

—Quería que me hiciera fuerte, y lo consiguió.

—Es evidente. —Ella se volvió de nuevo hacia delante y trató de imaginar al Carnicero como un niño de diez años, tratando de arreglárselas él solo en las montañas con un brazo roto—. ¿Cuánto tiempo permaneció solo en ese estado?

—Tres semanas. Por eso escalé la montaña. Trataba de averiguar dónde me encontraba. Pero me distraje al oír los aullidos de un lobo.

—Debió de sentirse aterrorizado.

—Sí, pero un escocés sabe afrontar el temor. Lo aniquilamos, nos enorgullecemos de haberlo acabado con él.

—Mi padre me dijo en cierta ocasión que el valor no es la ausencia de temor —dijo ella—, sino la forma en que uno se comporta cuando está aterrorizado.

—Su padre era un hombre sabio, muchacha, y valiente. ¿Está segura de que no era escocés?

Ella se rió.

—Completamente segura.

—Lo siento por él.

Amelia se dio un palmetazo en la nuca para ahuyentar a un enojoso mosquito.

—¿Qué otras cosas le ocurrieron durante las tres semanas que estuvo solo en la montaña?

—No gran cosa. Deambulé por ella en busca de comida, perseguí a pequeños animales, a veces por el simple placer de su compañía. Recuerdo a una ardilla que hizo que la situación fuera más soportable durante unos días. Disponía sólo de mi cuchillo, pero pronto descubrí cómo confeccionar una lanza y capturar un pez, y luego aprendí a hacer un arco y una flecha. Sabía que me hallaba al norte de mi casa. Es una de las cosas que mi padre me enseñó antes de alejarse a galope sobre su caballo y dejarme solo. De modo que seguí al sol.

Ella alzó la vista para contemplar el cielo a través de la cúpula formada por las hojas de los árboles.

—Yo no sabría hacia dónde dirigirme en semejante situación.

—Se equivoca. Lo único que debería saber es que el sol sale por el este. A partir de ahí, no tendría problema. —Él oprimió su cuerpo contra el de ella—. Pero no le dé más vueltas en la cabeza, tratando de guiarse por el sol —dijo—. Me tiene a mí, y sé con exactitud dónde nos encontramos.

—Nos dirigimos a Moncrieffe —dijo ella, esperando con curiosidad su respuesta.

—Así es.

Ella se detuvo.

—¿Me dejará bajo la protección del conde cuando lleguemos? ¿Es ése su plan? ¿Enfrentarse a Richard y dejarme libre?

Por favor, Señor, que diga que sí.

Él volvió a restregar su nariz contra la oreja de ella.

—No, muchacha, no puedo prometerle eso ni ninguna otra cosa.

—¿Por qué?

—Porque no sé si su amado estará allí cuando lleguemos. Si no lo está, la retendré hasta que demos con él. O él dé con nosotros.

—Comprendo. —Ella se esforzó en reprimir sus emociones—. Bien, quizás a Richard le guste tanto el whisky de Moncrieffe, que decida quedarse unos días más.

—Rece para que así sea, muchacha.

De pronto Duncan se tensó y Amelia fue presa del pánico cuando una lanza pasó volando sobre sus cabezas y se clavó en el tronco de un árbol.

—¿Qué ocurre...?

Pero antes de que pudiera concluir su pregunta el caballo se encabritó y ambos cayeran hacia atrás. Ella aterrizó sobre Duncan con tal fuerza que lo dejó sin resuello. Él se volvió de costado y antes de que ella alzara la vista se levantó y se colocó junto a ella con las piernas firmemente apoyadas en el suelo, hacha en mano, al tiempo que se apresuraba a desenvainar su Claymore con un sonoro y terrorífico sonido metálico.

Capítulo 11

A Amelia el corazón seguía latiéndole con furia cuando vio a un niño pequeño, rubio y vestido con una falda escocesa, salir de un tronco vacío. Miró a su alrededor para comprobar si estaba solo. Acto seguido se levantó y les miró horrorizado.

—¡Creí que eran el lobo! —exclamó, y Amelia observó el cuchillo que sostenía en la mano. Tenía las mejillas manchadas de tierra y el pelo enmarañado.

Duncan envainó de nuevo la espada y avanzó unos pasos, sin soltar el hacha.

—¿A qué lobo te refieres, muchacho?

—Al que ataca al rebaño de mi padre.

Duncan se detuvo a unos pasos del chico.

—¿Tu padre es pastor?

—Sí. Pero no le he visto desde hace días.

Amelia se levantó y sacudió los pedacitos de musgo y tierra de la falda. ¿Era este otro niño de diez años abandonado por su padre en una zona agreste de Escocia para que aprendiera a sobrevivir por sus propios medios? Quizás estaba tan desesperado que había tratado de matarlos y desollarlos para comérselos.

Estos escoceses... Amelia traba de comprenderlos, pero a veces..., a veces le resultaba imposible.

De pronto el niño rompió a llorar y ella se apresuró hacia él para consolarlo, pero Duncan alzó una mano para detenerla.

Se guardó el hacha en el cinturón.

—Vamos, vamos, muchacho —dijo con voz firme—. Tienes buena puntería. Arrojaste la lanza con fuerza y atinadamente. —Apoyó una rodilla en el suelo.

El niño sollozaba tan desconsoladamente, que su cuerpecito se agitaba de forma convulsa.

—Lo siento. ¡No quería hacerles daño!

—No ha ocurrido nada irremediable. Ahora dime qué haces aquí. ¿Dices que te has separado de tu padre?

El niño asintió con la cabeza; el mentón le temblaba mientras trataba de controlar su voz.

—¿Cómo te llamas? —le preguntó Duncan.

—Elliott MacDonald.

Duncan concedió a Elliott unos instantes para que recobrara la compostura. Esperó con paciencia mientras el niño se enjugaba las lágrimas y dejaba de llorar.

—¿Se dirige tu padre a los mercados? —le preguntó.

—Sí.

—Conozco la senda de los pastores. No está lejos de aquí. Te llevaremos a ella.

Amelia se acercó con cautela, y esta vez Duncan la dejó pasar.

—¿Estás bien, Elliott? —Se inclinó hacia delante y apoyó las manos en sus rodillas—. ¿Estás herido o tienes hambre?

Elliott miró a Duncan confundido.

—No pasa nada, muchacho —dijo éste—. Es inglesa, pero es una amiga.

—Habla raro.

—Es verdad.

Amelia sintió que la tensión se desvanecía y sonrió.

—Sí, hablo raro según vosotros, que vivís en esta tierra, pero te prometo que no tienes nada que temer de mí.

El niño miró a Duncan y luego a Amelia, y se guardó el cuchillo en la bota.

Duncan se incorporó.

—Llevo unas galletas de azúcar en mi alforja. —Señaló con la cabeza a su montura. Por fortuna, el animal había regresado después de salir huyendo al sentir que la lanza pasaba volando sobre su cabeza. Aguardaba junto al árbol, donde la lanza seguía clavada en el árbol.

Amelia se recogió la falda y se encaminó a través de los frondosos matorrales y el suelo cubierto de musgo. Tomó las riendas del caballo y lo condujo hasta donde esperaban Duncan y Elliott. Se sentaron sobre el tronco mientras ella sacaba de las alforjas de cuero las galletas que Beth había preparado esa mañana.

—Aquí tienes, Elliott —dijo, ofreciéndole una.

El niño la engulló en un abrir y cerrar de ojos; a continuación eructó y se limpió la boca.

—Disculpen —dijo—. No he comido nada desde ayer.

Ella le dio otra galleta, que el chico devoró en el acto.

—¡Un chico en edad de crecimiento como tú! —comentó Duncan—. No me extraña que engulleras esas galletas enteras.

Amelia observó a Duncan revolver afectuosamente la greñuda cabellera rubia del niño y se preguntó si éste sabía que estaba sentado junto al célebre Carnicero de las Tierras Altas. ¿Echaría Elliott a correr, gritando aterrorizado y llamando a su padre? ¿O estaría encantado de haberse topado con él?

Amelia comparó el actual talante de Duncan con la forma en que se había comportado la noche en que la había raptado del fuerte y le parecía todo muy desconcertante y difícil de comprender. ¿Quién era el auténtico Duncan? En estos momentos no le inspiraba temor alguno, ni ira. De hecho, admiraba la forma en que le hablaba al niño.

—Háblame del lobo al que perseguías —dijo Duncan a Elliott—. ¿Qué aspecto tiene?

—Es una loba —respondió el niño—. Tiene unas marcas blancas, más que grises, lo cual hace que sea difícil localizarla. Se confunde con el rebaño.

—Una loba astuta —observó Duncan—. ¿Sabe tu padre que te has extraviado? ¿Le dijiste que perseguías a la loba blanca?

—Sí. Al principio no quería que fuese, pero le dije que regresaría con sus colmillos en mi escarcela.

—¿La has visto hoy?

—No. Ése es el problema. Me he perdido, y ella probablemente se está dando un banquete con las ovejas de mi padre mientras yo no estoy allí para vigilarlas. Mi padre debe de estar furioso.

—Está claro que tienes que regresar junto a tu rebaño. —Duncan se levantó—. Ve a ayudar a la señora a montar y luego monta tú también. Yo os conduciré a través del paso en busca de tu padre.

El niño se encaminó hacia el caballo, pero de pronto se detuvo y se volvió.

—Debo darle las gracias, señor. ¿Le importa decirme su nombre?

—Me llamo Duncan.

—¿Es usted un MacDonald?

Duncan miró brevemente a Amelia y se detuvo antes de responder.

—No, muchacho. No soy un MacDonald. Pero soy un amigo.

El niño sonrió con un gesto cargado de significado.

—No quiere decírmelo, ¿verdad? ¿Es un fugitivo?

Duncan se rió.

—Algo así.

Eso era justamente, un fugitivo. Ofrecían más de una recompensa para quien trajera la cabeza del Carnicero clavada en una estaca.

—No será el Carnicero —dijo de pronto el niño, arqueando las cejas.

Duncan miró de nuevo a Amelia y respondió con calma.

—No, Elliott.

—Lástima —dijo el niño—, porque un día me uniré a la banda de rebeldes del Carnicero.

Duncan se encogió de hombros y extendió los brazos, como disculpándose por ser un don nadie.

—De todos modos —dijo Elliott, echando de nuevo a andar hacia el caballo—, no le diré a nadie que me he encontrado con usted. —Arrancó su lanza del árbol—. Me alegro de no haber apuntado bien.

Esperó alegremente a que Amelia recogiera las alforjas, y cuando llegó el momento de montar, le ofreció galantemente la mano para ayudarla.

Tardaron dos horas en alcanzar al pastor y su rebaño, los cuales atravesaban una fértil y verde cañada bajo el glorioso calor del sol agosteño.

El cielo derramaba unos brumosos rayos de sol, iluminando centenares de ovejas blancas como el algodón mientras unas gruesas nubes blancas maravillosamente aureoladas se deslizaban sobre las cumbres de las montañas. Un ave de rapiña descendió ágilmente en picado y llamó a otra mientras los perros ladraban ruidosamente y correteaban por el suelo del valle, empujando al rebaño hacia el tumultuoso río.

El vasto paisaje de un verde esmeralda era casi demasiado imponente para que Amelia lo asimilara. Maravillada, estimuló su imaginación al tiempo que aspiraba profundamente el aroma a tierra y vegetación, que relucía bajo el espléndido sol. De haber sido una artista, habría plasmado la escena sobre un lienzo, para preservarlo eternamente en su memoria. Lo cual no dejaba de ser un curioso pensamiento, dadas las circunstancias. No obstante, observó cada detalle, a fin de no olvidar jamás lo que había visto hoy y cómo se había sentido al contemplar este divino esplendor.

Elliott saltó al suelo y echó a correr.

—*¡Papá! ¡Papá!*

Los perros, que no cesaban de ladrar, alertaron al pastor de la aparición del grupo y echaron a correr a través de la cañada para saludar a Elliott.

El pastor también los vio, y se acercó apresuradamente. Duncan —que iba a pie, conduciendo al caballo—, se detuvo y observó cómo el hombre caía de rodillas y abrazaba a su hijo.

Amelia sintió que su corazón se henchía de alegría al ver al niño reunirse con su padre. Pero su alegría no estaba exenta de una profunda y dolorosa melancolía al pensar en su padre y lo mucho que lloraba su muerte. ¡Qué no daría por echar a correr a través de una cañada escocesa en estos momentos y arrojarse en sus amorosos y protectores brazos!

Esta fantasía hizo que se le formara un nudo en la garganta, pero se esforzó en reprimirlo y en contener las lágrimas. No le serviría de nada dar rienda suelta a sus emociones en este lugar y en este momento.

Después de abrazar a su hijo, el pastor alzó su largo cayado para saludarles. Duncan echó a andar de nuevo, seguido por el caballo, y Amelia desterró todo pensamiento sobre su padre. Centró su atención en Duncan, pues se sentía francamente impresionada por la persona que parecía ser en estos momentos: afectuoso, solidario y comunicativo. Un hombre amable y digno de confianza. Un hombre al que podías acudir en busca de ayuda. Alguien en quien confiar.

Éste no era el temible y brutal Carnicero que había surgido de sus pesadillas hacía unas noches y la había raptado en la oscuridad. Era otra persona totalmente distinta, lo cual la desconcertaba profundamente.

—¡Buenos días! —les saludó el pastor desde el otro lado de la cañada. Lucía una falda escocesa, una chaqueta corta de color marrón y una gorra también escocesa adornada con una pluma.

—¡Elliott me ha dicho que estuvo a punto de herirlos con su lanza!

—Así es —respondió Duncan—. Es un chico muy hábil. Tenemos suerte de estar vivos para contarlo.

El pastor se acercó, se detuvo frente a Duncan y dijo con tono quedo:

—No sé cómo darle las gracias por habérmelo devuelto. Ese chico es toda mi vida. Es huérfano de madre.

Duncan asintió con la cabeza.

—Puede sentirse orgulloso de él —dijo—. No cabe duda de que es un chico muy valiente.

El pastor se volvió y miró a Elliott, que reía mientras perseguía a los perros.

—Mm. Quiere luchar. No está dispuesto a soportar ninguna opresión, ni siquiera de una loba que sólo busca algo que comer.

—Estaré atento por si la veo —respondió Duncan—. Elliott me la ha descrito. Tiene unas marcas blancas.

—Sí, pero le advierto que es escurridiza como el barro y le sorprenderá cuando menos se lo espere. Jamás he visto un animal tan astuto desde que soy pastor.

—Tendré presente su advertencia. Suerte con su rebaño, señor MacDonald.

Duncan hizo girar a su montura, y Amelia se despidió del pastor con un gesto de la cabeza. El hombre tenía una mirada cálida y afectuosa.

—Que tenga un buen día, muchacha —dijo, tocándose el borde de la gorra al tiempo que alzaba la vista para mirarla sentada en la silla.

Amelia decidió que era mejor no decir nada y ocultar su acento inglés. En cualquier caso, el hombre no podía ayudarla. De saber quién era, seguramente se pondría del lado del Carnicero, como toda la gente que habitaba al norte de la frontera.

—¡Suerte, Elliott! —gritó Duncan volviéndose—. ¡Estoy seguro de que la atraparás!

—¡Seguro que sí! —respondió el niño—. ¡Y gracias por las galletas!

Duncan caminó un trecho conduciendo al caballo por las riendas y luego se detuvo.

—Córrase hacia delante, muchacha —dijo a Amelia—. Ha llegado el momento de que monte junto a usted.

Apoyó una bota en el estribo, se sentó detrás de ella y empuñó las riendas con ambas manos.

Al sentirlo de nuevo junto a ella sobre la silla, sosteniendo con sus musculosas manos las riendas de cuero, apoyadas sobre los muslos de ella, Amelia experimentó unos sentimientos ambivalentes.

Ahora avanzarían más rápidamente, se dijo, tratando de ignorar el penetrante olor masculino cuando él espoleó al caballo y éste se lanzó a galope. Llegarían a Moncrieffe antes de lo previsto, y ella estaría un paso más cerca de salvarse y recuperar su libertad.

Era lo único que deseaba. Sentirse a salvo y libre. A tal fin, seguiría haciendo lo que había hecho hasta ahora. Permanecer junto a Duncan para llegar al Castillo de Moncrieffe y regresar a casa. Se mostraría valiente hasta el momento en que él la dejara por fin libre. Y no pensaría demasiado en su atractivo viril, en su irritante arrogancia o en su enojosa manía de coquetear con ella. Tampoco pensaría en lo amable que había sido con el niño y el pastor, ni en cómo la había salvado, en un alarde de heroísmo, de aquellos repugnantes soldados ingleses en la playa.

No, no pensaría en nada de eso. Apartaría esos pensamientos de su mente. Se dirigían hacia el Castillo de Moncrieffe. Eso era lo único que importaba.

A última hora de la tarde, cuando el aire era húmedo y cálido, se detuvieron en una parte poco profunda del río para refrescarse. Duncan sudaba copiosamente. Tenía su holgada camisa de lino pegada a la espalda. Se agachó, metió las manos en el agua, las restregó con energía y se echó unas gotas de agua fresca en la cara.

Amelia, que se había alejado unos pasos, se agachó y se quitó los zapatos. Avanzó descalza sobre los guijarros, se recogió la falda y penetró en el río, deteniéndose cuando el agua le alcanzó las rodillas.

Duncan se sentó. Estiró las piernas frente a él y se apoyó sobre los codos, observándola inclinarse hacia delante y echarse agua en la cara y el cuello, como había hecho él. Cuando se enderezó, cerró los ojos y alzó el rostro hacia el cielo. Su melena de color cobriza le caía por la espalda hasta su bonito y tentador trasero.

Deslizó las húmedas yemas de sus dedos sobre su cuello y sobre la parte superior de sus pechos, deleitándose con la sensación que le producía. Tenía las mejillas arreboladas debido al calor, la piel perlada de sudor. Entreabrió los labios y se los humedeció con la lengua. Fue un gesto pausado y sensual, y Duncan empezó a sumirse en una grata ensoñación.

En los silenciosos recovecos de su mente, vio a Amelia de pie en el río, desnuda, mientras él se hallaba de rodillas ante ella, medio sumergido en el agua, deslizando la lengua sobre sus rosados pezones e introduciéndola en su exquisito ombligo. Se deleitó con el sabor salado de su piel y el dulce perfume de su cuerpo, que invadió su mente de un intenso deseo sexual. Después de deslizar sus manos sobre la curva de su cintura, le besó con la boca abierta el vientre y la cadera. Sintió que su miembro se movía y aumentaba de tamaño, y cerró los ojos en la ribera cubierta de guijarros, inclinó la cabeza hacia atrás, hacia el sol, y respiró profundamente. El calor le acarició la cara y las piernas.

De pronto abrió los ojos y regresó al presente.

—*Joder* —murmuró, levantándose. Ella era la hija del duque de Winslowe. No debía pensar en esas cosas, ni perder el tiempo en este lugar donde Sansón perdió el flequillo mientras Richard Bennett seguía sembrando el caos en las Tierras Altas.

—¡Salga del río! —gritó—. ¡Debemos partir!

Sobresaltada, Amelia se volvió hacia él.

—¿Tan pronto? El agua está deliciosa.

—Póngase los zapatos —le espetó él, irritado—. Nos vamos.

No volvió a mirarla hasta que ella se montó en el caballo. Luego condujo a *Turner* de las riendas durante casi un kilómetro, hasta que por fin se montó en la silla detrás de ella.

Al anochecer acamparon junto a una roca, en lo alto de una colina bajo las estrellas. Hacía una noche insólitamente despejada y no soplaba ni un ápice de viento. Había luna llena —que emanaba un resplandor casi demasiado intenso para mirarla—, y más allá las afiladas y puntiagudas siluetas de las montañas se recortaban contra el denso crepúsculo.

Duncan encendió fuego y preparó el tocino ahumado que les había dado Beth, que degustaron acompañado de un sabroso pan de centeno y una bolsa de jugosos arándanos que él había cogido en el bosque.

Cuando terminaron de cenar, él se reclinó contra la roca y sacó una petaca de peltre de su escarcela.

—Esto, muchacha, es whisky de Moncrieffe, el mejor de Escocia. —La miró durante un momento—. Y Dios sabe que esta noche necesito un buen lingotazo. —Levantó la petaca en un brindis poco ceremonioso, bebió un trago y apuntó el pitorro hacia ella—. Quizá debería beber también un trago, sentir su estimulante vigor, y entonces comprenderá por qué nos sentimos orgullosos de ser escoceses.

Ella arqueó una ceja.

—¿Cree que un licor bien elaborado me enseñará eso?

—Sí, muchacha, eso y mucho más.

Ella le miró con gesto desafiante.

—Adivino sus intenciones. Trata de atemorizarme y de que me ponga nerviosa por hallarme aquí a solas con usted.

—Es lógico que esté atemorizada —contestó él—. Soy un fornido montañés de sangre ardiente armado con un hacha, y tengo ciertas necesidades. —Se detuvo unos instantes y la observó entrecerrando sus atractivos ojos azules.

Su tono seductor hizo que Amelia se estremeciera pero alzó el mentón con gesto desafiante, resuelta a no mostrar el menor temor. Al mismo tiempo, intuyó que él sólo trataba de advertirle que se mostrara cautelosa. Parecía decidido a mantenerla a una distancia prudencial.

Él estiró las piernas, se instaló cómodamente contra la roca y volvió a beber un trago de la petaca.

—Ah —gimió—. Esto es lo mejor que Escocia tiene que ofrecer. Daría cualquier cosa por saber cómo lo obtiene el conde.

—Me cuesta imaginarlo dispuesto a dar cualquier cosa por algo que ansía —dijo ella—. ¿No suele tomar lo que desea sin contemplaciones?

Él alzó la cabeza.

—No, muchacha. De lo contrario, ya la habría desvirgado y usted se sentiría más que agradecida por ello.

Ella prorrumpió en exageradas carcajadas de supuesta indignación.

—¡Su seguridad en sí mismo es absurda!

—En lo tocante a mis habilidades como amante, no hay nada de absurdo. Soy un experto a la hora de satisfacer a las mujeres.

—El famoso Carnicero —dijo ella con tono pensativo—. Experto en hacer el amor y en rajar a las personas por la mitad. Qué habilidades tan agradables.

Amelia miró la petaca. Tenía sed, y no había otra cosa que beber. Por otra parte, la perspectiva de dormir como un bebé no dejaba de tener su atractivo.

—¿De modo que debo estar dispuesta a sentirme deslumbrada por usted? —preguntó aceptando la petaca—. ¿Y si me desmayo?

—No se preocupe, muchacha. Caerá de costado, y la hierba es mullida.

—¡No me diga!

Amelia miró la petaca, la agitó para remover su contenido, se la acercó a los labios y bebió un trago.

¡Caramba! Era como tragar fuego líquido. Tan pronto como el whisky se deslizó por su garganta, una hoguera abrasadora estalló en su estómago y empezó a resollar.

—¿Cómo puede gustarle esto? —preguntó con voz de un viejo asmático.

—Sí, muchacha, es más potente que las pelotas de un toro.

Ella cerró los ojos.

—¿Se divierte?

Sin soltar la petaca, pues estaba decidida a no dejarse vencer por este célebre licor escocés, se detuvo unos momentos para recuperarse. Al cabo de unos instantes, volvería a intentarlo.

Inclinando la cabeza hacia atrás, contempló las estrellas, y al poco rato sus pensamientos se centraron de nuevo en los acontecimientos de la jornada. Pensó en Elliott y en cómo había sobrevivido durante dos días solo en el bosque.

—El pastor con el que nos encontramos dijo que Elliott era huérfano de madre —comentó Amelia—. Yo he perdido a mis padres, pero al menos cuando era pequeña tenía una madre a la que podía llamar cuando sufría una pesadilla y ella venía y me abrazaba. Jamás olvidaré lo que sentía cuando me estrechaba en sus brazos. —Ladeó la cabeza y añadió—: supongo que usted no experimentó esto nunca, ni tuvo que llamar a nadie por las noches.

Él parecía sentirse relajado apoyado contra la roca, pero sus ojos eran tan intensos como de costumbre.

—Llamé a mi madre en más de una ocasión, y siempre acudía.

—¿Tenía pesadillas? ¿Y una madre?

—Pese a lo que pueda pensar de mí, muchacha, no soy la semilla del diablo.

Un tanto abochornada por su comentario, Amelia bebió otro trago. El whisky le abrasó de nuevo la garganta, pero se deslizó por ella más fácilmente que la primera vez.

—Quizá le sorprenda saber —continuó él—, que mi madre era una mujer instruida de origen francés. Me enseñó a leer y a escribir, y me envió lejos de casa para que tuviera estudios.

Amelia se inclinó ligeramente hacia atrás.

—Sí, reconozco que me sorprende. ¿Recibió una educación formal? ¿Dónde?

—No voy a responder a esa pregunta.

No obstante, ella se la reservó para volver a formulársela más tarde, pues deseaba saberlo.

—¿Qué opinaba su madre sobre la dura disciplina que le imponía su padre? —preguntó—. Imagino que a una mujer instruida le disgustaría ver a su hijo recibir un trato tan brutal.

—El efecto, le disgustaba, pero no se atrevía a llevar a mi padre la contraria.

—¿Y usted? —inquirió ella—. ¿Trató alguna vez de desafiarle?

—Sí, en más de una ocasión, porque no siempre me gustaba lo que me hacía a mí o a otros. Pero era mi padre y le respetaba, y soy el hombre que soy gracias a él.

Ella bebió otro trago y empezó a apreciar los sutiles y aromáticos sabores debajo de la potencia del licor.

—¿Pero y el bien y el mal? —insistió ella—. ¿No le enseñó su padre nada al respecto? ¿O sólo le enseñó a luchar para sobrevivir en las Tierras Altas?

Él reflexionó unos momentos.

—Es una pregunta muy compleja, muchacha. No puedo afirmar con certeza si todo lo que hizo mi padre estuvo bien, ni si trató de transmitirme unos principios adecuados. De hecho, me consta que a veces no lo hizo. Pero quizá soy consciente de ello debido a lo que me enseñó mi madre. Era una pensadora y me enseñó a serlo. Mi padre, por el contrario... —Duncan se detuvo—. Era simplemente un guerrero. Todo músculo. No tenía una conciencia muy acusada.

Simplemente un guerrero... No tenía una conciencia muy acusada. A Amelia le asombró oírle decir esas cosas.

—Al menos tuvo dos perspectivas distintas que influyeron en su vida. Ambas jugaron un papel a la hora de convertirlo en la persona que es hoy en día.

Sí, durante los últimos días Amelia había visto dos facetas distintas de él. Había visto a un hombre bueno y amable revolver afectuosamente el pelo de un niño, mientras que antes había sido testigo de la furia del Carnicero. Le había visto arrojar a un soldado inglés al lago y perseguirlo para matarlo.

Oyeron el aullido de un lobo a lo lejos, seguido por un ruido sofocado. Alarmado por el sonido, Duncan tomó su pistola, que había dejado junto a él sobre la hierba. La amartilló y se puso en pie. Amelia siguió sentada, mirándole.

Él sacó lentamente el puñal de su bota y se lo entregó.

Amelia alzó la vista y le observó con curiosidad, y ambos se miraron con un oscuro fervor mientras ella asía el mango del puñal. Duncan le había dado esta arma para que se protegiera en caso de que él sufriera un percance, o para ayudarle a derrotar a su enemigo en caso necesario. Le había confiado su puñal.

Él la señaló a ella, luego la roca, indicando que se ocultara tras ella. Acto seguido echó a andar sigilosamente a través de la hierba, alejándose del crepitante fuego. Permaneció largo rato de pie, de espaldas a ella, aguzando el oído para percibir los sonidos de la noche.

Se oyó otro aullido de un lobo, pero sonaba muy lejos, como un eco, probablemente al otro lado de la cordillera. Durante unos momentos Amelia pensó que no había nada que temer, hasta que oyó el sonido de algo que se movía a través de la hierba.

Amelia sintió un nudo de temor en la tripa. ¿Es que no había ni un momento de tranquilidad en las Tierras Altas?

Duncan se acuclilló y sacó el hacha de su cinturón. Amelia se ocultó detrás de la roca.

¿Y si era un jabalí? ¿O un soldado enemigo?

Quizá debería rogar que fuera un hombre vestido con una casaca roja, encaminándose hacia ellos con su mosquete cargado o su bayoneta calada, dispuesto a plantar batalla, pero después de lo que había ocurrido en la playa, ya no estaba segura de nada. Lo único que sabía era que Duncan se interponía entre ella y el inoportuno visitante, y que, fuera cual fuere el origen de su motivación, estaba dispuesto a sacrificar su vida para protegerla.

La luna brillaba en lo alto, hasta el punto de que era fácil divisar el borde de la ladera. Amelia se asomó detrás de la roca y aguzó la vista.

Por fin el intruso alcanzó la cima de la colina y se sentó a menos de diez pasos de Duncan, frente a él, sin mostrar ni un ápice de temor o agresividad.

Capítulo 12

—No se mueva —dijo Duncan, sin bajar su arma.

Amelia estaba agachada detrás de la roca, el corazón latiéndole con furia mientras observaba la extraordinaria escena.

—¿Qué quiere? —preguntó en un murmullo.

—Siente curiosidad.

Era la loba blanca, sentada tranquilamente.

Ninguno de ellos se movió. Duncan tenía una rodilla apoyada en el suelo, apuntando con su pistola al animal de afilados colmillos mientras con la otra mano sostenía el hacha. Amelia sospechaba que estaba preparado para arrojarla por el aire contra la loba en caso de que ésta atacara de improviso, pero durante largo rato no ocurrió nada, hasta que Duncan se colocó de cuclillas, lenta y pausadamente, y depuso su arma.

La loba resollaba en el frío aire nocturno, hasta que de repente cerró sus fauces y volvió la cabeza hacia un sonido, aguzando el oído. Al comprobar que no era nada, abrió de nuevo la boca y siguió resollando. Al cabo de un rato, se relamió y apoyó la barbilla sobre sus patas delanteras, observando a Duncan con los ojos muy abiertos, pestañeando.

Amelia salió de detrás de la roca. Duncan no dijo nada cuando se acercó y se arrodilló junto a él. La loba alzó la cabeza, olfateó el aire y volvió a sentarse. Luego, inopinadamente, dio media vuelta y se alejó colina abajo.

Amelia emitió un suspiro de alivio.

—¿Ha sucedido eso realmente?

—Sí.

Permanecieron sentados unos minutos, observando el lugar por el que la loba había desaparecido. No se movía una brizna de hierba.

—¿Por qué no nos atacó? Si tenía miedo de usted, o quería devorarnos, habría gruñido o nos habría desafiado, ¿no?

—Apuesto a que tenía la tripa llena.

—Ya. —Amelia guardó silencio un momento—. De modo que si regresa por la mañana, aún existe la posibilidad de que nos devore.

Él guardó su hacha en el cinturón y se puso en pie.

—Es posible.

Luego le tendió la mano. Amelia la tomó y dejó que la ayudara a levantarse mientras ocultaba discretamente el puñal entre los pliegues de su falda.

—¿No se le ocurrió disparar contra ella, Duncan? Elliott probablemente habría querido que lo hiciera.

—Creo que, de haber estado en mi lugar, a él también le habría costado hacerlo.

Amelia miró hacia el lugar por el que se había alejado la loba.

—Era preciosa, ¿verdad?

—Sí.

Sintiendo el calor de la mirada de Duncan sobre su rostro, Amelia fijó la vista en los lustrosos ojos azules de su captor sintiéndose un poco ebria. Junto a ellos se levantó una suave brisa —la primera de esa noche—, que agitó la falda de Amelia. Ella se apartó un mechón de pelo de la cara.

—Regresemos junto al fuego —dijo él. Juntos echaron a andar hacia su pequeño campamento, donde Duncan extendió las pieles sobre el suelo—. Esta noche se acostará a mi lado —dijo—, por si aparece de nuevo la loba.

De no ser por la loba, Amelia se habría negado en redondo, pero temía no poder pegar ojo si no le obedecía. Quizá se sentía más relajada debido al whisky, y sobre todo debido al puñal que sostenía en la mano.

Sorteó los rescoldos de la hoguera para reunirse con él. Pero antes de que se acostaran, él la observó con mirada astuta.

—Déme el puñal, muchacha.

Amelia suspiró.

—¿No se fía de mí?

—No.

Ella se detuvo unos momentos, pero decidió que era inútil discutir. Por lo demás, después de lo ocurrido la noche anterior, no quería verse en la disyuntiva de tener que elegir entre su libertad y la vida de Duncan. Él la había protegido de esos soldados y de la loba. No podía matarlo. No en estos momentos. Ni nunca, pensó.

Le entregó el puñal. Después de guardárselo en la bota, él se dejó caer suavemente de rodillas.

—Procuremos descansar.

Se acostaron juntos como habían hecho en la cueva la primera mañana. Amelia se colocó frente al fuego, y él se tumbó detrás de ella, encajando las rodillas en la parte posterior de las suyas. Después los cubrió a ambos con su tartán.

—¿Está cómoda? —preguntó.

—Sí. —Lo cierto era que se sentía cómoda y abrigada, aunque no relajada.

Durante largo rato permanecieron en silencio, y justo cuando ella empezaba a pensar que iba a conciliar el sueño, él dijo:

—¿Puedo hacerle una pregunta, muchacha?

—Supongo que no puedo impedírselo.

Él dudó unos instantes.

—¿Por qué aceptó casarse con Richard Bennett? Parece una chica inteligente, y no creo que sea ciega. Dijo que le admiraba porque era un caballero, pero hay un montón de caballeros pavoneándose por los salones londinenses. ¿Por qué le eligió a él? ¿Porque salvó la vida de su padre?

Ella reflexionó sobre las posibles respuestas a esa pregunta. Recordó las veces que Richard había ido a visitarla y lo apuesto que estaba con su uniforme escarlata. Se había prendado inevitablemente de él desde el primer momento. Era una muchacha joven e inexperta con sueños románticos, ansiosa de ser cortejada por un valeroso y noble héroe.

Y su padre había confirmado esas primeras impresiones y aprobaba el enlace entre ambos. A fin de cuentas, estaba vivo gracias a ese joven y apuesto caballero, que se había lanzado a galope a través del campo de batalla hacia la línea de fuego para salvarle la vida.

—Es complicado —dijo ella—, pero ahora comprendo que no le conocía tan bien como suponía. Todos nuestros encuentros fueron correctos y decorosos, y yo tenía unas ideas románticas. Había llevado una vida muy protegida, y a raíz de la muerte de mi padre supongo que tenía prisa por casarme. Me sentía muy sola y casi atemorizada, de modo que es posible que estuviera ciega. Sólo veía lo que deseaba ver.

—Buscaba un sustituto de su padre —apuntó Duncan—. Deseaba la protección de su marido. Deseaba sentirse segura.

—Sí —respondió ella, aunque le costaba reconocerlo—. Puesto que he permitido que me hiciera una pregunta —dijo—, a la que he respondido con sinceridad, ¿puedo hacerle yo una a usted?

—Ya me ha hecho varias esta noche.

—Sólo una más...

Él no dijo que sí, pero tampoco se negó.

Después de humedecerse los labios, Amelia contempló las refulgentes brasas de la hoguera. Respiraba trabajosamente, estaba nerviosa.

—¿Por qué no me ha tomado, Duncan? Si lo que quiere es vengarse de Richard...

Él guardó silencio durante unos momentos; luego restregó la nariz contra la oreja de ella y dijo con una voz grave y seductora que acarició la mente de la joven como si fuera terciopelo:

—Aún puedo hacerlo.

Ella permaneció inmóvil, consciente de los acelerados latidos de su corazón. No esperaba esa respuesta, pero no la horrorizó. Al contrario, su cuerpo se fundía irresistiblemente contra la curva de las piernas y el torso de él, sintiendo un intenso, extraño e inexplorado deseo.

—No debió sacar ese tema a colación, muchacha —dijo él—. Ahora mis pensamientos se han desbocado, y mis manos ansían acariciarla.

En la cima de la colina se levantó otra brisa, silbando a través de la elevada hierba de las Tierras Altas. Amelia sintió una extraña sensación en su vientre; de pronto él se montó sobre ella, de forma tan ágil y natural que parecía casi destinado a que ocurriera. Ella sintió el peso de sus caderas sobre las suyas.

Él se apoyó en sus antebrazos sobre la cabeza de ella y escrutó su rostro a la luz de la luna.

Ella no podía moverse. Estaba inmovilizada por un cúmulo de emociones que no alcanzaba a descifrar.

Él empezó a mover las caderas en pequeños círculos, restregándose contra ella.

—Esta mañana le dije que corría más peligro que nunca.

—Por favor, Duncan...

—¿Por favor qué? ¿Quiere que me detenga?

Ella sabía que debía responder afirmativamente o simplemente asentir con la cabeza, pero era incapaz de hacer ninguna de esas cosas. Lo único que comprendía con claridad era el fuego que le corría por las venas. Le miró con los ojos muy abiertos hasta que él deslizó la parte superior de su cuerpo hacia abajo y oprimió sus labios contra los suyos.

Al contacto de sus labios entreabiertos y su lengua explorando el interior de su boca, Amelia sintió que se esfumaban los últimos vestigios de resistencia. Sabía que no debía desear esto, no con este hombre, pero tampoco podía negar la necesidad de satisfacer sus deseos.

Él le separó las piernas con una rodilla mientras seguía haciendo el amor a su boca con los labios y la lengua. Ella gimió, sintiéndose como si la hubiera acometido un estado febril, agarrando con fuerza el tartán que lucía él.

—Dime que pare —dijo él tuteándola mientras la besaba en un lado de cuello y sus movimientos se hacían más insistentes.

Por supuesto, eso era justamente lo que ella haría —decirle que se detuviera—, pero algo la impelía a dejar que continuara durante unos segundos más. Sus caderas se alzaron como si tuvieran vida propia y le devolvió sus besos con ferocidad, con ira. Luego, por fin, murmuró unas palabras acompañadas por un desesperado suspiro de pasión.

—Duncan, por favor, para.

—Dilo como si lo dijeras en serio, muchacha, o no tardaré en penetrarte.

Él le arremangó las faldas y deslizó la palma de la mano, áspera debido al roce del mango del hecha, sobre la parte superior de sus muslos. Ella se estremeció de placer.

Luego le pasó la mano suavemente sobre la rodilla, la cadera y por último el vientre. Su voz era ronca y sexual.

—Deseo penetrarte. Deseo besarte los pechos, los muslos y tu vientre suave y desnudo. Si me dices que tú también lo deseas, te desnudaré.

—No —murmuró ella—. No lo deseo.

Pero lo deseaba. Aunque no lo comprendía, lo deseaba.

—Entonces dime que pare, y dímelo ahora.

Ella entreabrió los labios para decirlo, pero no pudo articular palabra.

La mano de él ascendió lentamente sobre la manga de su vestido y sobre su hombro; luego le apartó el pelo del cuello y besó la delicada piel del mismo. Ella contuvo el aliento, luchando contra el deseo que la inundaba como las olas del océano.

—¿Y si yo fuera un caballero? —preguntó él, mirándola a los ojos con expresión desafiante—. ¿Como tu Richard? ¿Y si luciera una chaqueta de terciopelo, unos puños de encaje y unos relucientes zapatos con hebillas? ¿Y si fuera el hijo de un acaudalado duque o conde? ¿En tal caso no opondrías reparos?

—Pero no eres ninguna de esas cosas —contestó ella—. Y no eres *mi* Richard. Por favor, Duncan, detente. Detente enseguida.

Él se quedó muy quieto, mirándola, sin decir nada.

Ella cerró os ojos, preparada para la posibilidad de que él no quisiera detenerse. ¿Por qué iba a hacerlo? Era diez veces más fuerte que ella. Podía tomarla por la fuerza si lo deseaba. Podía rasgarle las faldas y penetrarla sin que ella pudiera hacer nada por impedirlo.

Pero se separó de ella y se tumbó boca arriba.

Sabiendo que había escapado de milagro a la perdición —y a sus propios e inexplicables deseos—, Amelia emitió un suspiro y de alivio y trató de recobrar la compostura. Le angustiaba pensar que había estado a punto de ser violada, lo desesperadamente que lo había deseado y la excitación sexual que aún sentía.

Permaneció inmóvil durante largo rato, contemplando el cielo, temerosa de hablar o moverse. Volvió la cabeza y observó el perfil de Duncan al tiempo que meditaba detenida y profundamente sobre el hecho de que éste se hubiera detenido cuando ella se lo había pedido.

—Confío en que esta noche no me golpees en la cabeza —dijo él—, ni tomes el puñal que guardo dentro de la bota y me lo claves. —Su voz denotaba ira, y ella se preguntó si iba dirigida contra ella o contra sí mismo.

—No lo haré —respondió Amelia—. Repito, lamento mucho lo que te hice anoche.

—Yo sólo lamento que estés prometida con mi enemigo. Si no lo estuvieras, no tendría que utilizarte de este modo.

—Utilizarme... ¿Como un señuelo?

—Sí. Eso es lo que representas para mí, muchacha. Nada más. De modo que no te hagas ilusiones sólo porque esta noche te he acariciado y te he estrechado entre mis brazos. Fue lujuria, pura y simplemente, y no creas que eso hará que olvide lo que me propongo hacer.

¿Lo había olvidado? ¿Era ese el motivo de su ira? ¿O creía que ella trataba de distraerle de ese objetivo?

—Te refieres a tu deseo de matar a Richard.

—Sí.

Ella se incorporó y oprimió las yemas de los dedos contra sus sienes, que le martilleaban. ¡Santo Dios! Se sentía como si hubiera sido ella quien hubiera recibido un porrazo en la cabeza la noche anterior, porque estaba hecha un lío. Ella también había olvidado quiénes eran y por qué estaban aquí. Deseaba a Duncan apasionadamente y había olvidado el hecho de que él la utilizaba para matar a un hombre a sangre fría.

—Aún no estás convencida, ¿verdad? —preguntó él—. Sigues creyendo que estoy equivocado, que las gentes de Escocia han exagerado las historias sobre tu preciado Richard. Sigues siéndole leal.

—No es cierto —protestó ella—. Creo que me precipité al aceptar su proposición de matrimonio. Reconozco que era una ingenua y no me tomé el tiempo suficiente para conocerlo. Pero si he aprendido algo de esto, es que debo pensar por mí misma y utilizar mi propio criterio. Por tanto no puedo, en conciencia, condenar a un hombre basándome en lo que dicen sus enemigos. Debo darle la oportunidad de responder a esas acusaciones. Cuando vuelva a verlo, le daré esa oportunidad.

Duncan se levantó.

—La mera idea de que estés en la misma estancia con Richard Bennett hace que me entren ganas de vomitar. No lo consentiré.

—Pero aunque sea culpable de los crímenes de los que le acusas —dijo ella—, eso no te da derecho a matarlo. Incluso el peor criminal merece un juicio justo.

Duncan arrugó el entrecejo, contrariado, y comenzó a pasearse de un lado a otro.

—Si Richard es culpable de algo —continuó ella—, deja que sea arrestado y conducido ante un tribunal. No enturbies más tu alma para asegurarte de que se haga justicia con él.

—Mi alma ya está destinada al infierno —gruñó él.

Ella se estremeció.

—No lo creo. Siempre hay esperanza. Las personas pueden cambiar.

¿Pero creía ella realmente que había esperanza para Duncan? Era el Carnicero de las Tierras Altas. Había matado a docenas de hombres.

Guardaron silencio durante largo rato; luego él la miró con gesto irritado.

—A veces me recuerdas a mi madre. Era muy bella, y una empecinada idealista. Detestaba la violencia, y trabajó incansablemente para convencer a mi padre de que ella tenía razón y él estaba equivocado.

—¿Logró convencerlo?

Duncan soltó una amarga carcajada.

—No. Era una esperanza vana. Tanto ella como yo terminamos magullados y traumatizados debido a ello. Mi padre era un guerrero. La diplomacia no le interesaba, y yo estaba en medio, entre ella y el implacable puño de hierro de mi padre.

Amelia se sentó. ¿Había protegido Duncan a su madre contra la brutalidad de su padre?

Como no deseaba provocarle más, esperó unos momentos a que su ira se aplacara.

—Mi padre también era un guerrero —dijo con el fin de calmarle—, pero también era bondadoso. Creía en la paz.

—Era un soldado, Amelia. Combatía y mataba.

Ella se estremeció, pues nunca había pensado en su padre de esa forma, ni le había imaginado matando a un hombre. No quería imaginarlo así ahora.

—Luchó por lo que creía.

—Como yo, muchacha, y por ese motivo no puedo dejar que tu novio viva.

El comentario la hirió, como un puñetazo en el estómago. Cuando Duncan dijo que había tratado de interponerse entre su madre y el puño de hierro de su padre, Amelia pensó que quizá consiguiera hacerle desistir de su sanguinario objetivo. Pero al mirarlo ahora a los ojos y al ver la furia que traslucían, comprendió que jamás lograría convencerlo.

—¿Me llevarás al Castillo de Moncrieffe? —preguntó, pues necesitaba saber qué pensaba hacer con ella—. Sé que viajamos en esa dirección, pero aunque Richard haya abandonado el castillo y haya partido hacia otro lugar, ¿me dejarás allí bajo la tutela del conde? Era amigo de mi padre. ¿No sería mejor que...?

—¡No! —contestó Duncan bruscamente, volviéndose hacia ella—. ¡No te dejaré en ninguna parte! No mientras tu prometido siga vivo.

Respiró hondo durante un momento, como tratando de reprimir su furia; luego rodeó el fuego.

—Procura dormir, muchacha, pero yo estoy desvelado, de modo que me sentaré contra esa peña y montaré guardia.

A continuación se sentó, tomó la petaca que había dejado sobre la hierba, pero estaba vacía, de modo que la arrojó sobre el montón de alforjas.

Tiritando debido a una súbita ráfaga de aire frío, Amelia se acostó de nuevo y se cubrió con las pieles. Cerró los ojos preguntándose con tristeza si volvería a sentirse alguna vez segura de algo.

• • •

Esa muchacha quería salvar la vida de Richard Bennett. Qué decepción se llevaría cuando él lo matara.

No, sería mucho peor que esto. Ella le vería como el salvaje que era en realidad. Se sentiría asqueada por la sangre que manchaba sus manos, y el hedor a muerte y desesperación que le seguían por doquier. Le odiaría más de lo que le odiaba ahora.

No debió tratar de satisfacer esta noche el deseo carnal que sentía por ella. Si hubiera escuchado a su cerebro en lugar de a su entrepierna, la habría mantenido a una distancia prudencial, quizá maniatándola y amordazándola. No debió revelarle nada sobre su persona. Ahora ella sabía demasiado.

¿Qué debía hacer?, se preguntó Duncan atormentado mientras la observaba conciliar el sueño. ¿Dejar que Richard Bennett viviera en aras de los nobles principios que tenía ella sobre orden y justicia? ¿Dejar que ese tipo siguiera violando, asesinando y destruyendo?

Duncan inclinó la cabeza hacia atrás, apoyándola en la peña, y contempló el firmamento. Ansiaba sentir de nuevo cierta paz, o incluso confiar en sentirla algún día en el futuro. Hasta hace poco, estaba convencido de que la alcanzaría cuando Bennett hubiera muerto. Ahora, sin embargo, sólo sentía el pesado yugo de la duda y un profundo e insondable vacío.

Luego pensó en su verdadera madre —la puta a la que jamás había conocido porque había muerto al nacer él—, y el obispo que había muerto asesinado debido a sus opiniones sobre la existencia de Duncan en el mundo como un hijo bastardo. El obispo debió de saber que no era prudente insultar al padre de Duncan. Había muerto decapitado.

Quizás este era el legado de su padre y un castigo constante por sus pecados: una vida de guerra y desgracias para su hijo, que había heredado su furia. Todas las buenas acciones eran recompensadas, pensó Duncan, y todos los pecadores acababan indefectiblemente en el infierno.

Unas horas más tarde, el sonido de unos pasos a través de la hierba hizo que se despertara sobresaltado. Se había quedado dormido, sentado contra la roca.

Miró a Amelia, que descansaba apaciblemente, arrebujada en las pieles.

Duncan se incorporó, tratando de sacudirse de encima el sopor. Todo estaba en orden. Las alforjas seguían donde las había dejado. *Turner* se hallaba cerca. Pero de pronto oyó de nuevo el sofocado sonido de unos pasos.

Lentamente, moviéndose con cautela y sigilo, extendió el brazo hacia su hacha y asió su manoseado mango. Si la loba había regresado para devorarlos, no se lo pensaría dos veces: la mataría sin vacilar. Haría lo que fuera con tal de proteger a Amelia.

Se levantó y se movió en silencio alrededor de las cenizas de la hoguera. Las estrellas había desaparecido, y el cielo presentaba un siniestro color negro. Incluso el aire estaba saturado de un opresivo olor a sangre y muerte.

Los pasos se aproximaron, y Duncan avanzó como un gato acechando a su presa. Miró hacia el este y el oeste, escrutando el paisaje. Nunca había sentido el peligro de forma tan palpable. Protegería a Amelia a costa de su propia vida.

De pronto apareció el visitante, iluminado por la luna, que había salido de detrás de una nubecilla.

—Elliott —dijo Duncan, bajando el hacha—. ¿Qué haces aquí? ¿Dónde está tu padre?

—Se ha quedado con el rebaño —respondió el chico—. Pero yo me he escapado. Le he seguido. Le estaba acechando.

Duncan arrugó el entrecejo.

—¿Me acechabas? ¿Por qué?

—Porque ahora sé quién es. Es el Carnicero, y un asesino feroz.

Una estrella candente cayó del cielo y se alojó en la boca del estómago de Duncan. Quería contradecir al chico, decirle que no era lo que se figuraba, pero no podía articular palabra. Al menos, esas palabras.

—Voy a matarle —dijo Elliott, desenfundando su espada—. Entonces seré un héroe como usted.

Duncan meneó la cabeza.

—No sabes lo que dices, Elliott. Baja la espada. Vuelve junto a tu padre y conduce a tu rebaño al mercado.

—No, quiero llevar su cabeza a Londres. —El chico alzó la espada, emitió un feroz grito de justicia y se abalanzó sobre él.

Duncan reaccionó de forma instintiva. Cuando el chico se precipitó hacia él, le golpeó con su hacha.

Para defenderme. Para proteger mi identidad. Para salvar a Amelia.

La cabeza de Elliott voló por el aire, girando como una pelota a la que hubiera asestado una patada un niño en un establo...

La loba observó con indiferencia desde la cima de la colina, jadeando con las fauces abiertas y la lengua colgando.

—¡Joder!

Duncan se despertó sobresaltado y se alejó de la peña, arrastrándose a cuatro patas, tan rápidamente como pudo. ¡No podía respirar! Sentía un fuego en la tripa que le abrasaba las entrañas. Se arrastró, deseando expeler el contenido de su estómago, pero las violentas arcadas agitaban su cuerpo en un infructuoso intento de vomitar.

—¿Qué ocurre, Duncan?

Sintió las manos de Amelia sobre su espalda y trató de convencerse de que no era real. Que no había sucedido. Que no era más que un sueño. Elliott no estaba muerto. El chico no le había seguido hasta aquí.

Se llevó una mano a la frente y boca arriba.

—¡Jesús!

—¿Qué ha pasado? —preguntó ella—. ¿Qué te ocurre?

—Ha sido un sueño. —Pronunció las palabras en voz alta, con vehemencia, para convencerse.

Sudaba y boqueaba, tratando de recobrar el resuello.

Ha sido un sueño. No ha ocurrido.

Amelia le apoyó la cabeza en su regazo y le apartó el pelo de la cara.

—Tranquilízate. Ya ha pasado.

El corazón tardó un buen rato en dejar de latirle con furia, y cuando se calmó, Duncan alzó la vista hacia el cielo pero se apresuró a cerrar los ojos, esforzándose en desterrar el insoportable recuerdo del sueño.

Capítulo 13

A la mañana siguiente, Duncan apenas despegó los labios. Amelia le miró y sintió como si mirara a un extraño. Era justamente eso, al margen de que la noche anterior la hubiera abrazado y besado y hubiera estado a punto de hacerle el amor. Deseaba apartar ese pensamiento de su mente, pero esta mañana el deseo seguía abrasándole la sangre como una peligrosa fiebre, lo cual no tenía sentido.

¿Cómo podía sentir placer con este hombre, que la había raptado y se negaba a devolverle la libertad dejándola en un lugar seguro? Por más que ella protestara, él seguía empeñado en matar a Richard, y ella no podía comprender esa sed de violencia y sangre. Era por eso que en el mundo civilizado había tribunales de justicia, para dirimir si un hombre era culpable de un crimen y aplicarle el debido castigo. Este empeño en perseguir y cazar a una presa —que concluía con el salvaje asesinato de otro ser humano— era propio de bárbaros. Amelia no podía comprenderlo.

No obstante, una extraña sensación seguía abrasándole las entrañas. Un intenso y lacerante deseo que la avergonzaba. Amelia se juró que haría todo lo posible por vencerlo.

* * *

Esa noche, Duncan decidió que era preferible que guardara sus distancias con Amelia. Por consiguiente, comieron en silencio sentados alrededor del fuego, y cuando ella trató de entablar conversación él le dijo que no le apetecía charlar de cosas intrascendentes. Lo cierto era que le resultaba demasiado difícil escuchar la cadencia de su voz, y más aún contemplar el seductor movimiento de sus labios cuando hablaba.

Sin embargo, más tarde, poco después de que ella se hubiera quedado dormida, él se acercó al lecho formado por pieles y la observó. Yacía boca abajo, con una larga y esbelta pierna doblada a la altura de la rodilla y oculta entre los pliegues de sus faldas. Su ondulada cabellera estaba desparramada sobre las pieles, resplandeciente como vivas llamas de fuego. Su imagen le trajo a la memoria el sabor a miel de sus labios y el suave tacto de su lengua, moviéndose libremente alrededor de la suya. Nervioso y enojado, retrocedió unos pasos y se sentó en cuclillas.

La luna brillaba en el cielo. Las sombras de las nubes se deslizaban rápidamente a través de la silenciosa cañada. El aire estaba saturado del intenso perfume de las flores de últimos de verano. A lo lejos se oía el retumbar de truenos sobre las cumbres de las montañas.

Permaneció sentado largo rato observando a Amelia mientras ésta dormía, y la curva de su cadera estimuló su imaginación.

La joven emitió un suave gemido y se colocó boca arriba, adoptando una postura tan femenina como seductora. Sus pechos —demasiado apretados dentro del corsé, que ella se negaba a quitarse incluso por las noches— parecían invitarle a acariciarlos. Abrumado por el deseo sexual, deseó poder desatar los cordones de esas prendas que constreñían el cuerpo de Amelia, bajarle las faldas sobre las caderas y deslizar sus manos sobre su piel desnuda. Yacía ante él como la encarnación de la sexualidad humana, y él comprendió que esto ponía a prueba su resistencia más que cualquier duelo a espada en un campo de batalla.

Al día siguiente se detuvieron junto a un río para abrevar al caballo y comer un ligero almuerzo.

—¿No piensas dirigirme la palabra? —preguntó Amelia cuando Duncan se sentó sobre una pequeña roca frente a ella.

—No.

—¿Ni siquiera si te lo suplico de rodillas?

Él le pasó un trozo de pan.

—¿Quieres que te amordace?

—No.

—Entonces no digas esas cosas.

Por la noche acamparon en el bosque, y a Amelia le sorprendió que, después de cenar, Duncan se acostara sobre el lecho de pieles junto a ella, pues la noche anterior había mantenido sus distancias y durante buena parte del día la había tratado con hostilidad.

—¿Qué planes tienes? —le preguntó, confiando en que esta noche fuera diferente. Le disgustaba la tensión que había entre ellos, y la soledad que sentía al saber que él no deseaba siquiera hablar con ella—. Hemos viajado durante dos días. ¿Qué ocurrirá cuando lleguemos a Moncrieffe? Debemos de estar cerca.

Él la cubrió con su tartán y la miró con gesto ceñudo.

—Sí, muchacha. Estos terrenos pertenecen al conde. Estamos a una hora a caballo al norte de la caseta del centinela.

Ella se incorporó sobre un codo. El tartán se deslizó sobre su hombro.

—¿Sólo a una hora? ¿Entonces por qué nos hemos detenido? Podríamos haber llegado ya al castillo.

Él la miró con ojos velados e impenetrables.

—Quería gozar de una noche más contigo, muchacha.

Amelia tardó unos momentos en captar el significado de esas palabras y pensó en lo silencioso y malhumorado que él se había mostrado todo el día. Había supuesto que estaba enojado por las cosas que ella había dicho sobre Richard la otra noche, y le sorprendió que estuviera dispuesto a demorar su victoria final sobre su enemigo.

—Pero dijiste que jamás permitirías que te impidiera matar a Richard —dijo ella—, o que te distrajera de tu empeño.

—Así es, y en estos momentos estoy muy enfadado contigo, de modo que ten cuidado con lo que dices. Estoy de pésimo humor.

Ella tragó saliva, inquieta.

—No comprendo.

¿Estaba enfadado pero al mismo tiempo deseaba pasar otra noche con ella?

De pronto su imaginación se desbordó y Amelia se preguntó si sería capaz de disuadirle de su objetivo, si un ápice de afecto hacia ella podía ser más importante para él que el baño de sangre que ansiaba. Quizá renunciara a ello para hacerla feliz. A fin de cuentas, corría un gran riesgo acampando aquí una noche más, cuando en estos momentos Richard quizá se dirigía en dirección opuesta.

Pero entonces comprendió, de forma más realista, que no era el afecto que Duncan pudiera sentir por ella lo que le había inducido a detenerse sino mero deseo físico. Amelia recordó cómo la había observado durante el día, y se estremeció de temor, un temor de algo inevitable, algo que quizás ella no fuera capaz de controlar o impedir.

—No te quepa la menor duda —dijo él—. Deseo mi venganza, y también justicia. Nada logrará disuadirme de mi empeño. Pero cuando lo consiga, no podrás mirarme, muchacha. Sólo verás al brutal salvaje que soy.

Amelia sintió que el temor hacía presa en ella. Por supuesto que deseaba llegar a Moncrieffe y regresar a su mundo confortable y civilizado, pero el horror de lo que Duncan se sentía obligado a hacer antes de dejarla libre era insoportable. No quería imaginarlo cometiendo un asesinato.

—Quiero que esto termine cuanto antes —dijo—. No deseo ser tu cautiva. ¿Es preciso que lo hagas? ¿No puedes vengarte de otro modo? Denuncia a Richard a las autoridades. Escribe una carta y exige que emprendan una investigación oficial.

Duncan soltó una amarga carcajada ante semejante sugerencia. Luego extendió la mano y le apartó el pelo de la cara.

—He gozado con tu compañía, muchacha, y te echaré de menos cuando te marches.

¿Por qué se negaba a recapacitar?

Él deslizó el brazo alrededor de su cintura y la atrajo hacia sí.

—Te he deseado todo el día, y por más que lo intento, no consigo aplacar mi deseo carnal. Jamás me he sentido más salvaje que cuando yazgo junto a ti.

Una brisa agitó las ramas de los árboles, y Amelia arqueó la espalda en un gesto de abandono. El deseo de abrazarle y sentir que él la estrechaba entre sus brazos era muy poderoso, y empezó a sentirse mareada. Él apoyó tomó uno de sus pechos y lo masajeó, y ella contuvo el aliento, impotente. Deseaba experimentar la pasión y la intimidad, pero al mismo tiempo quería luchar con ellas.

Él introdujo la lengua dentro de su boca; luego le arremangó las faldas hasta la cintura y le acarició los muslos. Lo único que se interponía entre ellos eran las bragas partidas de ella, que él no tardó en atravesar con sus hábiles dedos. Amelia sintió que deslizaba la palma de la mano entre sus piernas y acariciaba su sensible y húmeda piel. El placer dio paso a un persistente dolor, y juntó las piernas con fuerza alrededor de la mano de él.

—Sólo te acaricio, muchacha —murmuró él contra sus labios, y ella se estremeció de placer, sabiendo que eso daría paso a mucho más. Era el juego de la seducción. Él la conducía hacia un lugar muy peligroso.

Ella separó apresuradamente las piernas al sentir la palma de su mano acariciándola. La embargaban unas sensaciones muy intensas, y se estremeció al sentir el contacto de su mano. Él la acarició con la lengua, deleitándose con su sabor, después de lo cual se incorporó sobre sus antebrazos y se montó sobre ella.

La mente racional de Amelia le decía que debía detenerle, pero su cuerpo se negaba a prestar atención. Con las piernas separadas, sintió la sedosa punta de su miembro tratando de penetrarla. Todo era caliente y húmedo, y ella no deseaba que terminara, aunque sabía que no estaba bien.

—Deseo penetrarte ahora —dijo él—, pero tienes que desearlo.

Amelia respiraba trabajosamente. Dudó unos instantes antes de responder.

—Si no quieres que te arrebate tu virginidad, dímelo ahora.

—No lo sé —murmuró ella—. No quiero que pares, pero siempre pensé que me reservaría para mi marido.

Duncan la miró a la luz de la hoguera, tras lo cual se retiró y apoyó la frente sobre el hombro de ella. Parecía tener dificultad en controlar sus deseos.

—No te deshonraré —dijo suavemente—, pero puedo hacer que goces.

Ella no comprendió a qué se refería. Lo único que hizo fue observar mientras él se deslizaba hacia abajo sobre las pieles y desaparecía debajo de sus faldas. Reprimió un grito de asombro al sentir que la besaba en los tobillos, las rodillas y la cara interna de los muslos, después de lo cual le separó las piernas por completo e introdujo la boca y la lengua entre los labios de su vulva.

Ella arqueó la espalda y contuvo el aliento, inmersa en una ciega y enloquecedora bruma de placer.

—¿Qué me haces?

Pero él no respondió, pues tenía los labios ocupados.

Ella no tardó en olvidar la pregunta mientras escuchaba los sonidos que él emitía con su boca. ¿Era esto normal? ¿Era esto lo que hacían todos los hombres y mujeres, o sólo los escoceses?

Embargada por la pasión, inclinó la cabeza hacia atrás y emitió un grito. Su cuerpo empezó a temblar y a agitarse, sus músculos se tensaron y una ola de fuego abrasador la invadió. Se retorcía como un animal atrapado sobre las pieles, aporreando el suelo con los puños. La invadía un placer como jamás había experimentado, incluso mientras pugnaba por resistirse a él; de pronto toda su fuerza se desvaneció.

Al cabo de un rato, él salió de debajo de sus faldas y cubrió su cuerpo con el suyo. La abrazó con fuerza, y ella se sintió extrañamente amada y protegida. No quería separarse de él. Deseaba que la estrechara entre sus brazos eternamente. Nunca se había sentido tan unida a nadie.

—¿Qué ha sido eso? —preguntó, sabiendo que en estos momentos sus emociones no eran racionales.

—Ya te lo dije, a los escoceses nos gusta hacer gozar a nuestras mujeres. —Le bajó las faldas para cubrirle las piernas—. Pero ahora debes dormir, muchacha.

Ella contempló el firmamento, sintiéndose como si estuviera embriagada.

—Me ha gustado —confesó.

—Lo sé.

—Pero no debí permitir que sucediera. Ha sido excesivo.

Él calló durante largo rato, limitándose a observar las oscuras copas de los árboles que se recortaban contra el cielo nocturno.

Por fin dijo:

—Sí, ha sido excesivo, y yo tampoco debí permitir que ocurriera.

Esa noche no dijeron nada más.

Hacía meses que Duncan no había dormido profundamente, y el hecho de que a la mañana siguiente se sintiera tan descansado era algo insólito.

Se despertó percibiendo el olor a pinos, el sonido de golondrinas cantando en las copas de los árboles y el rosado resplandor del amanecer más allá del bosque, el cual arrojaba una pálida luz sobre sus párpados. Bostezando, estiró los brazos sobre su cabeza y de pronto recordó, con un repentino sentimiento de contrariedad, lo que ocurriría esta jornada. Se dirigiría a caballo con Amelia hacia el castillo y quizás encontrara allí a Richard Bennett, deleitándose con los numerosos lujosos que ofrecía Moncrieffe.

Su inmediata reacción ante la idea de que Bennett fuera agasajado en el castillo le hizo desear dirigirse hacia allí de inmediato, agarrar a ese cerdo por el pescuezo y arrojarlo sobre las murallas del castillo. Pero primero le clavaría una espada en el corazón y le recordaría el motivo por el que le había matado: *¿Recuerdas a la chica del manzanar? Esto es por ella. Y por la mujer que creíste que tomarías por esposa. Jamás padecerá lo que padeció Muira.*

Duncan se incorporó y miró a su alrededor. Amelia no estaba junto a él, ni en el campamento.

Alarmado, se levantó al instante y gritó:

—¡Amelia!

No obtuvo respuesta, ni había rastro de otra persona por los alrededores.

Duncan escudriñó el silencioso bosque. Unos brumosos rayos de sol brillaban a través de los árboles, arrojando sombras alargadas sobre el suelo. El nuevo día parecía haberle sorprendido de forma subrepticia, reptando sigilosamente sobre el suelo cubierto de musgo del bosque.

—¡Amelia! —gritó por segunda vez, avanzando con paso más insistente a través de la bruma, pero sólo oyó el eco de su voz.

No, ella no habría...

Pero sí, sabía que lo había hecho.

—¡Maldita sea!

Al cabo de unos minutos, ensilló a *Turner*, levantó el campamento y guardó su hacha en la alforja que colgaba de la silla. Luego montó a lomos de su caballo.

—¡Arre! —gritó, haciendo que el animal se lanzara a galope hacia el borde del bosque y los campos que se extendían al sur del mismo.

¿A qué hora había huido Amelia del campamento?, se preguntó, agitado. ¿Había llegado ya al castillo? ¿Y si Bennett estaba allí y había dado orden de que emprendieran la caza del

tristemente famoso Carnicero, que se hallaba en las inmediaciones? Quizá no consiguiera alcanzar las puertas del castillo
antes de que le capturaran los soldados enemigos. ¿Qué haría
entonces?

Maldita fuera esa mujer. Maldita fuera una y mil veces.
Jamás debió llevársela del Fuerte William, porque ahora lo
único que le importaba era recuperarla. No le preocupaba que
Richard Bennett muriera o siguiera vivo, sólo que no volviera a tocar a Amelia.

A tenor de las presentes circunstancias, Duncan sólo veía
un medio de conseguir sus propósitos. Espoleó de nuevo a su
montura y partió hacia Moncrieffe.

Capítulo 14

Después del terror inicial que había experimentado al ser secuestrada, seguido por un desconcertante y abrumador deseo carnal que le inspiraba su captor, esa mañana fue la peor.

Amelia se había despertado en un estado de confusión emocional. Miró a Duncan, que dormía sobre el lecho de pieles —el hombre más guapo que jamás había visto— y comprendió que tenía que huir de su lado, pues se había enamorado perdida y apasionadamente de él.

Ahora corría dando traspiés por un prado, débil y desorientada. Tenía los zapatos empapados del rocío que cubría la hierba y los dedos de los pies entumecidos. Estaba agotada y jadeaba, pues llevaba casi una hora corriendo desesperadamente, primero a través del bosque, luego por estos anchos y ondulantes prados. No tenía la menor idea de dónde estaba; sólo contaba con el amanecer para guiarla en una u otra dirección. Quizás estaba perdida en un lugar alejado de toda civilización, pues era muy posible que el castillo no estuviera ubicado exactamente al sur de donde habían acampado la víspera, aunque Duncan había afirmado que se hallaban al norte de éste. Quizá lo había pasado de largo y recalara en las costas del mar de Irlanda.

Duncan ya habría descubierto su ausencia y habría emprendido su búsqueda. Quizás apareciese galopando a través de los prados y pusiera fin a su fuga. Si daba con ella, se enfurecería. A partir de ese momento las cosas entre ellos no serían tan agradables. No habría más besos y caricias. Seguramente la ataría y amordazaría.

Pero no sería muy distinto de las ligaduras de su poder sexual que la tenían esclavizada en un enloquecido e irracional deseo, pensó Amelia, las cuales esta mañana casi le habían impedido huir cuando por fin tenía oportunidad de hacerlo.

Se detuvo y miró a su alrededor; luego alzó la vista hacia el sol para tratar de descifrar su ubicación y su rumbo. Si quería sobrevivir a esta dramática situación y regresar a la vida que había conocido, tenía que dejar de pensar en Duncan y centrarse en localizar el castillo.

Había pasado una hora larga desde que Amelia había huido del campamento en el bosque. Se había resignado al hecho de que se había extraviado cuando llegó al borde de un prado bordeado de árboles y un horizonte formado por gigantescas torres y torretas que se recortaban contra el cielo.

Agotada pero aferrándose a su renovada esperanza, se detuvo en seco y pestañeó para contemplar el imponente panorama de una arquitectura de piedra, como una pequeña ciudad a lo lejos. En sus inmediaciones divisó unos sembrados, un huerto, un viñedo y un molino situados a menos de dos kilómetros. Por fin había alcanzado la civilización. Un mundo que conocía.

Echó a correr, trastabillando y con los pies llenos de ampollas a través de la hierba cubierta de rocío. Una bruma blanca se alzaba de la superficie del lago, pero cuando Amelia se aproximó éste reveló su auténtica naturaleza: era un foso defensivo. El castillo se alzaba sobre una isla. Sus murallas de piedra y baluartes se erguían sobre el agua, y la gigantesca torre de entrada estaba conectada a tierra firme mediante un puente levadizo y una entrada formada por un arco de medio punto.

Richard quizá se encontrara allí ahora, quizás con un pequeño batallón de soldados apostados dentro de los muros del castillo. ¿Qué haría ella cuando le viera? ¿Qué le diría con respecto a las terribles historias que había oído sobre él?

¿Le preguntaría él si la habían violado?

Jadeando debido al cansancio, alcanzó por fin el puente y lo cruzó, siendo recibida por un gigantesco y rubicundo centinela vestido con una falda escocesa y armado con dos pistolas y una Claymore, que montaba guardia debajo de un rastrillo de hierro.

—¿Se ha extraviado, muchacha? —Tenía la voz grave y un tono imperioso.

—No, señor, no me he extraviado. Por una vez, sé exactamente dónde me encuentro, en el Castillo de Moncrieffe, y deseo ver al conde. —Respiraba tan trabajosamente que apenas podía hablar.

—¿Y qué asunto la trae a ver al conde a estas horas de la mañana? Es un hombre muy atareado.

Ella respondió con voz firme y clara:

—Soy lady Amelia Templeton, hija del difunto duque de Winslowe, que era coronel en el ejército del Rey. Hace una semana, fui raptada por el Carnicero de las Tierras Altas y acabo de fugarme. Necesito que el conde me proteja. —Tuvo que hacer acopio de las escasas fuerzas que le quedaban para articular esas palabras.

La sonrisa del escocés se desvaneció y se puso pálido.

—¿Es la hija del coronel?

¡Gracias a Dios!

—Sí.

El guardia se inclinó ante ella.

—Disculpe, señora. Sígame.

La condujo a través de la amplia y sombreada entrada hacia un patio interior iluminado por un sol deslumbrante. Era un espacio verde, semejante a un parque, rodeado por un camino circular. A la izquierda, un elevado lienzo de muralla con unos baluartes bloqueaban la vista del lago, y a la derecha un enorme edificio cuadrado arrojaba una sombra alargada sobre el césped. Había algunas personas trajinando de un lado a otro.

Amelia y el centinela echaron a andar apresuradamente hacia el castillo principal, que era tal como ella había imaginado por la descripción que le había hecho su padre. Moncrieffe constituía un imponente palacio de clásica elegancia, y después de las penalidades que había sufrido la última semana le parecía increíble que se dispusiera a entrar en él. Qué extraño le parecería caminar de nuevo sobre suelos pulidos, contemplar obras de arte y subir por elegantes escalinatas.

Entraron en el vestíbulo principal y pasaron a través de una entrada en arco a un saloncito decorado con hermosos paneles de madera, una chimenea de mármol y una magnífica colección de porcelana china.

—Espere aquí, señora —dijo el guardia, inclinándose de nuevo ante ella antes de salir apresuradamente y cerrar la puerta tras él.

Amelia sintió de nuevo un dolor lacerante en sus llagados pies, de modo que se acercó renqueando a una butaca, se sentó y enlazó las manos sobre el regazo. Permaneció muy quieta, cerrando los ojos y tomándose unos momentos para serenarse. Nada de esto parecía real. Se sentía extrañamente distanciada de cuanto la rodeaba.

En la habitación reinaba el silencio, a excepción del tic tac de un reloj en la repisa de la chimenea. Al cabo de unos momentos, abrió los ojos. Contempló los muebles que la rodeaban. Las butacas y mesitas parecían ser obras de artesanía francesa, mientras que la alfombra parecía persa. En la pared de enfrente colgaba un retrato de un antepasado, un hombre de aspecto feroz ataviado con un peto y una falda escocesa, con una mano apoyada en su espada.

El reloj siguió haciendo tic tac, y Amelia no se movió de la butaca durante diez minutos, aunque se le antojó una eternidad. Una eternidad de silencio.

Por fin, oyó pasos en el pasillo y se levantó. La puerta se abrió y apareció un caballero. Era de mediana estatura y complexión delgada, lucía una bata de brocado verde con puños de encaje, un calzón corto de color negro, unos lustrosos zapatos de hebilla y una peluca de rizos castaños. Era también tal como ella lo había imaginado por la descripción de su padre, aunque creía que sería más alto.

Suponiendo que fuera el conde.

Tenía un aspecto muy... *inglés.*

Ella hizo una reverencia.

—¿Es usted lady Amelia Templeton? —preguntó el conde. Su acento escocés recordó a la joven que aún se hallaba en las Tierras Altas.

Amelia comprobó con inmenso alivio que el caballero tenía una voz amable y cordial. No había nada amenazador o intimidatorio con respecto a su persona.

—En efecto, y le estoy muy agradecida, lord Moncrieffe, por recibirme a estas horas de la mañana.

—No, no —respondió él, entrando en la habitación con aspecto un tanto preocupado—. Yo no soy el conde. Soy Iain MacLean. Su hermano.

Ella restregó el suelo con sus doloridos pies mientras se esforzaba en ocultar su decepción.

—¿No se encuentra el conde en casa?

—Sí, está aquí. Pero aún no se ha levantado de la cama. Necesita unos minutos para ponerse al menos una bata. —Iain sonrió con gesto de disculpa.

—Por supuesto. —Amelia miró el reloj. Eran las siete y diez minutos, no el momento más adecuado para hacer una visita.

Todo esto era muy extraño. Había estado corriendo durante más de una hora, después de huir de su captor. No se había peinado, tenía la falda manchada de lodo —imaginaba el aspecto que debía ofrecer— y este hombre parecía dudar en llamar para pedir que les trajeran té. Lo que Amelia deseaba realmente era zarandearlo y preguntarle si comprendía las penalidades que había pasado.

—¿Me permite preguntarle —inquirió ella con calma— si Richard Bennett está aquí? Es un teniente coronel del Noveno Regimiento de Dragones, y me dijeron que se dirigía hacia aquí.

Esto era absolutamente ridículo.

—Sí, estuvo aquí —respondió Iain, indicándole que se sentara—. Pero pernoctó sólo una noche, pues estaba resuelto en encontrarla, lady Amelia. Debe saber que en estos momentos ha salido en su búsqueda una nutrida partida de hombres. Su tío, el duque de Winslowe, ha ofrecido quinientas libras a quienquiera que la conduzca sana y salva de regreso al Fuerte William. Está muy disgustado por lo ocurrido. Al igual que todos nosotros.

Por fin hablaba ese hombre con sensatez sobre la realidad de la situación. Esto no era un sueño. Ella había encontrado asilo.

Amelia emitió un suspiro de alivio.

—Gracias, señor. No imagina lo aliviada que me siento al oírle decir esto. Es reconfortante saber que no me han olvidado. Temía haber desaparecido para siempre.

Aunque aún temía haber perdido una parte de su alma en otro lugar y no volver a recuperarla.

Él se sentó en el sofá junto a ella y le apretó la mano.

—Está a salvo, lady Amelia. No sufrirá daño alguno.

Ella tardó unos momentos en recobrar la compostura y reprimir las lágrimas que amenazaban con derramarse. Se sentía inundada de tristeza.

Pero no, no era tristeza. No debía pensar que se sentía triste. Estaba a salvo. El terror había pasado. Ya no era una cauti-

va en las montañas, ni corría peligro de perderse en esa extraña locura que se había apoderado de su cuerpo. Había logrado
escapar antes de que fuera demasiado tarde, y probablemente
no volvería a ver a Duncan jamás. Debía estar contenta. Y lo
estaba. Sin duda.

—Debo de presentar un aspecto lamentable —comentó
con voz trémula, esbozando una pequeña sonrisa.

Los ojos de Iain reflejaban compasión.

—Parece muy cansada, lady Amelia. Quizá le apetecería
desayunar y darse un baño caliente. Puedo llamar al ama de
llaves, y estoy seguro de que mi esposa, Josephine, estará en-
cantada de ofrecerle los servicios de su doncella y prestarle un
vestido limpio. Parecen ser de la misma talla.

—Es usted muy amable, señor MacLean. Hace tiempo que
quería conocer al conde, pues mi padre me había hablado en
términos muy elogiosos de él. Me gustaría presentarme ante
él con un aspecto más decoroso.

Iain sonrió amablemente.

—Lo comprendo. Permita que la conduzca a una habitación de invitados.

Amelia sintió ganas de llorar de alegría después de gozar en privado de un magnífico desayuno y de ser conducida al cuarto de
baño, donde se desnudó con calma y se sumergió en una bañera con agua caliente. Las paredes de la habitación estaban tapizadas con damasco de color verde, y una estera cubría el suelo.
De un dosel circular colgaban unas cortinas de lino que rodeaban
la bañera, mientras que en la chimenea ardía un fuego vivo.

La doncella de la señora MacLean se ofreció para ayudar a Amelia a bañarse y vestirse. Le enjabonó el pelo con un jabón perfumado de hierbas, le masajeó el cuero cabelludo y luego vertió suavemente un chorro de agua de una jofaina de latón para enjuagárselo. Le frotó la piel con un paño suave y le lavó la espalda, después de lo cual la ayudó a ponerse un vestido de brocado de seda estampado con flores azules y rosas que la señora MacLean le había prestado generosamente.

El vestido tenía un escote redondo ribeteado de encaje. Las mangas eran ajustadas, con unos amplios puños debajo de los codos, y ostentaba un corsé de ballenas del mismo brocado de seda. Los zapatos con hebillas, también de damasco de seda azul, eran un número mayor que el que ella calzaba, pero dos pares de medias adicionales contribuyeron a llenarlos. Amelia tenía la impresión de que todo esto era un sueño.

La doncella la peinó con un elevado y aparatoso moño, que empolvó con profusión, hasta que Amelia pestañeó debido al escozor que sentía en los ojos y alzó la mano para frenar el ataque.

Le resultaba extraño moverse vestida con unas ropas tan ajustadas y suntuosas después de una semana de llevar sólo unas prendas amplias de burda lana y lino, pero cuando se miró en el espejo, envuelta en reluciente seda y satén, y reconoció lo que le era familiar, rompió a llorar. No obstante, eran unas lágrimas extrañas. Sus emociones eran confusas y desconcertantes.

Ansiaba desesperadamente volver a ver a su tío y se preguntó cuándo llegaría ese bendito momento. Quizás entonces se sentiría de nuevo normal.

Al poco rato, un lacayo con librea llamó a la puerta y dijo:

—Su señoría la recibirá ahora.

Ella siguió al joven escocés por un amplio pasillo que daba acceso a la escalera principal, por la que bajaron hasta la parte posterior del castillo. Cruzaron un puente-pasillo con ventanas en arco que daba a un lago, el cual conducía desde el castillo hasta el torreón —una construcción separada y situada en la parte posterior— rodeado de agua por los cuatro costados.

Amelia pensó en qué preguntas le haría el conde. ¿Cuánto querría saber sobre su secuestro? ¿Le pediría detalles de su captura, los pormenores sobre las armas de Duncan, o su nombre y el de todos los rebeldes que le seguían?

¿La obligaría el conde a ofrecerle una descripción detallada de dónde habían acampado Duncan y ella cada noche y con quiénes se habían encontrado en su camino? Si ella revelaba esa información, ¿enviaría el conde de inmediato un ejército al bosque para capturar a Duncan y conducirlo a prisión?

Un sentimiento de angustia y temor se apoderó de ella. No quería ser responsable de su captura. ¿Dónde estaría Duncan en estos momentos? Debía de suponer adónde se dirigiría ella. ¿Se hallaba frente a los muros del castillo, observándola pasar junto a estas ventanas? ¿O había huido en dirección opuesta, sabiendo que cuando ella llegara a Moncrieffe revelaría todo cuanto sabía y le perseguirían?

Amelia confiaba en que Duncan comprendiera la gravedad de su situación y hubiera huido en dirección opuesta. Sería lo mejor para ambos. También confiaba en que Moncrieffe se mostrara tan justo como le había considerado su padre y tuviera en cuenta todos los aspectos de la conducta de Duncan con respecto a ella. Al fin y al cabo, seguía siendo virgen. Duncan pudo haberle arrebatado su virginidad, pero no lo había hecho, y ella le estaría eternamente agradecida por ello.

Amelia y el lacayo cruzaron una larga y estrecha sala de banquetes y llegaron a una puerta en arco con motivos de hierro forjado. El lacayo llamó con los nudillos, tras lo cual abrió la puerta y se apartó para dejar pasar a Amelia. Ésta penetró en una galería con el suelo de roble pulido, las paredes de piedra gris y una amplia chimenea adornada con imágenes heráldicas en las albanegas. Avanzó hacia el centro de la habitación, y la puerta se cerró tras ella. El conde se hallaba junto a la ventana, en una elegante postura, con las manos enlazadas a la espalda, contemplando el lago y el parque más allá de éste. Lucía una suntuosa casaca de seda francesa azul, ricamente bordada en plata, por la que asomaban unas mangas fruncidas adornadas con puños de encaje. El ceñido calzón era de color gris, que lucía con unas lustrosas botas negras de montar hasta las rodillas. A diferencia de su hermano, no llevaba peluca. Llevaba el pelo ligeramente empolvado y recogido en una larga coleta sujeta con una cinta negra trenzada en espiral. Amelia observó el decorativo sable que llevaba al cinto, enfundado en una reluciente vaina de color negro.

—Señor. —Esperó a que éste se volviera para saludarlo con la reverencia de rigor.

Cuando el conde se volvió por fin hacia ella, Amelia inclinó la cabeza, pero la impresión que se llevó fue como si hubiera recibido un balazo en el estómago. Alzó la vista al tiempo que omitía saludarlo con la acostumbrada reverencia.

—¿*Tú*?

¿La engañaban sus ojos?

No.

Era Duncan. El Carnicero de las Tierras Altas.

O su hermano gemelo...

Amelia se estremeció como si la hubieran golpeado, tras lo cual permaneció inmóvil, conteniendo el aliento, mirándole con incredulidad. Esto no era real. ¡No podía serlo!

Con las manos enlazadas aún a la espalda, Duncan —o el conde— avanzó hacia ella, meneando la cabeza con gesto intimidatorio.

—Vaya, vaya, lady Amelia. Me decepciona comprobar que Fergus estaba en lo cierto. Siempre decía «¿puede uno fiarse de la palabra de los ingleses?» Debí hacerle caso.

Mareada y confusa y sin saber si se trataba de un gemelo de Duncan o de él mismo, Amelia dio media vuelta y echó a andar hacia la puerta, pero él la siguió y oprimió las palmas de las manos contra ésta antes de que ella pudiera asir el pomo. Permaneció detrás de ella, con ambos brazos apoyados en la puerta, mientras ella trataba en vano de agitar y tirar del pomo para abrirla.

Llamó a un criado, pero nadie acudió en su ayuda. Era como si gritara en el vacío. Cuando por fin desistió de su empeño e inclinó la cabeza hacia delante en señal de derrota, Duncan restregó la nariz contra su oreja, como había en tantas ocasiones, y ella comprendió en ese momento que era el hombre al que deseaba con desesperación. De modo que no había conseguido escapar de él.

—No esperaba menos de ti, muchacha. Siempre fuiste una luchadora.

Su cuerpo rozó el suyo. De no ser por el recuerdo de las recientes sensaciones y deseos, Amelia quizá habría logrado conservar la compostura, pero le resultó imposible.

—No puedo creerlo —murmuró, cerrando los ojos—. ¿Cómo es posible?

Se sentía como si se encontrara de nuevo en el prado bajo la lluvia la primera mañana de su secuestro, sin saber qué clase de hombre era él, incapaz de huir. No sabía qué se proponía Duncan hacer con ella ahora que había escapado de él.

Él la obligó a alejarse de la puerta y se colocó frente a ella, interceptándole el paso con su fornido y musculoso cuerpo.

—Sabía que vendrías a este lugar —dijo—, de modo que me dirigí hacia aquí sin pérdida de tiempo desde el campamento. ¿Has disfrutado del desayuno y el baño? ¿Es ese vestido lo suficientemente elegante para tus refinados gustos?

Había algo diabólico en sus ojos, y su voz tenía un tono despectivo que la hirió.

—¿Eres realmente el conde? ¿No es una broma?

De pronto la invadió una furia abrasadora. ¿Cómo había estado tan ciega? Toda esa palabrería sobre que debía aprender a fiarse de su propio criterio, a juzgar a un hombre por cómo era en su interior... ¿Cómo había sido capaz de decirle esas cosas mientras se hacía pasar por dos hombre distintos, engañando y manipulando a toda persona que se cruzaba en su camino? ¿Quién era este hombre en realidad? Ella no tenía remota idea.

—Soy el ilustre señor de Moncrieffe —dijo él extendiendo los brazos en un amplio gesto, exhibiendo el exquisito encaje de sus puños. Cuando bajó las manos, el sol que penetraba a través de la ventana arrancó un destello a la gema de color azul que lucía en el dedo índice—. Pero también soy el Carnicero.

—Me mentiste.

Todo lo que había ocurrido entre ellos —la intimidad y la ternura que ella había sentido entre sus brazos, la confianza que había llegado a depositar en él— había desaparecido de un plumazo. Nunca se había sentido tan estúpida. Señaló la indumentaria que él lucía al tiempo que le preguntaba:

—¿Y esto? No puedo creer que pasaras cinco días con mi padre negociando la libertad de los escoceses, haciéndole creer que deseabas la paz, mientras al mismo tiempo cabalgabas por las Tierras Altas de Escocia matando a soldados ingleses. —Amelia miró alrededor de la habitación, fijándose en los retratos que colgaban en las paredes—. ¿Quién más sabe esto? Está claro que lograste engañar a mi padre, y a mí. ¿A quién más has conseguido embaucar? ¿Lo sabe tu ama de llaves? ¿El lacayo que me condujo hasta aquí? ¿Se trata de una gigantesca e insondable conspiración para cometer un acto de traición?

Ella pensó en Richard que había pernoctado aquí en Moncrieffe, gozando de la comida y el whisky del conde y de su supuesta hospitalidad. Cuando la conducía a la habitación de invitados Iain le había dicho que Richard había utilizado a la milicia del conde para salir en busca del tristemente célebre Carnicero. Richard probablemente había caído en una trampa y perseguía en vano al rebelde en las islas Orkney u otro lugar remoto.

¿Había algo de cierto en lo que Duncan le había contado sobre Richard? Amelia no sabía qué creer.

—En el castillo no lo sabe nadie —respondió Duncan—, excepto mi hermano y su esposa.

—Tu hermano, que estuvo tan amable conmigo, y ordenó que me preparan el desayuno y un baño... ¿De modo que también es un embaucador?

Duncan arrugó el ceño.

—Es un buen hombre y un escocés leal.

Ella trató de nuevo de alcanzar la puerta.

—Tú y tu hermano estáis locos.

Duncan la asió por la muñeca. Su enorme manaza de guerrero la sujetó como un puño de acero.

—Yo que tú no lo intentaría.

Ella ni siquiera se molestó en tratar de liberarse.

—¿Por qué? ¿Temes que al salir de aquí revele al mundo tu auténtica identidad?

Era una clara amenaza, pronunciada sin sutileza ni reserva.

Él entrecerró los ojos y agachó la cabeza para susurrarle al oído.

—En este momento no temo nada, muchacha, porque Angus está al otro lado de la puerta y desea cortarte la cabeza desde el primer momento en que te vio. Te aconsejo que no le des motivos de hacerlo.

Capítulo 15

Por fin Amelia logró soltarse y se alisó el tejido de la manga.

—Te desprecio.

—Tienes derecho a pensar lo que quieras de mí, pero sugiero que me escuches antes de formarte un juicio.

Ella se apartó de él y atravesó la galería hacia la ventana.

—¿Que te escuche? ¿Qué explicación puedes darme? Eres un fraude. Hace una semana, eras un salvaje vestido con una falda escocesa, empuñando un hacha sobre mi cabeza, el enemigo más buscado de Inglaterra. Esta mañana eres un caballero, ataviado con sedas, volantes y encajes. Negociaste con mi padre, un duque inglés, que te tenía en alta consideración y ensalzó tus virtudes ante el Rey. —Ella se volvió hacia él—. Jamás te perdonaré por esto. Me has puesto en ridículo. Cuando pienso en las noches pasadas, en cómo me sedujiste...

—¿Que te seduje? —Duncan soltó una carcajada—. Tú lo deseaba tanto como yo, muchacha. Si no recuerdo mal, me dijiste que te había gustado. —Achicó los ojos hasta que apenas eran visibles—. No te mientas. Necesitas sentir dentro de ti a un hombre de verdad, no a ese educado petimetre inglés al que consideras un caballero, y no me insultes, ni te insultes a ti misma, tratando de negarlo.

Ella se acercó a él y le abofeteó.

—Aunque vistas impecablemente, e incluso seas de sangre noble, está claro que no eres un caballero.

Él se quedó inmóvil, sin reaccionar al bofetón. Era evidente que ese hombre rudo estaba hecho de acero o de piedra.

Ella regresó junto a la ventana y contempló el lago. El sofocado sonido de los pasos de él al atravesar la estancia hizo que Amelia se tensara, sintiendo unas descargas eléctricas en sus terminaciones nerviosas.

—Soy más caballero que tu prometido, muchacha. No has visto su lado oscuro.

—¿Acaso todos los hombres tenéis dos lados? —inquirió ella, sintiéndose más perdida que nunca—. ¿Todos tenéis secretos? En tal caso, ¿cómo es posible llegar a conocer a alguien? ¿Confiar en alguien? ¿O *amar* a alguien?

Observó a un pato que volaba bajo sobre el agua y aterrizó airosamente en la superficie, mientras luchaba denodadamente contra el deseo de romper a llorar, de caer de rodillas ante este hombre y pedirle una explicación, a fin de comprender los sentimientos que la embargaban. Estaba tan disgustada que se sentía mareada. En parte seguía deseándolo, pero estaba hecha un lío sobre quién era él en realidad.

Él apoyó la mano en su hombro. Le acarició la nuca con el pulgar, y ella sintió que todas sus defensas se venían abajo.

—¿No temes que te denuncie al Rey? —preguntó, refugiándose en la guerra que aún existía entre ellos, porque temía la pasión que la devoraba.

—Sé que no lo harás, muchacha —contestó él.

—¿Cómo puedes estar tan seguro?

—Porque sé que me quieres —respondió él. Amelia notó que su cuerpo volvía a tensarse—. Lo sentí la noche en que te estreché entre mis brazos. Un hombre aprende mucho sobre una mujer en esos momentos.

Algo la obligó a negarlo.

—No es cierto.

Pero esta mañana, cuando le había abandonado, había estado a punto de romper a llorar desconsoladamente.

Él se situó delante de ella para bloquear la vista del lago y la miró con perspicacia.

—Y me llamas a mí mentiroso.

Hablaba con una voz extrañamente baja, y sus ojos relucían con unas sombras de deseo que hizo que Amelia sintiera que se derretía. Alzó la vista para mirarle y durante un momento permaneció inmóvil, frente a él, esforzándose en enterrar el recuerdo de lo que había ocurrido entre ellos la noche anterior, pero fue inútil.

Él la atrajo hacia sí, su cuerpo rozando el de Amelia, y oprimió su boca contra la suya. Durante un vibrante momento, el resto del mundo dejó de existir. El deseo volvió a hacer presa en ella; necesitaba tocarlo y abrazarlo, rogarle que resolviera el malentendido entre ellos, que la sacara de este tormento.

De improviso sintió una punzada de dolor e indignación y apoyó las manos contra su pecho para apartarlo.

—Te ruego que no me beses de esta forma —le imploró—. Quizá sea tu cautiva, pero no soy tu mujer. No quiero amarte. De modo que te suplico que me sueltes.

—No tiene por qué ser tan difícil —insistió él suavemente—. Sólo tienes que seguir tus impulsos.

—¿Mis impulsos? —Ella le miró con rabia—. ¿Y si mis impulsos me aconsejan que te mate?

Duncan la obligó a retroceder contra la pared. Al cabo de un instante su boca se oprimió contra la suya, en un segundo y tierno intento por reivindicar y poseer lo que consideraba suyo. La besó profundamente y la abrazó con fuerza. La intimidad de ese gesto la hizo sucumbir. Sintió la lengua de él acariciando seductoramente el interior de su boca, y un frenesí de dolor y deseo sacudió su cuerpo. No podía luchar contra él, lo cual hacía que le odiara.

—¿Qué vas a hacer conmigo? —preguntó, deseando poder apartarlo pero incapaz de hacerlo.

—Me propongo retenerte a mi lado, muchacha. No dejaré que vuelvas a huir de mí. —Su voz, a la vez suave y ronca, denotaba deseo.

Ella apenas podía pensar con claridad.

—¿Qué dices? ¿Que jamás dejarás que me vaya? ¿Que me retendrás como tu prisionera para siempre?

Él apoyó suavemente la palma de una mano sobre su pecho.

—Me conoces bien. Te dije que no era estúpido. No te dejaré marchar, muchacha, porque serás mi condesa.

Ella alzó la vista y le miró.

—¿Cómo dices? ¿Sugieres que nos casemos?

Él la miró con una expresión intensamente sexual.

—Así es. No soporto la idea de que regreses junto a tu prometido. No volverá a ponerte las manos encima mientras yo viva. Me propongo arrebatarte de sus manos y retenerte junto a mí.

—¿De modo que esta es tu venganza? —preguntó ella, anhelando comprender—. ¿Deseas arrebatar a Richard la oportunidad de casarse, como él te la arrebató a ti? ¿Tan sólo para castigarlo? ¿Es eso?

—Sí, lo cual me proporcionará un placer inmenso. No puedo negarlo.

Esforzándose en conservar la compostura, Amelia tragó saliva para vencer la frustración y contrariedad que sentía.

—¿De modo que al casarte conmigo, me utilizarás de nuevo como arma?

Él esbozó una pequeña sonrisa de depredador.

—Te utilizaré de otra forma también, muchacha, y prometo que los dos gozaremos con ello, al igual que lo hicimos anoche junto a la hoguera.

Amelia lo apartó de un empujón y se volvió hacia la puerta.

—Esto es demasiado, Duncan. No puedes hacerme esto. No puedes exigírmelo, ni puedes esperar que te perdone por todo lo que ha ocurrido entre nosotros hasta este momento. Me raptaste, me maniataste, me amenazaste con matarme, y deseas matar al hombre que, pese a todo, sigue siendo mi prometido. No tienes derecho a reclamarme como tu mujer.

Él soltó una risita despectiva.

—Tú y tus estúpidas reglas inglesas. Serás mi esposa, Amelia, y me importa un comino lo que Richard Bennett opine al respecto. En cualquier caso, no le preocupará durante mucho tiempo.

—Porque sigues decidido a matarlo.

—No descansaré hasta que consiga vengarme de él.

Ella meneó la cabeza.

—No tienes que hacerlo, Duncan. Déjalo estar.

—No puedo.

Ella se acercó a él.

—Sí puedes. Te niegas a hacerlo porque te niegas a renunciar a tu furia y tu odio.

Él atravesó la galería y se detuvo frente al hogar, de espaldas a ella. Amelia esperó a que dijera algo. Lo que fuera. Que respondiera a su ruego de misericordia.

—Quieres desarmarme, muchacha. Quieres aplacar mi ira.

—Sí. ¿Te parece eso una cualidad indeseable, estar en paz, sin sentir ira?

Él calló. Ella deseaba verle el rostro.

—No puedo responder a eso. Lo único que sé es que siento por ti lo que no he sentido por ninguna otra mujer. Cuando me desperté esta mañana y comprobé que te habías ido, y te imaginé arrojándote en brazos de ese cerdo, me enfurecí. Te deseo, muchacha. Te deseo hasta el extremo de estar dispuesto a hacer lo que sea con tal de que seas mía, y de impedir que te cases con él.

—¿Lo que sea? —preguntó ella—. ¿Incluso desistir de vengarte?

Él se volvió por fin hacia ella y arrugó el ceño.

Ella avanzó hacia él pausadamente.

—Creo que eres capaz de sentir compasión, Duncan. Lo he visto en ti. Lo he sentido en tus caricias. No me arrebataste mi virtud cuando tuviste oportunidad de hacerlo. Ese hombre que anoche me estrechó entre sus brazos era delicado, amable y... —Amelia se detuvo unos momentos para poner en orden sus pensamientos—. Jamás podría casarme con el Carnicero. No puedo formar parte de ese mundo. No puedo cerrar los ojos ante la muerte y el asesinato, ni podría amarte jamás si sigues por esta senda de brutalidad.

La expresión de él denotaba contrariedad, pero al menos parecía dispuesto a escucharla.

—¿Me estás dando un ultimátum? —preguntó—. ¿Me estás diciendo que no serás mi esposa a menos que deponga mis armas?

Amelia dudó unos instantes, sin saber muy bien a qué se refería ella misma, aquí, frente a este hombre, dispuesta a lanzarse a un futuro muy distinto del que había imaginado para sí. ¿Estaba negociando un matrimonio? ¿O simplemente quería ganar tiempo para volver a fugarse? No había tenido oportunidad de considerar esta alternativa. Él seguía siendo el Carnicero y lo sería siempre. No podía borrar esa historia. Siempre viviría bajo la sombra de los muertos. Su corazón estaría siempre marcado por las vidas que había cercenado...

—¿Accederías a dejar que los tribunales impartieran justicia y dictaminaran el castigo que Richard merece en caso de hallarlo culpable? —preguntó ella.

Él soltó un bufido de desdén.

—¿Me estás diciendo que estás dispuesta a sacrificar tu cuerpo y tu alma a *mí*, un pecador destinado al infierno, para salvar a ese despreciable canalla de mi hacha?

Que Dios se apiadara de ella...

Amelia asintió.

¿Pero estaba realmente decidida a convertirse en su esposa?

Él achicó los ojos.

—No voy a mentirte, muchacha. Si te prometo eso, cumpliré mi palabra por una cuestión de honor. No mataré a Richard Bennett. Pero este matrimonio será un matrimonio real. Me acostaré contigo y me darás hijos. —Duncan se acercó a ella—. Necesito que tú también me prometas algo. Tengo una responsabilidad hacia mi clan y los rebeldes que me han seguido. Necesito garantizar su seguridad y protección. Necesito saber que no les denunciarás.

Ella le observó con recelo.

—¿Me exiges a cambio de tu promesa de perdonar la vida a Richard y dejar que los tribunales le juzguen que yo guarde tus secretos?

—Sí. —Él la miró fijamente, inmóvil, con los brazos perpendiculares al cuerpo.

—¿Qué dirá Angus? —inquirió ella con descaro, sabiendo que la pregunta irritaría a Duncan—. No lo aprobará, de modo que necesito que me protejas de él.

—Lo haré.

Amelia respiraba trabajosamente. En vista de que no le respondía, él le tomó el mentón e hizo que alzara el rostro para observarlo detenidamente.

—Dime, muchacha, ¿puedo confiar en ti?

—¿Cómo sé si yo puedo confiar en *ti*?

Ambos se miraron mientras la luz en la habitación se atenuaba. El sol se había ocultado detrás de una nube.

—Te quiero —dijo él al cabo de un rato, y a ella le sorprendió la vulnerabilidad que detectó en su voz, pues era la primera vez—. Te protegeré, y estarás a salvo si accedes a ser mi esposa.

—Quieres decir que estaré a salvo de Richard.

Duncan la miró a los ojos.

—Sí, y de todo lo malo que existe en el mundo. Y un día espero que confíes en mí.

Confiar. Esa palabra la turbó. Hacía una semana, él sólo tenía una aspiración: matar a Richard Bennett. La pérdida de su antigua novia seguía reconcomiéndole. Era imposible que se hubiese curado de eso al cabo de una semana, sólo porque la deseaba físicamente y le había propuesto matrimonio con el fin de sellar un pacto de lealtad. Y le había mentido sobre su identidad desde el momento en que se habían conocido.

—¿Y mi tío? —preguntó ella—. Es mi tutor. No puedo hacer esto sin su consentimiento.

—Enviaré a por él.

—¿Y qué harás? —insistió con tono sarcástico—. ¿Ganarte su estima?

Duncan alzó los ojos.

—Sí. Te he salvado del Carnicero de las Tierras Altas, ¿no? Y apuesto a que tu padre se habría sentido más que satisfecho si le hubiera pedido tu mano cuando estuvo aquí en primavera.

A ella le maravillaba su confianza en sí mismo.

—Dispongo de una cuantiosa dote.

—Eso me importa un comino, muchacha, pero la aceptaré. Por el bien de Escocia. ¿De acuerdo entonces?

Ella respiró hondo y rogó a Dios que estuviera haciendo lo correcto.

—De acuerdo.

Él se encaminó hacia la puerta.

—Perfecto. Escribirás a Bennett hoy mismo poniendo fin a tu compromiso con él, pero no selles la carta. Quiero leerla antes de enviarla.

—¿No habíamos quedado en que confiarías en mí?

Él meneó la cabeza.

—Aún no.

Ella suspiró resignada y dijo una última cosa antes de que él se marchara.

—Te complaceré en eso, Duncan, pero a partir de ahora...

Él esperó a que terminara la frase.

—Si lo que buscas es una esposa sumisa, debes saber que no la hallarás en mí.

Él se volvió hacia ella.

—No me interesa una esposa sumisa. Te quiero a ti. Y me gusta que seas capaz de defenderte, incluso contra tipos como yo. A propósito, ahora eres mía, de modo que esta noche iré a tu lecho. ¿Me recibirás de buena gana?

Ella alzó el mentón.

—Siempre y cuando no traigas tu hacha.

Él sonrió.

—Sólo mis manos, y mi boca. Y otra cosa.

—Supongo que te refieres a tu sentido del humor —replicó ella—. O quizás a tu encanto juvenil.

Él la miró divertido, tras lo cual la dejó sola en la habitación para asimilar la tremenda magnitud del pacto al que acababa de acceder.

No había accedido a convertirse en su condesa, sino que le había dado permiso para que esta noche viniera a su lecho cuando aún no eran marido y mujer.

¿Le arrebataría su virginidad, o sucedería como en las ocasiones anteriores? ¿Se detendría si ella se lo pedía?

¿Querría ella que se detuviera?

No, decidió. No querría. Pese a todo, sentía por él un deseo inmenso. Después de todo lo que habían hecho juntos, ella le pertenecía en cuerpo y alma, y esta noche él le exigiría que se comportara como su esposa aunque de hecho no lo fuera. No había vuelta atrás. Él no se lo permitiría.

Amelia se esforzó en apartar esos pensamientos de su mente y centrarse en lo que había conseguido. Había negociado para salvar la vida de un soldado, y había ganado. A partir de ahora la suerte de Richard dependía del ejército del Rey. Como debía ser.

Más importante aún, había negociado para salvar el alma de Duncan, y de eso no se arrepentiría jamás.

—Dicen que no lo han visto nunca —explicó el comandante William Jones, sintiéndose asqueado cuando salió de la casita rústica, cerró la puerta desde fuera y montó en su caballo—. La esposa asegura que no más que una leyenda.

El superior de William, el coronel Bennett, tiró de las riendas de su nervioso caballo blanco y le fustigó con fuerza en la grupa.

—El Carnicero es de carne y hueso, comandante Jones, y esos asquerosos escoceses lo saben. Son unos jacobitas. Prenda fuego a la vivienda. —Su caballo se encabritó y relinchó de forma alarmante.

—¡Hay niños dentro, coronel!

Bennett le miró furioso.

—¿Está cuestionando mis órdenes, comandante?

—No, señor.

William temió que fuera a vomitar.

—Entonces haga lo que le ordeno y queme la casa. Debe de haber una ventana por la que puedan salir, si desean seguir vivos.

El coronel Bennett se dirigió a galope hacia el establo y gritó:

—¡Quémelo todo! ¡Mate al ganado y a ese chucho sarnoso! —dijo señalando al perro pastor negro y blanco que estaba junto a la puerta del establo, ladrando sin cesar.

William se esforzó en reprimir las náuseas. Alzó la vista y contempló las cumbres de las Tierras Altas envueltas en la bruma, luego las límpidas aguas que fluían por el cauce del río. Sus hombros se alzaron y bajaron cuando inspiró una honda y purificadora bocanada de aire, necesaria para desterrar todo pensamiento independiente, y rodeó a caballo la casita con tejado de paja para asegurarse de que había una ventana trasera. Cuando la vio, pronunció una breve oración para pedir perdón, y por la seguridad de las personas que había dentro, encendió la antorcha y la arrojó sobre el techado.

Capítulo 16

Duncan entró en su estudio privado. Estaba lleno de polvo y repleto de papeles, pinturas y libros raros, los cuales estaban amontonados en grandes pilas contra las paredes. Frente a la ventana más grande había un telescopio sobre un trípode, dirigido hacia el firmamento para observar las estrellas por la noche. Una colección de bustos decoraban la repisa de la chimenea, y en las paredes colgaban unos magníficos y vibrantes tapices flamencos.

En el centro de la habitación había un baúl abierto con unos rollos de planos arquitectónicos colocados de forma vertical. Hacía un mes que había arrastrado el baúl hasta aquí, en busca de una información que no lograba recordar.

Se sentó a la mesa situada frente a la pequeña vidriera en el rincón y sacó una hoja en blanco que ostentaba el escudo de los Moncrieffe. La luz que penetraba a raudales a través de los cristales iluminaba la página con un arco iris moteado de color. Tomó una pluma, la mojó en el tintero e inició una cordial y amable misiva, redactada con la letra más depurada que era posible dada la premura.

Lady Amelia Templeton, la prometida de Richard Bennett, había accedido a ser su esposa. Él la reclamaba como suya, y dentro de poco se acostaría con ella y arrancaría suaves gemidos de placer de sus labios.

A cambio, él había accedido a perdonar la vida a Richard Bennett.

Sintiéndose de pronto turbado, Duncan alzó la pluma de la página, se reclinó en la butaca y miró alrededor de la habitación. Recordaba un día en que se había sentado a esta mesa y había escrito una carta a Muira, revelándole su amor por ella y citando unos poemas de amor. La adoraba, y su futuro estaba rebosante de esperanza, no distinta de la que experimentaba en este momento. Una situación realmente extraña.

Supuso que se debía a que, por una vez, por raro que pareciese, había olvidado su dolor. Al convertir a Amelia en su esposa sabía que gozaría de intensos placeres sexuales, los cuales aguardaba impaciente con gran vigor y celo.

¿Pero sería capaz de cumplir la palabra que le había dado, deponer sus armas y dejar que Bennett viviera?

Tamborileó ligeramente con la suave punta de la pluma sobre la hoja y miró a través de la ventana. ¿Y si Bennett se presentaba aquí y exigía una explicación?

En tal caso, Duncan no tendría más remedio que hacer acopio de su autocontrol para no acabar con él. Podía hacerlo. Era un guerrero muy disciplinado. En lugar de recurrir a sus armas se centraría en los efectos que tendría esta otra, y más violenta, forma de venganza.

Había robado a Bennett su prometida, al igual que Bennett le había robado un día la suya. Ojo por ojo, como había dicho Angus. Y nada impedía a Duncan presentar a la Corona las pruebas pertinentes, las cuales conducirían a un consejo de guerra y, con suerte, a la muerte en la horca. No había prometido a Amelia no vengarse de ese modo. De hecho, había sido ella quien había tratado de convencerlo de que lo hiciera.

Así pues, conseguiría vengarse desde todos los puntos de vista. Como ventaja adicional, satisfaría el deseo carnal que sentía por Amelia. Su cuerpo, su inocencia y su virginidad serían suyos.

Inclinándose hacia delante y mojando la pluma en el tintero, prosiguió con la carta. Al cabo de unos momentos, echó unos granos de arena sobre el folio, lo sacudió para eliminarlos, lo dobló, lo selló con cera, se levantó de la mesa y salió de la habitación. En el pasillo había un lacayo de librea, esperando recibir órdenes.

—Lleva esta carta al Fuerte William hoy mismo —dijo Duncan—. Debe ser entregada al duque de Winslowe. No debe caer en manos de nadie más. ¿Entendido?

—Sí, señor.

—Lady Amelia te entregará también una carta, que yo debo leer. Ve y espera junto a su alcoba, tráeme la carta y luego parte en el coche de Moncrieffe para el fuerte y escolta a su señoría de regreso aquí.

El lacayo se inclinó ante Duncan y se apresuró por el pasillo hacia la escalera, donde se tropezó con Iain.

Iain le observó alejarse y se dirigió hacia Duncan con gesto ansioso.

—Espero que tengas un plan —dijo, deteniéndose ante la puerta del estudio. Hablaba en con voz muy queda y visiblemente agitado—. Porque me estoy cansando de apagar tus fuegos, Duncan. Cada mañana me despierto teniéndome que enfrentar a las imposibles consecuencias de tu furia. Hace unos días, era Richard Bennett que había venido a Moncrieffe en busca de unos hombres que se unieran a sus tropas para darte caza. ¡Nuestros hombres! Hoy ha sido peor. He tenido que recibir a la hija de un insigne duque inglés, que quería que tú, nada menos que *tú*, la protegieras del Carnicero. ¿Qué diablos iba a decirle? Está claro que a estas alturas habrá averiguado la verdad.

Duncan miró a un lado y a otro del pasillo para cerciorarse de que no había nadie.

—Pasa.

Su hermano entró en el estudio y contempló el baúl abierto.

—¿No podrías llamar a la doncella, Duncan? Esta habitación es el paradigma de la anarquía.

No era un secreto que el hermano menor de Duncan prefería el orden al caos. Tenía unos modales excepcionales, era muy inteligente e instruido, y cuado tenía que tomar una decisión, nunca, bajo ninguna circunstancias, elegía el camino más arriesgado. Detestaba los conflictos, jamás había empuñado una espada ni había pisado un campo de batalla.

Y esa mañana su pánico había alcanzado el punto álgido cuando le habían anunciado la llegada de Amelia, apenas cinco minutos después de que Duncan hubiera irrumpido en el patio interior como una centella.

—Me gusta esta habitación tal como está —replicó Duncan—. Siéntate, Iain —añadió indicando el sofá.

Iain se encaminó hacia él pero tuvo que mover una caja de candeleros para poder sentarse. Apartó hacia atrás el faldón de su chaqué y se sentó.

—Dime qué ha ocurrido con lady Amelia. ¿Qué diantres vamos a hacer?

Duncan se sentó ante su mesa.

—No es necesario alarmarse. No revelará nuestro secreto. Estoy convencido de que será leal.

Iain arqueó las cejas y le miró con incredulidad.

—¿De modo que te ha dado su palabra? ¿Sin coacción?

—No la amenacé, si es lo que piensas. —Duncan se detuvo—. Bueno... quizá lo hice, pero esa joven tiene mucho carácter y me había amenazado a mí. Fue un combate justo. Pero ahora que está hecho, confío en que no me traicione.

Iain arrugó el ceño.

—¿Pero cómo has podido arriesgarte a ello, Duncan? ¡Maldita sea! Esa mujer había huido de ti. Se fugó movida por la desesperación, y lo primero que hizo fue preguntar si el coronel Bennett estaba aún aquí. Sin duda quería arrojarse en sus brazos y llorar sobre su hombro.

Duncan no quería escuchar las conjeturas de Iain, pues no venían a cuento. Lo que había sucedido cuando Amelia había llegado aquí carecía de importancia, porque había sido antes de que Duncan y ella alcanzaran un acuerdo.

—Lady Amelia ha accedido a ser mi esposa —dijo—. Será la condesa de Moncrieffe tan pronto como podamos organizar el enlace, y no podrá testificar contra mí por ser su marido. Su tío y tutor, el duque de Winslowe, no tardará en llegar y estoy seguro de que aprobará nuestra unión.

Iain permaneció unos minutos sin moverse.

—¿Has propuesto matrimonio a lady Amelia? ¿Y ella te ha aceptado?

—Sí. —Duncan se levantó y se acercó a la ventana. Se agachó para observar a través del telescopio a una pata y sus patitos que caminaban por la orilla al otro lado del lago. De improviso, se sintió más animado.

—¿Estás seguro de que no es una estratagema —preguntó Iain— para hacerte bajar la guardia y que esa mujer pueda volver a escaparse?

Duncan se enderezó y alzó la vista hacia el cielo, tachonado de vaporosas nubecillas blancas.

—No soy estúpido, Iain. Sé que antes me temía, incluso me despreciaba. No puedo explicarte lo que existe entre nosotros, pero me ha dado su palabra, y yo le he dado la mía. —Se volvió hacia su hermano—. Se parece mucho a su padre. ¿Recuerdas al duque cuando nos visitó la pasada primavera? Era un hombre decente y honorable.

Iain siguió mirándole asombrado.

—Pero es inglesa, Duncan. El clan no aprobará a una condesa inglesa. Ya sabes lo que la gente dice de ti, desde tus negociaciones con el duque. Dicen que lo único que te preocupa es buscar el favor del Rey para aumentar tus tierras y tu fortuna. ¿Ahora quieres casarte con la hija de un duque inglés? Para colmo, aún está prometida con el coronel Bennett.

Duncan volvió a sentarse.

—Ahora me pertenece.

Su hermano suspiró y se reclinó contra los cojines.

—¿Sigue siendo tu prisionera?

—No —contestó Duncan irritado—. Será mi esposa. —Miró a su hermano con gesto desafiante—. Hay otra cosa que debo decirte. Ahora que he hecho este pacto, tendrán que cambiar ciertas cosas.

Iain se inclinó hacia delante y frunció el ceño con curiosidad.

—¿Qué cosas?

En esto llamaron a la puerta, y ambos se volvieron hacia ella.

Angus entró y se detuvo asiendo con firmeza la empuñadura de su espada. Lucía su pelo rubio recogido en una coleta. Se había afeitado y se había puesto una camisa limpia.

—¿Te ha contado las últimas novedades? —preguntó Angus a Iain sin apartar sus azules y gélidos ojos de Duncan—. ¿Que va a casarse con esa joven inglesa tan sólo para que mantenga la boca cerrada?

—Sí —respondió Iain—. Acaba de decírmelo.

Angus miró a Duncan furioso.

—¿No crees que sería más prudente matarla? Es lo que debiste hacer en el fuerte hace casi una semana, lo cual nos habría ahorrado a todos dolor y esfuerzos. —Duncan se levantó de la silla y avanzó hacia Angus, que retrocedió y miró a Iain—. ¿Te ha dicho también que ha accedido a deponer su espada a cambio del silencio de esa mujer? ¿Y que ha accedido a perdonar la vida a Richard Bennett?

Iain miró a Duncan.

—No, eso no me lo había dicho.

—Iba a hacerlo —le explicó Duncan.

Él y Angus se hallaban frente a frente en el centro del estudio.

—¿Has perdido tu jodido juicio? —preguntó Angus con tono quedo.

—Sé lo que hago —gruñó el otro.

Angus se detuvo.

—Pero no debiste renunciar a todo aquello por lo que has luchado. No debiste dejar que esa mujer te convenciera de que perdonaras la vida a Bennett.

—No me digas lo que puedo y no puedo hacer —le advirtió Duncan.

—El único motivo por el que no desenfundas tu espada en estos momentos para defenderte es porque supongo que has decidido olvidar la promesa que has hecho y empuñar de nuevo tu espada al día siguiente de pronunciar tus votos matrimoniales. Al menos, eso espero.

Iain decidió intervenir. Era más bajo que los otros dos, por lo que tuvo que alzar la vista para dirigirse a ellos.

—Pero sería poco caballeroso —dijo— romper una promesa a una dama. Especialmente a la hija de un duque.

Angus le miró enojado.

—¿Poco caballeroso? ¡Que te jodan, Iain! Por más que vistas como un inglés, que yo sepa sigues siendo escocés. Y olvidas que tu hermano desnudó a esa joven en su alcoba y se la echó al hombro como un saco de nabos cuando la sacó del fuerte. Luego la maniató y amenazó con desollarla como a un conejo si trataba de huir. De modo que creo que es un poco tarde para invocar los buenos modales.

Iain tragó saliva, nervioso.

—Nunca es demasiado tarde para ser cortés.

Angus se acercó a él.

—Nunca tuviste las agallas para participar en la guerra, Iain. Siempre lo dejaste a los demás, así que te aconsejo que no te metas en esto.

Iain volvió a tragar saliva y retrocedió con cautela.

Duncan clavó la vista en los ojos fríos y duros de Angus.

—Le he dado mi palabra y no voy a romperla.

—¿Y la palabra que me diste a *mí*? —replicó Angus—. Que juntos vengaríamos la muerte de mi hermana.

Duncan sintió una inopinada punzada de remordimientos, que se apresuró a apartar a un lado.

—No voy a defenderme ante ti.

Se produjo un momento de gran tensión; luego Angus se encaminó hacia la puerta.

—Puede que hayas dado tu palabra a esa inglesa, Duncan, pero no ha oído ninguna promesa por mi parte. No le debo nada.

Duncan le siguió hasta el pasillo.

—No te tomes la justicia por tu mano, Angus. Deja a Bennett de mi cuenta.

Angus se volvió.

—¿Por qué? ¿Tanto te importa esa bonita joven inglesa? ¿Y Muira? Tú la amabas. ¿Ya la has olvidado? Aún no ha pasado un año de su muerte.

Un sentimiento de culpa volvió a apoderarse de Duncan. Lo sintió en su pecho.

—No he olvidado nada. Sólo quiero poner fin a este baño de sangre. Estoy convencido de que es lo que ella hubiera deseado.

¿Pero lo creía realmente? No lo sabía. Ni siquiera lo había pensado hasta este momento. No había pensado en nada salvo sus propias necesidades y deseos.

—Mi hermana habría querido ver la cabeza de Richard Bennett clavada en una estaca —protestó Angus, retrocediendo por el pasillo—. Pero tú has elegido a esa inglesa en vez de a ella y a tus amigos. —Arrugó el ceño—. ¿Qué te ha pasado, Duncan? ¿Dónde está el hombre que yo conocía, el valeroso escocés que luchó junto a mí en el campo de batalla de Sherrifmuir? ¿El feroz montañés que alzó su espada contra la tiranía y la injusticia? ¿Has olvidado todo lo que tu orgulloso padre te inculcó de niño? ¿Vas a olvidarte también de Escocia?

—No he olvidado nada —contestó Duncan—. Me vengaré. He robado a Bennett su prometida, como él me robó la mía.

—¿Pero qué carajo piensas hacer con ella?

Duncan sintió un nudo de tensión en la tripa.

Angus meneó la cabeza.

—Entonces no hay más que hablar. Ya has tomado tu decisión, de modo que te dejo, porque está claro que, al igual que tu pusilánime hermano, ya no tienes agallas para la guerra.

Tras estas palabras, Angus dio media vuelta y bajó la escalera.

Duncan retrocedió hacia la pared y golpeó reiteradamente con sus puños las frías y duras piedras del pasillo del castillo.

No le fue fácil escribir la carta a Richard, pero casi había terminado.

Amelia dejó la pluma unos momentos y se reclinó en la silla. ¿Qué habría opinado su padre de su decisión?, se preguntó mientras miraba alrededor de la suntuosa alcoba de color rojo de la antigua condesa, donde se hallaba ahora y permanecería siempre.

Algo le decía que a su padre —sin conocer la identidad de Duncan, por supuesto— le habría complacido verla casada con el ilustre conde de Moncrieffe. A fin de cuentas, era un aristócrata que vivía en un lujoso palacio y poseía una fortuna más cuantiosa de lo que nadie podía imaginar. Era muy posible que la primavera pasada su padre habría elegido a Duncan en lugar de a Richard, pues éste era el tercer hijo de un barón y habría tenido que depender de la dote de Amelia y de la futura generosidad de su padre, en caso de que éste hubiera sobrevivido, para proporcionarles a ambos las comodidades a las que ella estaba acostumbrada.

No es que a Amelia le importaran las comodidades a las que estaba acostumbrada, ni antes ni después. Con todo, este exquisito palacio sería su hogar y pasaría el resto de sus días aquí, sabiendo que al menos había conseguido disuadir al tristemente célebre Carnicero de las Tierras Altas de su afán de sangre y venganza. Había utilizado el influjo que tenía sobre él para aplacar su furia.

Amelia pensó en ese influjo especial que poseía...

No era estúpida. Sabía que él deseaba acostarse con ella, y que el deseo sexual mutuo constituía la base de todo. Era el motivo por el que él estaba dispuesto a renunciar a su venganza por ella. También había jugado un importante papel en la decisión de ella, pues le deseaba. No podía negarlo. Le excitaba su envergadura física y sus salvajes métodos de heroicidad.

De modo que...

Duncan vendría cada noche a su lecho para satisfacer el apetito sexual que despertaba en él su cuerpo, y ella satisfaría también sus necesidades y curiosidades. En cierto sentido, él se vengaría de Richard a través de ella. A través de la posesión de su cuerpo. Ella estaba resignada, incluso le esperaba con impaciencia, pero al mismo tiempo le asustaba imaginar a un hombre dando rienda suelta a sus pasiones.

Y ella a las suyas.

Se inclinó hacia delante y concluyó la carta.

Al cabo de unos momentos, se la entregó al lacayo que esperaba junto a la puerta de su alcoba. Luego se cubrió los hombros con un chal y fue a reunirse con Josephine, la esposa de Iain, quien se había ofrecido para mostrarle el castillo y el parque. Supuso que le resultaría un tanto incómodo conocer a esta mujer que lo sabía todo sobre la situación, inclusive las razones por las que Amelia se había prometido inesperadamente con su cuñado.

Bajó apresuradamente la escalera y entró en el saloncito, donde se había entrevistado esta mañana con Iain. Josephine estaba sentada en una butaca junto a la ventana con un libro abierto en el regazo. Cuando Amelia entró alzó la vista y lo cerró.

—Me alegro de que no se extraviara al venir aquí —comentó Josephine, levantándose—. Los pasillos del castillo constituyen un laberinto.

Elegantemente ataviada con un discreto vestido de seda azul, la esposa de Iain era más bonita de lo que Amelia había supuesto. Esbelta, rubia, y poseedora de una hermosa sonrisa,

Josephine exhalaba una gracia carismática que contribuyó a calmar los nervios de la joven.

—Lo cierto es que después de cruzar el puente desde el torreón dudé unos momentos, pero al fin hallé el camino.

Josephine se acercó a ella y le tendió las manos.

—No tardará en conocer cada rincón y recoveco de esta magnífica mansión. Yo misma me ocuparé de ello. Celebro conocerla, lady Amelia. No imagina cuánto me alegré al averiguar que iba a tener una hermana.

A Amelia le sorprendió la rapidez con que acogió agradecida las palabras de esta mujer después de sentirse tan insegura sobre sus decisiones y no saber cómo la recibiría la esposa de Iain.

—Primero daremos un paseo por el interior —propuso Josephine, conduciendo a Amelia hacia la puerta—, y luego saldremos al jardín para conocernos mejor.

La visita comenzó con el regreso al torreón, donde Josephine caminó a paso lento y pausado en deferencia a Amelia mientras recorrían el salón de banquetes, la sala de heráldica, la capilla y por último un patio central con una decorativa fuente de piedra.

Más tarde, regresaron al castillo principal. Josephine mostró a Amelia las acogedoras habitaciones de invitados —después de la séptima, ésta perdió la cuenta—, así como la biblioteca, tres salones y por último el comedor, las cocinas y la imponente bodega.

Por fin, salieron del castillo por una puerta lateral y echaron a andar por un sendero de piedra que conducía a los establos. El sol lucía en el cielo, y Amelia alzó el rostro para sentir su calor en sus mejillas.

—Seamos sinceras —dijo Josephine tomando a Amelia del brazo—. Está claro que te sientes angustiada. Vas a casarte con el Carnicero de las Tierras Altas.

Amelia emitió un profundo suspiro.

—Ojalá pudiera explicarte lo difícil que ha sido.

—Por favor, inténtalo, Amelia. Puedes contármelo todo. Soy mujer, y lo comprenderé. Conozco las circunstancias que te trajeron aquí, y entiendo que no pudo ser fácil.

La comprensión de Josephine abrió las compuertas de las emociones y explicaciones. Amelia le describió la terrorífica aparición de Duncan junto a su cama en el fuerte y todo lo que había ocurrido durante los días sucesivos. Habló a Josephine sobre Fergus, Gawyn y Angus y sobre cómo la habían tratado. Describió los detalles de su primera huida del campamento inglés y las revelaciones que había tenido con respecto a sus opiniones sobre este país y el suyo. También contó a Josephine el encuentro con el niño, Elliott, y que ese día Duncan se había mostrado como una persona totalmente distinta.

—Ése es el Duncan que yo conozco —dijo Josephine—. Y creo que es el hombre que llegarás a conocer como tu marido. No el Carnicero. Olvidarás esa otra faceta suya. En cualquier caso, no es una faceta que yo vea a menudo. Conquistará tu respeto y tu amor, Amelia. Créeme.

Amelia tragó saliva para eliminar la inquietante incertidumbre que le producía un nudo en la garganta.

—Ojalá pudiera estar tan segura de todo.

—Dale tiempo.

Pasearon a través del foso hasta llegar a un reloj de sol, el cual indicaba la hora con gran precisión.

—Debo confesar —dijo Josephine—, que me complace poder hablar por fin abiertamente con otra mujer sobre las actividades de mi cuñado como rebelde y héroe de Escocia. Siempre ha sido un secreto bien guardado, pero me alegro de no traicionar ninguna confidencia relatándote sus intentos de luchar por Escocia de todas las formas posibles. Podría contarte cosas que...

—Eso me ayudaría mucho —respondió Amelia—. Deseo conocer todo lo bueno sobre él, para poder afrontar mejor esta situación.

Pasearon por el perímetro de la isla en la que alzaba el castillo.

—Pese a lo que puedas pensar —dijo Josephine—, es un buen hombre y merece ser feliz. Hace mucho que dejó de serlo. —A continuación describió su dolor por la pérdida de Muira, y la esperanza que albergaba ella de que cuando Duncan hallara de nuevo el amor éste contribuiría a aliviar su dolor.

Amelia reflexionó sobre esta nueva vida y el evidente tormento que padecía Duncan, así como su habilidad para arrancarlo de ese estado, tal como esperaba Josephine. Esta mañana le había exigido muchas cosas, pidiéndole que depusiera su espada, convencida de que era lo que más conveniente para él, y ambos habían sellado este acuerdo apresuradamente. Se sentía profundamente angustiada.

—Deja que te cuente algunos episodios sobre sus heroicas hazañas —dijo Josephine—. Hay una historia sobre el valor que demostró en la Batalla de Inveraray, donde asaltó la plaza fuerte de Campbell como un feroz guerrero vikingo de antaño. Luego te hablaré sobre su bondad y generosidad como señor de este castillo. Da trabajo a todo aquel que se lo pide; comparte su riqueza y se interesa por las vidas de quienes están a su cargo. No consiente el deshonor entre sus gentes. Un huevo podrido es castigado o expulsado, y cuenta con la lealtad de todos los que le sirven.

Mientras aminoraban el paso sobre el sendero de piedra, Amelia escuchó la homilía de Josephine y comprendió lo poco que sabía sobre ese hombre tan complicado que pronto sería su marido.

Se preguntó inquieta cuándo llegaría su tío y qué pensaría sobre su decisión.

Y Richard, por supuesto. Se preguntó cuándo recibiría la carta que ella le había escrito.

Esa noche, cenaron sentados uno frente al otro en la larga mesa con Iain y Josephine. Fue un copioso festín consistente en sopa de ostras, pollo picantón, verduras frescas y vino importado del sur de Francia.

Después del postre compuesto por melocotones con salsa de brandy y crema con trufas de chocolate, jugaron a los naipes en el salón azul y conversaron sobre teatro y política, y se divirtieron cotilleando.

A Amelia le sorprendió que todo fuera tan convencional; por momentos se sentía casi cómoda y reía de buena gana, sin tener que fingir. Se sentía más cómoda aquí que en su propia casa desde que su tío se había instalado en ella. No es que no estimara a su tío. Era un hombre amable y agradable. Pero era mayor, y esos jóvenes de las Tierras Altas se comportaban de forma relajada y animada. Incluso Beth MacKenzie y su familia la habían hecho sentirse insólitamente a gusto. En su modesta casita se respiraba un ambiente acogedor y distendido.

Estos escoceses sabían reírse, bromear y saltarse las reglas que en ocasiones podían aburrir a una joven de buena familia durante una cena. Esta noche Amelia no se aburría. Curiosamente, se sentía libre, a gusto y asombrada del encanto natural que derrochaba Duncan.

Recordó lo que Josephine le había dicho ese día: *Creo que es el hombre que llegarás a conocer como tu marido. No el Carnicero. Olvidarás esa otra faceta suya. En cualquier caso, no es una faceta que yo vea a menudo. Conquistará tu respeto...*

Lo cierto es que cuando una no tenía nada que temer de su hacha, poseía un sentido del humor muy divertido. Al menos esta noche, no tenía nada de salvaje o bárbaro. Era un modelo de elegancia y refinamiento.

No obstante, al mirar el reloj, Amelia tuvo la sensación de que las cosas serían muy distintas cuando Duncan viniera a su lecho.

El mero hecho de pensar en ello hizo que el corazón le latiera aceleradamente. Miró sus impresionantes ojos desde el otro lado de la habitación.

El calor que observó en ellos le indicó que había llegado el momento de retirarse.

Capítulo 17

Poco después de medianoche, Amelia oyó un sonido en el pasillo. Sintió que se le formaba un nudo de nervios en el estómago, pero se juró en silencio que no se acobardaría. Gozaría de esto y se centraría en los placeres, que sabía que serían múltiples. Ya había experimentado algunos en las montañas, y su pasión por Duncan era en parte el motivo por el que había aceptado su propuesta.

Pero experimentaría dolor cuando le entregara su virginidad. Eso también lo sabía. Duncan era un hombre bien dotado y viril. Se incorporó en la cama confiando en que pudiera penetrarla sin mayores complicaciones.

El fuego se había extinguido y unas gotas de lluvia batían en las ventanas. La habitación estaba iluminada por una sola vela en la mesita de noche. La llama osciló cuando se oyó una llamada en la puerta.

—Pasa.

La puerta se abrió y entró Duncan, portando un candelabro con media docena de velas. Unas sombras se deslizaron sobre las paredes tapizadas de color escarlata. Él cerró la puerta a su espalda con un pequeño *clic*, depositó las velas sobre la cómoda y la miró.

Aún lucía la indumentaria que se había puesto para cenar: la casaca de terciopelo negra con adornos plateados, un chaleco gris y una camisa blanca con el cuello y los puños de encaje. Sin embargo, el pelo le caía alborotado sobre los hombros, y por primera vez desde su llegada al castillo Amelia tuvo la impresión de ver al rudo montañés que la había raptado de su cama en el fuerte.

Se humedeció los labios y trató de pensar en otra cosa aparte de sus crecientes temores.

—¿Estás preparada para recibirme, muchacha? —preguntó él, deteniéndose junto a la puerta.

Recordando su anterior determinación de ser valiente, Amelia respondió con tono neutro:

—Sí.

Él se acercó a la cama y se quitó la casaca de terciopelo. Al hacerlo mostró con toda nitidez sus musculosos hombros y su poderoso y viril torso. Dobló la casaca y la colgó cuidadosamente sobre el respaldo de una silla. A continuación se quitó el chaleco, seguido de la camisa. Amelia se quedó inmóvil, contemplando su pecho desnudo y cubierto de cicatrices y sus atléticos brazos.

—Más vale que te prepares —dijo él— para la enormidad que estás a punto de contemplar. —Sus labios esbozaron una sonrisa socarrona—. Acércate. Desabróchame el calzón.

Extendió los brazos a los lados y Amelia le obedeció entre intrigada y divertida, pues todo esto era nuevo para ella, y no sabía qué debía hacer ni cómo debía comportarse.

Salió de debajo de las mantas y se deslizó a través de la cama. Sentándose en cuclillas en el borde, le desabrochó el calzón, que contenía la enorme erección de su pene. Ella tragó saliva cuando sus ojos se posaron en esa parte de él que no tardaría en penetrarla y traspasar su virginidad. Sintió que la sangre le corría con furia por las venas.

—Quítate el camisón —sugirió él suavemente mientras se quitaba el calzón— y métete en la cama, muchacha. Quiero estrecharte entre mis brazos.

Al cabo de unos segundos, ella se hallaba desnuda debajo de las ropas de la cama, sintiendo las frías sábanas sobre su delicada piel, mientras él se acostaba a su lado. Le acarició el vientre con su enorme y encallecida mano, estimulando en ella un intenso deseo sexual. Amelia trató de conservar la calma cuando él se montó sobre ella.

No separó las piernas. Él no se le pidió. Ella era consciente del musculoso muslo de Duncan restregando la parte superior del suyo, de sus labios rozándole las mejillas con breves y juguetones besos antes de oprimirlos profunda y deliciosamente contra su boca. Amelia soltó un pequeño gemido y le pasó la mano por el pelo, sorprendida de que fuera capaz de sentir una excitación tan intensa pese a estar nerviosa por lo que iba a suceder a continuación.

—Dime qué va a ocurrir —dijo—, para estar preparada.

Él le rozó los párpados con sus labios.

—Ya ha empezado a ocurrir, muchacha. No te preocupes. Estarás preparada. Yo me encargaré de ello. No me apresuraré.

Tras estas palabras, Duncan se agachó y utilizó la boca para besar y acariciar sus pechos, sus brazos, su vientre, sus muslos..., todo. Sus caricias eran delicadas. Sus húmedos labios dejaban en la piel de Amelia un rastro húmedo y sensible que le producía un delicioso cosquilleo.

Ella también le acarició el cuerpo con las manos. Pasó los dedos a través de su espalda cubierta de cicatrices de guerra, hasta llegar a sus musculosas nalgas, y más abajo, sus muslos duros como piedras.

Esto prosiguió durante un buen rato —las caricias y los besos a la luz de las velas—, y ella no tardó en alcanzar un plácido estado de sosiego, en el que su cuerpo parecía fundirse debajo del de Duncan como mantequilla caliente. Se apretujó contra él. Todo pensamiento racional era brumoso y vago. Lo único que existía en su mente era la sensación de las manos de él acariciándole el cuerpo y su piel ardiente y desnuda oprimida contra la suya.

Sin darse cuenta, Amelia separó las piernas y le rodeó las caderas con ellas, experimentando una dolorosa sensación de deseo en sus partes íntimas y ardientes. Él deslizó la mano hacia abajo y colocó su miembro viril ante la abertura de la joven.

—Estás húmeda y preparada para recibirme, muchacha, pero quiero que me digas que me deseas. —Duncan movió las caderas, situándose sobre su sexo pulsante—. Te tomaré cuando tú lo desees.

—Sí, Duncan, te deseo. *Te lo ruego.*

Los ojos de él mostraban una expresión maliciosa.

—Bien, puesto que me lo ruegas...

Ella alzó las caderas y él, emitiendo un gemido ronco, la penetró unos cinco centímetros, dilatando y llenando su pasaje.

Ella contuvo el aliento al sentir una punzada de dolor. La penetración fue dolorosa, pues él poseía un miembro de grandes proporciones y ella un pasaje estrecho y virginal.

Pero lo deseaba. Deseaba experimentarlo todo. Se sentía como una mujer lasciva. Le parecía increíble que esto sucediera.

Por fin tenía permiso para rendirse.

El cuerpo de Duncan se estremeció de éxtasis y debido a un sobrehumano autocontrol cuando la hinchada cabeza de su miembro penetró sólo en parte el ardiente y húmedo sexo de Amelia.

Deseaba penetrarla a fondo, más rápidamente, empaparse por completo del sedoso calor de su cuerpo, pero la rotura del himen —junto con las afiladas uñas que ella le clavaba en la espalda— le obligaron a detenerse.

Ella se aferró a sus hombros. Él permaneció inmóvil, tratando de reprimir el violento martilleo en su cabeza, mientras le concedía unos momentos para que se acostumbrara a la penetración. Una lágrima resbaló por la sien de Amelia.

—El dolor no durará —dijo él, besándola en la boca.

—Está bien.

Él la miró a los ojos.

—Sí, muchacha. Ha estado más que bien.

Duncan tembló cuando trató de respirar y tuvo que darse un respiro para recuperar sus fuerzas. Tan sólo transcurrieron unos segundos antes de que comenzara de nuevo la pulsión en su entrepierna. La penetró otros dos centímetros, se retiró y volvió a penetrarla, sistemática y profundamente, hasta que por fin le dilató el pasaje lo suficiente para alcanzar su útero.

Ella emitió un pequeño grito. Él empezó a moverse con cuidado y suavidad dentro de ella.

—No quería lastimarte —murmuró—. Pronto dejará de dolerte.

—Ya me duele menos. Siento como si...

Él sepultó el rostro en su cabellera y murmuró con voz ronca:

—¿Qué, muchacha? Dime qué sientes. Necesito saberlo.

Amelia se relajó mientras él se movía dentro de ella.

—*Excitada.*

Menos mal, porque él estaba seguro de que no podría reprimirse durante más tiempo. Era como si tuviera en su interior una tormenta a punto de estallar, y deseaba penetrarla con la fuerza de un toro al embestir. Deseaba oírla gemir de placer y gozo, sentir su pulso alrededor de su miembro cuando se corriera dentro de ella.

Ella separó más las piernas y alzó las caderas para moverse en armonía con cada uno de los profundos y sintonizados movimientos de él. Juntos se movían frenéticamente y se abrazaban con fuerza, persiguiendo unos placeres que ambos se habían negado desde el momento en que habían forcejeado en el lluvioso prado al amanecer. Los movimientos de él eran ahora violentos, pero nada era igual a aquella ocasión, pues ella se había rendido por fin a él.

De pronto, con un movimiento brusco y apasionado, Amelia le sujetó por las nalgas y se tensó debajo de él. Movió las caderas con furia, conteniendo el aliento. Él sintió la acelerada pulsión de su sexo, apretujándole el rígido miembro.

Sus bocas abiertas se encontraron, y ella acarició con su lengua la de él. Sin más dilación, él dio rienda suelta al intenso placer que inundaba todo su ser, arqueando el cuerpo, moviéndose dentro de ella con fuerza y rapidez hasta emitir un potente chorro de semen que le dejó exhausto.

Se desplomó sobre ella y esperó a que el ritmo de su cuerpo recobrara la normalidad al tiempo que se esforzaba en descifrar esta extraña alegría, cuando hacía poco su mundo había quedado reducido a escombros y él había renunciado a toda esperanza de restauración.

Esta noche se sentía más fuerte, y al mismo tiempo deseaba mostrarse delicado. Quizá fuera cierto. Quizá su crueldad podía atemperarse.

Se separó de Amelia y se tumbó a su lado, frente a ella bajo la tenue luz. Ella se arrebujó contra él.

—Ahora me perteneces —dijo él—. Ningún otro hombre te poseerá.

—Sí —respondió ella con voz fría y un tanto distante que temblaba de incertidumbre—. Soy tuya. Y confieso que no lo lamento. No tiene sentido. Hasta hace poco te odiaba. Tú también me odiaste cuando huí de ti. ¿Qué locura es esta? ¿Acaso me has hecho algo?

—Sí, muchacha. Y volveré a hacerlo en cuanto estés preparada.

Ella se rió, y durante un rato permanecieron en silencio a la tenue luz de las velas, acariciándose mutuamente con las yemas de los dedos. Luego Duncan se levantó de la cama y atravesó la habitación. Amelia se incorporó sobre un codo para admirar su espléndido cuerpo desnudo, cubierto de sudor. Él tomó un matacandelas de latón y apagó las velas que había traído.

De pronto se hizo la oscuridad en la alcoba decorada en color escarlata. Amelia le tendió los brazos.

—Creo que ya estoy preparada —dijo.

—Yo también. —Duncan regresó a la cama y se acostó.

Esa noche apenas durmieron.

El Fuerte William, al día siguiente, al atardecer.

Su excelencia, el duque de Winslowe, paladeaba una copa de excelente brandy en sus aposentos privados cuando un joven soldado llamó a la puerta y entró con una carta, que le entregó sobre una reluciente bandeja de plata.

Su excelencia tomó la carta de la bandeja, ordenó al soldado que se retirara, rompió el sello y la leyó. Achicó los ojos irritado, emitió un bufido de frustración, rebuscó en sus bolsillos hasta encontrar sus gafas, se las colocó sobre su bulbosa nariz y empezó a leer.

Cuando llegó al término de la misiva, elegantemente redactada, se arrancó la rizada peluca de la cabeza y la arrojó al suelo, como si estuviera de pronto infestada de piojos.

—¡Dios santo! ¡*Thomas*! ¡*Thomas*!

Su alto y larguirucho ayuda de cámara entró apresuradamente en la habitación.

—¿Sí, excelencia?

El duque se levantó de su silla.

—Se trata de lady Amelia. ¡La han encontrado! Prepara de inmediato el equipaje. Debemos ir al Castillo de Moncrieffe y partiremos dentro de una hora.

—Dios quiera que esté a salvo e indemne.

El duque tomó su copa y apuró el resto del brandy de un trago.

—Pardiez, el mundo entero está trastocado.

—¿A qué se refiere, excelencia?

El duque miró a su fiel ayuda de cámara con incredulidad y agitó la carta en el aire.

—El conde de Moncrieffe me ha pedido la mano de lady Amelia.

Thomas se quedó helado.

—Pero si ya está comprometida con el coronel Bennett.

—Soy consciente de eso, Thomas. No soy un imbécil. Por eso te he llamado, gritando dos veces tu nombre. Debemos llegar al castillo cuanto antes.

—Entiendo, excelencia. —Thomas recogió la peluca de su excelencia del suelo, la sacudió para eliminar el polvo y salió apresuradamente de la habitación.

El duque se pasó una mano sobre su pelo blanco natural —que tenía encrespado— y se acercó a la ventana. Contempló la campiña escocesa y observó a una fila de soldado haciendo instrucción en el prado.

—Creo que cuando conozca por fin a ese hombre —dijo con voz queda—, me sentiré tentado a partirle la crisma con una botella de su propio whisky. Por excelente que sea. Ese hombre merece recibir un buen porrazo en la cabeza por haber tardado tanto en declararse.

Fuera, en el patio, un emisario armado guardó la carta de Amelia en una alforja y montó en su caballo, con órdenes de localizar al coronel Bennett, quien se dirigía al norte con la milicia de Moncrieffe, hacia Drumnadrochit.

El jinete salió a galope de la puerta de la fortaleza, maldiciendo en silencio el hecho de que tendría que responder ante el despreciable coronel mientras esperaba más órdenes.

—¿Sabías que te defendió con firmeza ante Angus —preguntó Josephine a Amelia al día siguiente—, y que te eligió a ti ante que a él? —Atravesaban el puente levadizo portando unas cestas colgadas de las muñecas, con el propósito de coger flores silvestres en el huerto, aunque el día empezaba a nublarse.

—No, no lo sabía —respondió Amelia frunciendo el ceño—. ¿Cuándo?

—El día que llegaste. A Angus le disgustó averiguar lo de vuestro compromiso. Creía que Duncan traicionaba el recuerdo de Muira, y de Escocia, deponiendo sus armas para complacerte. A Angus le gusta la guerra. Siempre le ha gustado.

Bajaron del puente y se encaminaron hacia el huerto. Sus faldas hacían frufrú a través de las altas hierbas.

—¿Cuánto hace que conoces a Angus? —preguntó Amelia, dejando de lado su turbación al oír el nombre de Muira.

Ni ella ni Duncan habían vuelto a referirse a la ex novia de éste desde el día en que habían hablado sobre ella en las montañas.

Josephine alzó la vista y contempló el cielo.

—Conocí a Angus cuando llegó aquí con su padre para invitar a los MacLean a participar en la rebelión, hace más de un año. El padre de Duncan, como sin duda habrás oído decir, era un temible caudillo. Deseaba unirse a la causa, pero Duncan se oponía a ello.

A Amelia le sorprendió oír esto. Creía que Duncan era un ferviente jacobita, pues ello formaba parte de la fama del Carnicero.

—Sabía que el padre de Duncan era un guerrero —dijo—, y que murió en la rebelión.

—Así es, y más tarde Duncan regresó a casa para ocupar su puesto como señor del castillo y pronto se distinguió políticamente como un noble de las Tierras Altas dispuesto a apoyar al rey Jorge y renunciar a la rebelión. Supongo que eso ya lo sabes, puesto que tu padre vino aquí la primavera pasada.

—Sí, ya lo sabía.

—Duncan desea la paz y bienestar de su clan por encima de todo. No aprueba la guerra y la muerte para aquellos que están a su cuidado. Pero cuando lucha como el Carnicero, es una cuestión personal. —Una ráfaga de aire se levantó en el huerto, agitando las cintas del sombrero de Josephine.

Amelia sintió de pronto cierto resentimiento.

—¿Por qué me cuentas esto? —preguntó—. ¿Crees que hago mal al pedirle que renuncie a su campaña?

Tras reflexionar unos momentos, Josephine respondió:

—No creo que hagas mal. Comprendo lo que sientes, yo haría lo mismo en tu lugar. No querría que mi Iain se dedicara a recorrer a galope las Tierras Altas buscando pelea con los casacas rojas ingleses, y me alegro de que la guerra le disguste. Sólo quiero que sepas que es posible que a Duncan le lleve un tiempo curarse de ese dolor. Quizá lamente haberse peleado con Angus. Eran muy amigos. Se conocen desde que eran niños, y han pasado mucho tiempo juntos.

Amelia respondió a la defensiva.

—Yo no le pedí que renunciara a su amigo.

—No, y él no lo hubiera hecho de haber podido evitarlo. Pero fue Angus quien rompió su amistad con él. Nunca renuncia a una pelea, y no tiene en su vida a una joven bonita como tú que le distraiga de la guerra.

Amelia sintió una fría gota de lluvia sobre su mejilla.

—¿Crees que Duncan me culpará por haberse peleado con su amigo? —preguntó, sintiendo de pronto cierta aprensión—. ¿Me lo echará en cara?

—Ahora no —contestó Josephine—. Por lo que he observado, está enamorado de ti. Pero un día quizá lamente haber perdido a su amigo. Angus estuvo junto a él para apoyarle cuando murió Muira. Compartían el mismo dolor. Sospecho que lamentará que Angus no esté presente para brindar por vosotros el día de vuestra boda.

Llegaron a un lugar donde crecían unas flores en el otro extremo del huerto. Amelia se agachó para coger unas margaritas.

—No sé qué hacer al respecto —dijo—. No deseo provocar un conflicto entre ellos, pero Angus me detesta. No haría caso de lo que yo le dijera.

Josephine se arrodilló a su lado y arrancó unos altos tallos de la tierra.

—Supongo que nadie puede hacer gran cosa al respecto. Angus tendrá que resolver él mismo el asunto y tratar de aceptar la decisión de Duncan. Si no es capaz de hacerlo... —Se levantó y dispuso las flores en su cesta—. Si no puedo aceptarlo, seguirá llevando esa vida agitada y desdichada a la que Duncan ha renunciado por fin. —Se detuvo a unos pasos de Amelia y le dirigió una mirada significativa—. No me malinterpretes, Amelia. Iain y yo estamos muy satisfechos de cómo se ha resuelto la cuestión. Creemos que eres lo mejor que le ha ocurrido a Duncan.

—Pero si yo no he hecho nada. —Amelia miró alrededor del huerto—. Lo que existe entre nosotros es muy... —No sabía cómo calificarlo.

Josephine asintió con la cabeza.

—Lo comprendo, pero no abandones la esperanza de que algún día surja entre vosotros el amor verdadero, ahora que estáis comprometidos y puedes ver su otra faceta. Todo cambiará. La indumentaria también influye, ¿no crees? A poco que se esfuerza, parece un caballero muy distinguido.

Amelia no pudo por menos de sonreír.

—Confieso que me gustaba su falda escocesa y su pelo desgreñado. Espero que no decida renunciar a ello definitivamente.

Josephine se rió.

—Quizá puedas convencerlo de que en vuestra noche de bodas luzca sólo su espada en la cama.

Ambas se rieron del atrevido comentario y regresaron apresuradamente al castillo mientras a lo lejos tronaba y unas nubes plomizas surcaban el cielo.

Capítulo 18

El coche de Moncrieffe avanzó por el puente levadizo y atravesó el umbroso arco de piedra de la torre de entrada. Le seguía un segundo carruaje, tirado por cuatro magníficos rucios, que ostentaba el ancestral escudo de armas de su excelencia, el duque de Winslowe.

Un vigía había divisado el vehículo. Cuando el duque entró en el patio interior, Duncan y Amelia le esperaban junto a la puerta principal del castillo.

Duncan sacó su reloj y lo consultó, tras lo cual lo guardó de nuevo en el bolsillo de su casaca.

—¿Tenías que estar en otro sitio? —preguntó ella.

—Por supuesto que no —respondió él con tono intimidatorio—. Pero tu tío se ha retrasado, y mi paciencia se agota. Quiero que seas mi esposa. Debió llegar ayer.

A ella le halagó su impaciencia. La deseaba, y la deseaba ahora, no sólo en la cama, sino de forma legal y oficial. Deseaba pronunciar sus votos ante Dios.

¿Lo deseaba ella también? Sí, desde luego. Ya le había entregado su inocencia, y tenía que reconocer que estaba perdida y desesperadamente enamorada de él.

El coche ducal se detuvo frente a ellos, y un lacayo de librea se apresuró a bajar el escalón del vehículo. Vestido con una casaca de raso de un verde chillón y un calzón de color melocotón, el tío de Amelia, rechoncho como una calabaza, salió del oscuro interior del coche y alzó los ojos, entrecerrándolos, hacia la fachada del castillo antes de apoyar un reluciente zapato con hebilla en el escalón y saltar pesadamente al suelo. Su perfume era abrumador. Lucía una peluca negra alta y engorrosa, con unos rizos que se agitaron cuando su excelencia echó a andar.

—¡Mi querida niña! —Abrazó a Amelia con tal fuerza que le cortó la respiración—. ¡Gracias a Dios que te encontraron sana y salva! —Se volvió hacia Duncan—. Le debo mucho, lord Moncrieffe, por haber rescatado a mi sobrina. La ha salvado del hacha del Carnicero.

Duncan hizo una elegante reverencia.

—Se salvó a sí misma, excelencia. Es una mujer extraordinaria. Yo no hice sino ofrecerle estos muros de piedra como asilo.

Su tío miró a Amelia.

—¿Estás bien, querida?

—Perfectamente.

El hombre retrocedió un paso y aspiró rápidamente.

—Escucharé todos los detalles de tu penosa experiencia dentro de un rato —dijo—, pero antes... —Se volvió de nuevo hacia Duncan—. Soy responsable de esta joven, Moncrieffe. Es la única hija de mi llorado hermano, y lo que más quiero en el mundo, de modo que debo preguntarle, *¿por qué?* ¿Por qué ha propuesto este matrimonio entre mi sobrina y usted?

Amelia sintió que su sonrisa se esfumaba. Se acercó a Duncan y le tomó del brazo, alegrándose de que hoy no llevara encima su hacha.

—Está prometida con el teniente coronel Richard Bennett —continuó su tío—, y esta conducta es impropia de usted.

—Pero, tío... —protestó ella. No sabía con quién estaba hablando.

Su excelencia agitó una mano en el aire.

—¡Silencio! ¡Silencio! ¡Silencio!

Ella apretó los dientes.

El duque ladeó su empelucada cabeza y miró a Duncan arqueando una ceja con gesto acusador.

—¿Qué tiene que decir al respecto, joven?

Duncan inclinó la cabeza y avanzó un pie, haciendo una segunda y aún más elegante reverencia.

—Discúlpeme, excelencia. No puede ofrecerle ninguna justificación, salvo confesar que me he enamorado de su sobrina y he perdido la cabeza por completo.

Amelia volvió la cabeza, estupefacta.

Su tío se dirigió a ella.

—De modo que el ilustre noble escocés se ha enamorado, ¿eh?

—Sí —respondió Amelia con voz trémula.

—¿Así, sin más?

—¿Acaso puede reprochármelo, excelencia? —terció Duncan—. No existe otra mujer como lady Amelia.

—Mi hermano me habló muy bien de usted, Moncrieffe. Me pregunto si alguna vez tendré el privilegio de conocerlo a fondo y comprobar por mí mismo qué clase de hombre es.

—Esto es cosa suya, excelencia —contestó Duncan—, y espero que esta noche nos haga el honor de cenar con nosotros.

—¡Por supuesto que les haré el honor de cenar en su compañía! —exclamó el duque mientras se ajustaba la peluca—. ¿Adónde iba a ir? Nos hallamos en la zona más agreste de las Tierras Altas. He tenido suerte de que de camino aquí no me devorara un jabalí hambriento.

Amelia emitió un nervioso suspiro y entraron juntos en el vestíbulo del castillo.

—Ah, Moncrieffe, debo decir que este es el mejor whisky que existe en Gran Bretaña y el resto del mundo. —Winslowe agitó el líquido ambarino en su vaso de cristal tallado y paladeó otro profundo trago.

Duncan alzó su vaso.

—Me honra que lo piense, excelencia. Me ocuparé de que regrese a Inglaterra con una caja de mi mejor whisky.

—Es usted un verdadero caballero, señor.

Habían disfrutado de una suculenta cena y postre, seguido por una sesión musical en el antiguo salón de banquetes, pero era tarde. Sólo Duncan y el duque continuaron la velada, bebiendo whisky junto al fuego en la biblioteca. Los otros se habían retirado a descansar.

—Tiene un magnífico castillo, Moncrieffe. Supongo que muy antiguo.

—La construcción del torreón y la torre de entrada comenzó en el año 1214 —le explicó Duncan—. La parte principal del castillo, donde nos encontramos ahora, fue completada en 1629.

Winslowe paseó la vista alrededor de la estancia iluminaba por velas.

—Es una obra maestra arquitectónica.

Hablaron sobre arquitectura durante un rato, y Duncan prometió al duque mostrarle los planos de futuras reformas y ampliaciones que deseaba incorporar al castillo, los cuales tenía en su estudio.

Al cabo de un rato pasaron por fin a temas más importantes.

—Afirma usted haberse enamorado de mi sobrina —apuntó el duque, escrutando a Duncan con expresión un tanto desafiante sobre el borde de su vaso.

—Así es, excelencia. Tengo la intención de amarla y cuidar de ella siempre.

El duque se inclinó hacia delante en su butaca.

—Dice usted *amarla*. Esta noche le he observado, Moncrieffe, y no dudo de que esté enamoriscado, pero no estoy seguro de que sea amor. —Se repantigó en su silla—. Es natural que se sienta atraído por ella. Es una joven muy bella. También he observado que ella corresponde a su... *afecto*. No es difícil adivinarlo. Está loca por usted. —El duque volvió a repantigarse—. ¿Pero no cree que todo esto es muy repentino? Según mis cálculos, usted le propuso matrimonio el mismo día en que ella llegó aquí.

Duncan se humedeció los labios y reflexionó largo y tendido sobre la forma de responder al desafío del duque. Estaba claro que era un hombre perspicaz e inteligente.

—Comprendo que pueda parecerle extraño, excelencia, pero recuerdo muy bien al padre de lady Amelia. Siempre le tendré en gran estima. También recuerdo que habló con gran cariño de su hija. De modo que si me permite ser franco...

Winslowe hizo un ademán para invitarle a proseguir.

—Desde luego. Siento gran curiosidad.

Duncan dejó su vaso en la mesita junto a la butaca y apoyó los codos en las rodillas.

—No he tenido el placer de conocer al antiguo prometido de Amelia, el coronel Bennett —dijo—, pero he oído hablar de su reputación, y considero mi deber informar a su excelencia de que... —Se detuvo a fin de conceder al duque unos instantes para prepararse para lo que iba a oír—. Richard Bennett es despreciado en esta tierra, excelencia. Le consideran un tirano que no conoce límites a la hora de imponer la opresión y la brutalidad. Muchos escoceses inocentes han sido asesinados por orden suya; hogares pacíficos han sido incendiados. De modo que cuando me enteré del compromiso matrimonial de su sobrina, no soportaba la idea de que se casara con ese hombre, y no dudé en violar las normas de etiqueta de su país. —Se reclinó en la butaca y miró fijamente al duque—. No voy a disculparme por eso.

Winslowe le observó con atención.

—Es usted un hombre de carácter, Moncrieffe, pero veo que también es una persona decente y franca, de modo que yo también le hablaré sin rodeos. —Miró a Duncan a los ojos—. La decisión de mi hermano de permitir que su hija contrajera matrimonio con el coronel Bennett me sorprendió. Creo que se precipitó en buscarle marido antes de morir. En cuanto a mí... —El duque se arrellanó en su butaca—. Ese hombre no me gusta. No tengo pruebas concretas sobre ninguna actividad delictiva que haya podido cometer, pero simplemente no me gusta. Llámelo instinto, corazonada, lo que quiera, pero reconozco que es un hombre cruel. No me cabe duda de que puede ser encantador cuando se lo propone, motivo por el cual Amelia cayó al principio bajo su influjo. Y cuando su padre falleció (que Dios le acoja en su seno), se sintió sola y desdichada. No puedo por menos de pensar que Bennett se aprovechó de su vulnerabilidad. Amelia cuenta con una generosa dote, y es hija de un duque. Bennett desea ascender en la escala social, pues apenas conoce a gente influyente y no es un hombre rico. —Winslowe agitó un dedo—. No obstante, ha demostrado un gran talento en el campo de batalla, y es allí donde causó una grata impresión a mi hermano. Le salvó la vida. Una hazaña heroica.

—Sí, eso he oído. —Duncan apuró el resto de su whisky antes de decir algo que desagradara a su excelencia, de lo cual pudiera arrepentirse más tarde.

—Pero tras la muerte de mi hermano —prosiguió el duque—, la tutela de Amelia me corresponde a mí. Soy su único pariente, y no dejaré que se lance a un futuro que promete hacerla desgraciada. Estoy convencido de que sus sentimientos hacia ella son sinceros, señor, y está claro que es usted un hombre de gran fortuna e integridad personal. Apoyaré su compromiso, Moncrieffe, y si Bennett desea protestar por ello... Ahora soy duque. —Winslowe alzó de nuevo su vaso—. Tengo cierta influencia en el mundo.

Duncan se inclinó hacia delante y le estrechó la mano.

—Le doy mi palabra de honor, excelencia, de que Amelia será feliz aquí. Será tratada con el máximo respeto.

—Es usted un buen hombre. —El duque apuró el resto de su whisky.

Duncan concedió a Winslowe unos instantes para que gozara de los efectos de la bebida antes de tomar de nuevo la palabra.

—Espero no amargarle la velada, excelencia, ahondando en la cuestión.

El duque se inclinó hacia delante.

—Continúe, Moncrieffe.

Duncan asintió con la cabeza.

—Hace un rato me referí a la reputación del coronel Bennett y lo que conozco sobre sus tácticas militares. Estoy convencido de que el pueblo de Escocia merece su dignidad, y me propongo llevar a Richard Bennett ante los tribunales de justicia por sus crímenes.

El duque arqueó sus tupidas cejas.

—No me diga. ¿Va a presentar una denuncia en toda regla?

—Así es. Puedo aportar testigos, y si usted está dispuesto a escuchar sus declaraciones, le agradecería que me brindara su apoyo.

El duque meditó sobre la petición de Duncan.

—Bennett es un célebre héroe de guerra, Moncrieffe. Posee numerosas medallas. No será fácil. Me consta que al ejército no le gustará. Ni al Rey.

—Confío en que alguien vea la verdad en ello y decida tomar cartas en el asunto.

El duque cruzó las piernas.

—Es posible. Pero en caso contrario, y suponiendo que decida apoyarle, será mi reputación la que resulte dañada. Imagínese, Moncrieffe, a un excéntrico duque inglés, que ha obtenido su título hace poco, decantándose del lado de Escocia contra el ejército del Rey.

—Una batalla perdida, sin duda —dijo Duncan.

Winslowe se dio una palmada en su rollizo muslo y se echó a reír.

—Ustedes, los montañeses, son muy audaces. Admiro su espíritu, siempre rebosante de confianza y vitalidad, y como corren en los campos de batalla con sus espadas y escudos en alto, incluso en las circunstancias más adversas. Le envidio por ser escocés. —El duque alzó su vaso vacío—. Y joven.

Duncan inclinó la cabeza ante el duque, se levantó de la butaca y regresó con la licorera. Después de rellenar ambos vasos volvió a sentarse.

—Permita que le cuente mis aventuras en la Batalla de Sherrifmuir —dijo—. Luego hablaremos sobre lo que podemos conseguir con el ejército del Rey.

Winslowe se arrellanó en la butaca, instalándose cómodamente, y hablaron abiertamente sobre la guerra y la política hasta bien pasada la medianoche.

—Te has retrasado —dijo Amelia, incorporándose en la cama cuando Duncan entró en su alcoba. Llevaba horas esperándole.

—Sí. —Duncan dejó el candelabro sobre la cómoda y se quitó la casaca—. He estado ocupado, muchacha, congraciándome con tu tío. Tiene una opinión favorable de mí, y yo de él. Es un buen hombre, como tu padre. Tenemos mucho en común, y apoya nuestro compromiso. Dijo que tu padre lamentaba no haber podido concertar un compromiso entre nosotros después de su visita en primavera, y que, según tu tío, nuestro matrimonio debe celebrarse cuanto antes.

—¿Mi padre deseaba que nos casáramos?

A Amelia le sorprendió tanto oír esto, que le produjo una gran alegría. Después de todas las dudas y los temores que la habían atormentado últimamente, en especial con respecto a su criterio y su reciente decisión de casarse con Duncan, significaba mucho para ella saber que a su padre le agradaba este hombre como futuro yerno. Quizás el espíritu de su padre había velado por ella todo el tiempo. Se sentía entusiasmada.

Arrastrándose de cuatro patas hasta los pies de la cama, se incorporó de rodillas y se abrazó a la columna del lecho, a la que estaban sujetas las cortinas de terciopelo con borlas doradas. Esta noche Duncan mostraba un talante distinto. Se le notaba eufórico. Su buen humor era casi contagioso.

—Pareces muy contento —dijo ella—. ¿Qué más ha ocurrido entre mi tío y tú?

Duncan se acercó a la ventana y escudriñó la oscuridad.

—Le expresé mis opiniones sobre tu exnovio y le dije que estaba decidido a protegerte de él, y tu tío no me censuró por ello. Me dijo que nunca había aprobado tu compromiso con Bennett.

A Amelia también le sorprendió oír esto.

—Jamás me lo dijo.

—Respetó los deseos de tu difunto padre, aunque no estuviera de acuerdo con ellos. Pero ahora las cosas han cambiado. Quiere tomar sus propias decisiones y seguir los dictados de su conciencia.

Amelia se sentó en cuclillas.

—¿Por eso estás tan satisfecho?

Él se volvió hacia ella.

—No sólo por eso, muchacha. Tu tío ha accedido a ayudarme a llevar a Bennett ante los tribunales. Apoyará una investigación para esclarecer sus crímenes. Juro por Dios que Richard Bennett pagará por lo que hizo a Muira.

Amelia sintió de pronto que se le encogía el corazón. Se alegraba, como es natural, de que Duncan hubiera elegido un medio más civilizado de vengarse dejando la decisión última de castigar a Richard en manos del ejército y los tribunales. Era precisamente lo que ella le había pedido que hiciera la última noche de su secuestro, y si Richard era culpable, por supuesto que debía ser juzgado y condenado.

Lo que le preocupaba era el implacable deseo de venganza de Duncan, espoleado por el dolor que le producía la muerte de Muira. Amelia se estremeció ligeramente, sintiendo la desesperación elemental del Carnicero y la peligrosa furia que pervivían en él. Estaba claro que no habían superado todos los obstáculos que se alzaban ante ellos.

—¿De modo que piensas proseguir con tu venganza? —preguntó con cautela.

Él la miró con gesto de advertencia.

—Espero que tus palabras no contengan un tono de acusación, muchacha, porque no he roto la palabra que te di. Te prometí no utilizar la hoja de mi hacha para acabar con la vida de Richard Bennett. Jamás accedí a permitir que siguiera violando y saqueando. Lo que me propongo hacer ahora es exactamente lo que me pediste en las montañas. Haré lo que *tú* propusiste. Dejaré la suerte de Bennett en manos del ejército y los tribunales.

Duncan estaba en lo cierto, y ella asintió.

—Supongo que debes hacer lo que creas conveniente para vengar la muerte de Muira —dijo.

De pronto recordó lo que Beth MacKenzie le había dicho en la casita rústica: *El Carnicero enterró su corazón en la fosa junto a su amada el día en que ésta murió..., en todo caso la parte de su corazón que es capaz de amar.*

—No es sólo por Muira —respondió él—, sino por toda Escocia. Ese hombre es un tirano. Es preciso detenerlo. —Pasó frente a los pies de la cama—. Pero no hablemos más de Muira.

—¿Por qué?

—Porque no *deseo* hablar de ella —contestó irritado. Empezó a quitarse la chorrera—. Quítate el camisón, muchacha. Te deseo y quiero acostarme contigo.

Pensando todavía en el dolor que le producía la constante presencia de Muira en el corazón de Duncan —un lugar al que él aún no la había invitado a penetrar—, observó sus manos mientras deshacían el nudo.

¿Era cierto que la deseaba?, se preguntó Amelia, sintiéndose tentada de preguntárselo. ¿O lo que deseaba realmente era satisfacer su ansiada sed de venganza?

Él la miró con una expresión ardiente, inconfundiblemente sexual.

Ella decidió no hacerle ninguna pregunta ahora. Habría sido una estupidez, pues sus ojos mostraban un intenso deseo carnal. Parecía dispuesto a devorarla, y ella sintió como si sus huesos se derritieran, porque cada vez que la miraba de esa forma, el sexo era más apasionado y satisfactorio que nunca.

En ese momento Amelia comprendió que seguía estando cautiva, atrapada por la innegable atracción que la sexualidad de Duncan ejercía sobre ella. Cuando él la miraba con esos ojos hambrientos, nada más tenía importancia. El mundo entero desaparecía.

Al cabo de unos segundos, él se detuvo junto a la esquina del lecho, tomó el rostro de Amelia entre sus manos y oprimió su boca contra la suya. A ella le asombraba la rapidez con la que podía sumergirse en su papel como amante de él y olvidarse de todo lo demás. Durante los últimos días apenas había sido capaz de dejar de pensar en sus febriles deseos y ansias. Bastaba con que él se acercara a ella y le ordenara que se desnudara, para que ella obedeciera sin rechistar.

Él se encaminó hacia la puerta, la cerró con llave y regresó, situándose frente a ella como un caudillo conquistador.

—Túmbate —le dijo, y ella se tumbó en diagonal sobre la cama.

Él se quitó la casaca con brusca impaciencia y la arrojó al suelo. Sus dedos se movieron apresuradamente sobre los ojales de su chaleco, que también arrojó al suelo.

Amelia se incorporó sobre los codos. Mientras le observaba sacarse apresuradamente la camisa por la cabeza, apenas era capaz de asimilar la intensidad de sus deseos.

Deseaba demostrar que él le pertenecía ahora a *ella*, que su poder para seducirlo y poseerlo era tan fuerte como el suyo, y que él estaba tan cautivo como ella.

Con el torso desnudo, sin quitarse el calzón, Duncan se arrojó sobre ella con toda la furia de su virilidad. Le arremangó el camisón, sin dejar de besarle la parte superior de los pechos sobre el escote de la prenda. Amelia sintió que el deseo le abrasaba las entrañas, y no tardó en despojarse del camisón. Desnuda al fin, sin sentir el menor recato, y desconcertada por la inagotable pasión que él le demostraba, empezó a moverse debajo de él.

—Ahora eres mío, Duncan —dijo.

Él se apartó y la miró.

—Sí.

La besó profundamente y pasó la lengua sobre sus pezones. Amelia gimió mientras él seguía lamiendo, succionando y utilizando sus labios para dejar un ardiente rastro de placer sobre su trémulo vientre.

Ella separó las piernas y le tomó la cara. Él se deslizó hacia abajo y sepultó el rostro en el húmedo espacio entre los muslos de ella, acariciando sus partes íntimas con la lengua y los labios.

Ella gimió de placer y contuvo el aliento. La sangre le corría aceleradamente por las venas en respuesta a sus caricias mientras él seguía devorándola con voracidad. Luego colocó las manos debajo de su trasero y la alzó de la cama para tener mejor acceso, y Amelia se estremeció de gozo.

Él levantó la vista y durante una fracción de segundo sus miradas se cruzaron. Acto seguido la montó y extendió la mano hacia abajo para desabrocharse la braguea y sacar su hinchado miembro.

Al cabo de unos momentos la penetró, moviéndose con furia sobre ella, poseyéndola por completo. Lo único que ella sabía era que le pertenecía en cuerpo y alma, y que a partir de este momento nada podía salvarla de su inexorable deseo de conquistar su corazón y hacer que el suyo fuera un matrimonio auténtico.

Al cabo de unas horas, Duncan se despertó al oír una suave llamada a la puerta. Volvió la cabeza sobre la almohada y vio que Amelia dormía apaciblemente, de modo que se levantó de la cama, procurando no despertarla. Se acercó desnudo a la chimenea, donde unas llamas enormes danzaban en el hogar, se calentó las manos durante unos momentos y tomó su hacha, que colgaba contra las piedras del gancho del que solía colgar el atizador. A continuación se encaminó sigilosamente hacia la puerta y la abrió.

En el pasillo estaba Richard Bennett.

—Esa mujer es mía. Entréguemela.

Sin dudarlo un instante, Duncan avanzó un paso y abatió a Bennett de un hachazo.

Retrocedió, observó a Bennett caer al suelo exánime y sintió que le invadía una sombría y siniestra satisfacción.

Duncan se despertó sobresaltado y se incorporó en la cama.

Amelia seguía durmiendo apaciblemente a su lado. Todo estaba en silencio, salvo el batir de la lluvia en la ventana.

El corazón le latía aceleradamente. Miró a través de la habitación los rescoldos en el hogar, que aún emitían un débil resplandor. Se llevó una mano al pecho y sintió de nuevo la terrible satisfacción que había experimentado al ver morir a Richard Bennett.

Turbado por el sueño, miró inquieto a Amelia, se levantó de la cama, se vistió y regresó a su alcoba para dormir el resto de la noche solo.

Capítulo 19

Al cabo de una semana, Duncan le hizo el amor a Amelia sobre la colcha de la cama con las cortinas cerradas. Estaban rodeados de terciopelo, envueltos en la oscuridad, y él se abandonó a los sentidos del tacto, el olor, el gusto y el sonido. Se perdió en el éxtasis de la boca de Amelia, en las hábiles caricias de su lengua sobre su miembro viril, y en el sonido de los hambrientos gemidos que ella emitía mientras devoraba el gigantesco objeto de su pasión. Nada conseguía aplacar el deseo que ella suscitaba en él.

Duncan cerró los ojos y pasó las manos sobre la sedosa cabellera de Amelia, preguntándose si algún día ella conseguiría arrancarle de ese diabólico y siniestro abismo de muerte. Durante la última semana no había tenido sueños violentos, pero le parecía imposible que esta situación pudiera continuar, que pudiera vivir el resto de su vida alejado de ese suplicio, o que mereciera gozar de este placer.

Esa noche el sexo fue como una bruma que le rodeaba, y cuando abrió por fin los ojos, la vio montarse sobre él a horcajadas en la oscuridad, abrazando su pene con su estrecha y húmeda vagina. El embriagador aroma de sus cuerpos al hacer el amor estimulaba sus sentidos, y cuando ella empezó a moverse gimió. La sujetó por sus menudas caderas, sintiendo su pelo rozándole la cara, y se alzó para gozar con más plenitud de cada impacto de sus cuerpos al unirse.

Más tarde, después de una serie de explosivos orgasmos, Duncan permaneció tumbado sobre la cama boca abajo, débil y saciado, como un muerto. Amelia le cubrió con su cuerpo. Pesaba muy poco, pero él sintió la presión de sus pechos sobre sus omóplatos y experimentó un intenso gozo al sumirse en el apacible ensueño al que se entregó. Era como una especie de trance. Quizá se quedó dormido. No estaba seguro. Lo único que sabía era que al abrir los ojos y sentir el calor del cuerpo de Amelia sobre su espalda no pudo evitar pensar en el sueño...

Después de pestañear unas cuantas veces, dijo suavemente:

—Sé que se presentará aquí.

—¿Quién?

—Bennett. No se quedará cruzado de brazos. —Duncan hizo una pausa—. ¿Qué harás cuando lo veas?

Ella tardó largo rato en responder, y él sintió una opresión en la boca del estómago.

—Nada —contestó ella por fin—. Ya no estamos prometidos.

Duncan meditó detenidamente en su respuesta, un tanto evasiva.

—Si viene aquí y trata de recuperarte, no te garantizo que me muestre cortés con él.

—Pero me prometiste que no le harías daño, Duncan. Hicimos un pacto. Dejarás su suerte en manos de los tribunales.

Él se humedeció los labios y se esforzó en reprimir la ira que le producía su deseo de proteger a su exnovio. ¿Le amaba aún? ¿O era otra cosa? ¿Trataba de protegerle a él, a Duncan, alejándolo del abismo del infierno?

—Sí. No romperé mi palabra —dijo él—. Pero quiero que veas cómo es en realidad.

Ella calló durante largo rato.

—¿Por qué?

—Para no arrepentirte de haberme elegido a mí como marido.

Ya lo había dicho. Era la verdad.

Ella se apartó de él y se incorporó. Él sintió la suave caricia de las yemas de sus dedos en su espalda, deslizándose sobre sus cicatrices. Siguió tendido boca abajo, sin verle la cara, contemplando la oscuridad.

—No me arrepentiré —dijo ella—, si cumples la palabra que me diste. Pese a cómo empezamos, Duncan, veo la bondad que hay en ti, y te deseo. Lo sabes. Desde que llegamos aquí, e incluso antes, has demostrado ser un hombre de honor en muchos aspectos, y creo que con el tiempo llegaremos a confiar el uno en el otro y a querernos profundamente. Al menos, eso espero.

Pero esas esperanzas a él no le aliviaban, porque en su fuero interno seguía pensando que era un salvaje y temía que, con el tiempo, cuando la pasión inicial que sentían se hubiera apagado, ella le vería también como lo que era y siempre sería, un guerrero. Como su padre.

—Creo que aún no me comprendes, muchacha —dijo—. No sabes las cosas que he hecho.

Él no había olvidado nada. Ni un solo detalle.

Ella vaciló unos instantes.

—Preferiría que las olvidáramos y comenzáramos a partir de cero. Eres el conde de Moncrieffe, y dentro de poco yo seré tu condesa. Pensemos en eso y afrontemos el futuro con esperanza. El resto es agua pasada.

Él reflexionó largo rato sobre sus palabras mientras ella le masajeaba la parte inferior de la espalda. Hacía que se sintiera relajado, deseoso de conciliar el sueño.

—¿No te preocupa mi carácter violento? —le preguntó, midiendo sus palabras.

—Quizá..., a veces —confesó ella.

A veces...

Si fuera una mujer prudente, pensó él, le preocuparía en todo momento del día.

Porque a él sí le preocupaba.

Unos días más tarde, Amelia y Josephine tomaron el coche para ir a la aldea y llevar una tarta de cerezas a la señora Logan, la esposa del molinero, que poseía una rara habilidad para confeccionar arreglos florales y se había ofrecido decorar la capilla para las nupcias del conde, que iban a celebrarse dentro de poco.

Pero mientras la mujer hablaba de flores de vivos colores y jarros de cristal tallado, Amelia apenas podía concentrarse en la conversación, pues estaba distraída pensando en Duncan y lo que había averiguado la otra noche en la cama, cuando él le había revelado su preocupación de que Richard se presentara en el castillo para reclamarla. A él le inquietaba no poder resistirse a matarlo.

Amelia no quería que Duncan sufriera a causa de esas dudas que le atormentaban. Deseaba ayudarle a comprender que era un buen hombre y capaz de superar su pasado. Le constaba que no era como su padre.

Una llamada a la puerta interrumpió sus pensamientos y la presentación de flores por parte de la señora Logan. Brevemente turbada por la intromisión, la mujer se levantó de su silla para ir a abrir.

Un guardia del castillo, alto y de espaldas anchas, entró. Lucía el tartán de los MacLean, y su mano asía con impaciencia la empuñadura de su espada.

—Tengo órdenes —dijo— de escoltar de inmediato a lady Amelia de regreso al castillo.

—¿Ha ocurrido algo? —preguntó ella, sintiendo una punzada de temor al tiempo que se levantaba. Josephine hizo lo propio.

—Sí, señora. La milicia de Moncrieffe ha regresado con los casacas rojas.

Amelia contuvo el aliento.

—¿Se refiere a que el coronel Bennett está aquí?

—En efecto. Debo viajar en el coche con usted, sin perderla de vista hasta que la conduzca sana y salva a la galería en el torreón.

Amelia se acercó a la puerta y vio a más de veinte miembros del clan montados a caballo esperando fuera, armados con escudos, espadas y mosquetes. Tuvo la sensación de que era su ejército personal de protectores.

Entró de nuevo en la casa del molinero.

—No lo creo necesario. El teniente coronel es mi exnovio, y no creo que estemos en guerra con su regimiento. Estoy segura de que tan sólo desea hablar con lord Moncrieffe y asegurarse de que todo está en orden.

En todo caso, en eso confiaba Amelia, en que Duncan lograra asegurar a Richard de que todo iba bien y que éste partiría de nuevo. Quizá decepcionado por haber sido rechazado por ella, pero vivo.

El alto montañés se encogió de hombros.

—No depende de mí, señora. Me limito a obedecer órdenes. Debo escoltarla sana y salva hasta el castillo.

Ella enderezó la espalda.

—Por supuesto. —Se volvió hacia la esposa del molinero—. Discúlpeme, señora Logan. Espero que podemos continuar otro día nuestra conversación.

—Mi puerta siempre estará abierta para usted, señora. —La mujer se esforzó en aparentar calma, pero tenía las mejillas encendidas.

Al poco rato, Amelia y Josephine se montaron en el coche, con el alto montañés sentado frente a ellas y sin apartar la vista de la portezuela.

Mientras el pesado vehículo avanzaba por la carretera, sus ocupantes apenas despegaron los labios. La tensión dentro del carruaje era palpable. Fuera, estaban rodeados por un feroz contingente de guerreros montañeses a caballo; parecía como si se dirigiesen hacia el mismo núcleo de una batalla que ya se había desencadenado.

Amelia confió en que fuera una mera precaución y se preguntó qué suponía Duncan que ocurriría cuando ella llegara al castillo. Era muy probable que Richard deseara hablar con ella en privado para asegurarse de que consentía libremente a esta unión. Quizás estaba enojado, o creía que Duncan la había obligado a acceder en contra de su voluntad. En tal caso, ella procuraría explicarle que había cambiado de parecer y convencerle de que era feliz, para evitar que se sintiera obligado a luchar por ella, lo cual podía conducir a unas circunstancias muy desagradables. Debía hacer cuanto pudiera por impedir que Richard dijera o hiciera algo que enfureciera a Duncan. Procuraría explicarle sus sentimientos y convencerle para que se marchara.

En cuanto al tema sobre la investigación oficial que iba a emprender Duncan en los supuestos crímenes de Richard como soldado, lo cual constituiría una grave afrenta a su honor como oficial y caballero... Amelia confiaba en que los cargos fueran presentados en el Fuerte William, no en Moncrieffe, para que Duncan se distanciara del asunto.

El coche topó con un bache y Amelia botó en el asiento, preguntándose ansiosa qué papel representaba su tío en esto. No había mencionado a Richard desde su llegada, y había permanecido ausente buena parte del tiempo. No había preguntado a Amelia qué pensaba sobre el hecho de haber roto su compromiso, ni Duncan había vuelto a comentar las opiniones de su tío al respecto después de la primera noche. Ambos habían guardado un extraño silencio en lo referente a Richard, lo cual causó a Amelia cierta inquietud cuando el coche avanzó traqueteando sobre el puente de piedra y a través de la torre de entrada.

Atravesaron la entrada en arco y salieron al soleado patio interior. Ella y Josephine se inclinaron hacia delante y miraron por las ventanillas.

En el patio reinaba el ruido y la confusión. Unos montañeses ataviados con faldas escocesas gritaban entre sí al tiempo que entrechocaban sus espadas mientras practicaban sus maniobras. Los caballos —nerviosos y asustados por el ruido de la batalla— relinchaban y se encabritaban. Cuando el coche pasó de largo Amelia vio en la esquina oriental una mancha roja. Era un grupo de soldados ingleses, sentados en la hierba.

El carruaje se detuvo frente a la puerta del castillo. El montañés que había sido asignado a escoltarla hasta el torreón se apeó en primer lugar, tras lo cual la tomó del brazo con firmeza. Parecía resuelto a alcanzar la galería sin detenerse, y Amelia tuvo que recogerse la falda y apresurar el paso para seguirle.

El montañés la condujo a través del vestíbulo y el puente-pasillo hasta el torreón situado al fondo. Atravesaron el largo salón de banquetes y por fin llegaron a la galería. El escolta abrió la puerta en arco y la empujó a través de ella. Amelia entró dando un traspié; luego la puerta se cerró detrás de ella y oyó cómo la llave giraba en la cerradura. Los pasos del montañés se desvanecieron a través del salón de banquetes. De pronto se quedó sola. Todo estaba en silencio.

Amelia permaneció unos instantes inmóvil, observando la cerradura; luego se volvió bruscamente y se acercó a la ventana. Contempló a través de ella las apacibles aguas del lago y el reflejo de los árboles sobre la superficie.

Se le antojaba extraño pensar que Richard se hallara aquí en estos momentos. Era como una inesperada y vívida pincelada de la realidad, un retazo de su vida pasada, que prácticamente se había desvanecido durante las últimas semanas, como si no hubiera existido nunca.

Sólo que no era la misma vida. El hombre con el que antes había confiado en casarse estaba acusado de unos crímenes horrendos, y dentro de poco ella tendría que enfrentarse a él y tratar de ver la verdad por sí misma, cuando no había sido capaz de verla con anterioridad.

¿Y si seguía sin poder verla?

¿Qué ocurría dentro del castillo en estos momentos? ¿Estaba Richard hablando con Duncan? ¿Estaba furioso? ¿Qué haría Duncan?

¿No te preocupa mi carácter violento?

Que Dios se apiadara de ella, pues empezaba a preocuparse ahora, después de haber sido sacada de la aldea por una legión de montañeses armados con mosquetes y lanzas. Toda la situación parecía decididamente medieval, y su corazón latía aceleradamente debido al temor que había hecho presa en ella. ¿Y si sucedía algo terrible? Las manos le temblaban mientras en su mente bullían unas imágenes atroces de Duncan con su tartán, cubierto de sangre, blandiendo su hacha de guerra. Amelia cerró los ojos y se llevó las manos a las sienes para desterrar estas imágenes.

Oyó unos pasos que se aproximaban. Alguien insertó una llave en la cerradura. La puerta se abrió y apareció Iain.

Ella se dirigió hacia él para saludarle.

—¡Gracias a Dios, Iain! Cuéntame lo que ocurre, te lo ruego. ¿Josephine está bien? ¿Dónde está Duncan? ¿Ha hablado ya con Richard?

—Todavía no —respondió Iain con un tono que parecía excesivamente despreocupado dadas las circunstancias—. El coronel Bennett aguarda en la biblioteca, y Duncan no tardará en llegar. Quiere que estés a su lado cuando Bennett se oponga a vuestro compromiso, lo cual se propone hacer.

—¿Cómo lo sabes?

—Bennett se lo anunció al guardia cuando atravesó las puertas del castillo.

Ella se llevó una mano al estómago. Que Dios se apiadara de todos ellos. Pero al menos había un factor esperanzador en todo esto. Duncan no habría querido que ella estuviera a su lado si pensaba enfundarse su vestimenta de Carnicero y cortarle la cabeza a Richard. Sabía lo que ella opinaba al respecto, y le había dado su palabra.

—¿Has hablado ya con Richard? —preguntó ella—. ¿Estás seguro de que piensa enfrentarse a Duncan? Me sorprende que no haya solicitado hablar primero conmigo.

—Lo hizo. Fue lo primero que pidió. Se presentó aquí, con un descaro increíble, y exigió entrevistarse contigo en privado.

—¿Y tú te negaste?

—No exactamente. Le dije que esperara en la biblioteca, que estabas a punto de regresar de la aldea y que entonces podrías verte. Luego pedí que subieran una cena ligera.

—Gracias, Iain. Pero creo que todo esto es innecesario. Si pudiera hablar con él, le aseguraría que estoy bien, que deseo casarme con Duncan. Si Richard oyera estas palabras de mis labios, creo que aceptaría mi decisión y se marcharía pacíficamente. —Amelia se detuvo al ver que Ian la observaba con el ceño fruncido—. Por favor, Iain, no me malinterpretes. No deseo protegerlo. Tan sólo deseo hacer cuanto esté en mi mano para evitar un altercado. Estoy convencida de que ha venido aquí porque necesita asegurarse de que estoy bien. No olvides que yo era su prometida y que fui secuestrada por el Carnicero mientras me hallaba bajo su protección. No puedes culparle por presentarse aquí. Estoy convencida de que tú habrías hecho lo mismo.

—No culpo a nadie, muchacha. Pero Duncan no permitirá que te quedes a solas con Bennett. Esa es la verdad. No te molestes siquiera en pedírselo.

Después de observar a Iain unos momentos para medir la firmeza de su determinación, Amelia se resignó al hecho de que no lograría convencerle. Dio media vuelta y se sentó en el banco alargado frente a la mesa.

No tenía más remedio que obedecer los deseos de su futuro esposo. Supuso que Duncan tendría sus razones para emplear unas medidas tan excesivas.

En ese preciso momento apareció Duncan. Ella se levantó apresuradamente. Sus miradas se cruzaron.

—¿Sabes que Bennett está aquí? —le preguntó él. Iba vestido con una espectacular casaca dorada de faldón amplio, adornada con botones de oro y un chaleco bordado a juego, el cual tenía un escote bajo para mostrar la chorrera blanca. En la cabeza lucía una peluca francesa, larga y de color negro azabache, con unos tupidos rizos que le llegaban más debajo de los hombros.

La peluca desconcertó a Amelia. Era un complemento que no le había visto lucir nunca. ¿Se la había puesto cuando había estado aquí su padre?

También tomó debida nota del sable de adorno, envainado, que le colgaba del cinto.

—Sí, estoy informada —respondió—. Me obligaron a abandonar la casa del molinero, adonde había ido para escoger las flores para nuestra boda.

Ella imaginó que él se acercaría, que la abrazaría y que le aseguraría que no ocurriría nada malo, que tenían que resolver la situación que se había producido hoy y que todo iría bien. Pero Duncan permaneció junto a la puerta, mostrando una expresión sombría y amenazadora.

—Puedes regresar allí mañana —dijo él con tono inexpresivo.

—Gracias, lo haré.

En la habitación se hizo un tenso silencio. Iain carraspeó para aclararse la garganta y restregó el suelo con los pies, nervioso.

Duncan se detuvo en la puerta, con los ojos fijos en su futura esposa, mientras trataba de reprimir la cólera que se había apoderado de él. Richard Bennett estaba aquí, en su casa. Acababa de degustar su comida y beber el vino de su bodega particular. Y deseaba hablar en privado con Amelia.

Duncan respiró hondo varias veces y aferró la empuñadura de su espada.

—Nos reuniremos con él en el salón de banquetes —dijo, recordando la promesa que le había hecho a Amelia y deseando —¡Dios, cómo se arrepentía de ello!— no haberla hecho nunca. De no haberla hecho, el coronel Bennett ya estaría muerto y no sería necesario hablar con él.

Amelia asintió con la cabeza y avanzó. Se detuvo ante Duncan y le miró a los ojos.

—Gracias —dijo.

¿Gracias por qué?, se preguntó él enojado. *¿Por invitar a un violador y un asesino a entrar en mi casa, y acceder a tratarlo con cortesía?*

Duncan mantuvo la puerta abierta y ella pasó a través de ella al salón de banquetes, el cual medía unos veinticinco metros de longitud y estaba ubicado en el lado oeste del torreón. De los muros de piedra colgaban unos retratos en marcos dorados; el suelo era de roble ébano, el mobiliario escaso. Había sólo una mesa larga y estrecha frente al hogar y una tarima en el extremo opuesto, con una butaca frente a ella tapizada en un elegante tejido de color rojo.

El padre de Duncan se había sentado en esa butaca en numerosas ocasiones para escuchar las quejas del clan. Siempre había gobernado con autoridad desde ella, y más de un hombre había sido abatido por su espada en esta habitación.

El duque se hallaba frente a la ventana, y al verlo Amelia se detuvo.

—¿Pero tú también estás aquí, tío?

—Sí, querida. Lord Moncrieffe me lo pidió.

Amelia miró a Duncan y esbozó una pequeña sonrisa, aunque él detectó cierta vacilación en ella.

Él no le devolvió la sonrisa. ¿Cómo iba a hacerlo, cuando se esforzaba en reprimir todo lo siniestro y feroz que llevaba dentro? Iba a recibir educadamente al despreciable canalla al que llevaba persiguiendo durante más de un año. El canalla que había violado a una mujer inocente —la mujer que él amaba— y había mutilado su cuerpo. El canalla que había prendido fuego a multitud de pacíficas viviendas de granjeros y disparado contra mujeres y niños por el mero hecho de estar al corriente de la rebelión.

Ese hombre que no tardaría en entrar en esta habitación y cuestionar el derecho de Duncan de tomar a Amelia como esposa.

Duncan se sentó en la butaca. Se arrellanó en ella, separó las piernas y asió los reposabrazos con ambas manos, pues necesitaba estrujar algo.

—Sitúate detrás de mí, muchacha —dijo, moviendo la cabeza hacia un lado; su mente rebosaba de agresividad, que ni siquiera se molestó en ocultarle a Amelia.

Le era imposible comportarse con educación, hacer el papel de un caballero encantador y amable cuando sentía un odio mortal que le reconcomía. En este momento, pese a su elegante indumentaria y ridícula peluca que se había sentido obligado a ponerse, era un escocés de las Tierras Altas, un guerrero, un salvaje. Era el jefe de su clan, y había sido adiestrado desde su nacimiento para luchar y matar a fin de proteger a quienes estaban a su cuidado. Tuvo que hacer acopio de toda su fuerza de voluntad para no dar rienda suelta a la bestia que acechaba en su interior, dispuesta a atacar a su enemigo mortal.

Amelia no dijo nada mientras se alzaba la falda para subirse a la tarima. Se colocó detrás del hombro izquierdo de Duncan. Éste percibió su temor, pero ésa no era su principal preocupación. Lo que exasperaba era tener que ejercer el autocontrol.

El duque permaneció junto a la ventana mientras Iain se colocaba en la esquina opuesta. Duncan estaba muy quieto, con la vista fija en la puerta al otro lado del salón, crispando y relajando sus manos curtidas por la guerra sobre los reposabrazos, sus sentidos de guerrero pendientes de cada movimiento y sonido.

Por fin se abrió la puerta y apareció Richard Bennett, el exnovio de Amelia. El heroico oficial inglés. El violador y asesino.

Capítulo 20

Cuando Amelia vio a Richard por primera vez desde su secuestro, algo en su interior perdió su punto de referencia.

Su antiguo prometido lucía un imponente uniforme rojo con relucientes botones de latón. Llevaba unas botas altas de color negro, perfectamente lustradas y relucientes como espejos. Casi parecía el padre de Amelia de joven, y al tomar nota de ello ésta sintió que se trastocaban sus convicciones. Rubio y muy apuesto, Richard mostró una apabullante seguridad en sí mismo al atravesar el inmenso salón; sus pasos reverberaban entre las vigas del techo, sus ojos grises no se apartaron de Duncan en ningún momento.

Fergus, Gawyn y Angus entraron detrás de Bennett y se desplegaron al fondo de la estancia.

Amelia sintió que el corazón le latía aceleradamente. Ignoraba que se hallaran hoy en el castillo. ¿Qué propósito les había llevado allí? ¿Por qué quería Duncan que estuvieran presentes?

Richard se detuvo ante ellos e hizo la reverencia de rigor. Duncan, ataviado con sus sedas y sus mejores galas, permaneció sentado en su trono como un gran y poderoso monarca, en silencio.

Durante largo rato nadie dijo nada, y Amelia creyó que el corazón iba a saltársele del pecho. Apoyó una mano en el respaldo de la butaca de Duncan.

—Solicito mantener una conversación en privado con lady Amelia —dijo Richard.

—Su solicitud es denegada.

Amelia era muy consciente de la flagrante falta de respeto que mostraba su futuro marido. Miró nerviosa a su tío, pero éste parecía tomárselo con calma.

Richard se sonrojó de ira y fijó la vista en ella.

—¿Estás bien, querida?

—Sí —respondió ella, desconcertada por la familiaridad de su trato. Había puesto fin a su compromiso con él. No venía a cuento que la llamara «querida».

Richard se volvió de nuevo hacia Duncan.

—Se comporta de forma deshonrosa, señor.

—Me comportaré como me dé la gana, Bennett, especialmente si ello le molesta.

—Duncan... —murmuró ella, tratando tan sólo de recordarle la promesa que le había hecho.

Él se volvió en su butaca y la miró con gesto acusador, como si ella le hubiera traicionado gravemente. Luego se levantó y saltó de la tarima, aterrizando pesadamente en el suelo.

Aunque iba vestido con un sofisticado atuendo de seda y encaje y lucía una peluca de relucientes rizos negros, se movía con un talante peligroso y amenazador, girando alrededor de Richard como un carnívoro calibrando a su presa. Asía la empuñadura de su esposa con silenciosa y persistente obsesión. Amelia pensó que jamás le había visto mostrar un aspecto tan terrorífico.

Richard giró sobre sí mismo, sin apartar los ojos de Duncan. Amelia avanzó un paso, alarmada.

—Hágame un favor, Bennett —dijo Duncan—. ¿Recuerda a una joven escocesa llamada Muira MacDonald?

Dios mío... Amelia había supuesto que Duncan se referiría en primer lugar a la legitimidad de su compromiso, pero estaba claro que se había equivocado con respecto a sus prioridades. Había sido una estúpida. Él nunca había dejado de pensar en una sola cosa: Muira. Ése era el motivo por el que la había raptado a ella.

Amelia miró a Angus. Estaba apoyado en la pared de enfrente, observando la escena con sombría y siniestra satisfacción.

—No recuerdo a ninguna mujer con ese nombre —contestó Richard.

—Haga memoria, Bennett. Abusó de ella en un manzanar, la violó. Y dejó que sus hombres abusaran también de ella. Luego la asesinó a sangre fría. Le cortó la cabeza y se la envió a su padre.

Amelia contuvo el aliento y miró a su tío. Éste parecía disgustado por los detalles explícitos del relato, pero, curiosamente, no se mostraba sorprendido.

—No sé a qué se refiere, Moncrieffe —dijo Richard con firmeza—, y he venido para impugnar su compromiso con lady Amelia Templeton. Sin duda sabe, señor, que cuando ella llegó aquí estaba prometida conmigo. Su padre, el difunto duque de Winslowe, aprobaba nuestra unión.

—Sí, lo sé, pero ahora me pertenece a mí, y por tanto está bajo mi protección. No olvide que la salvé del Carnicero. —Duncan seguía girando alrededor de Richard sin levantar la mano de su espada.

Richard no le quitaba ojo.

—Soy yo quien debe protegerla, no usted.

Duncan se detuvo y cambió de dirección, girando en sentido contrario.

—Pero la protección que ofrece a las mujeres es un tanto selectiva, ¿no le parece, Bennett? Quiere proteger a una, pero no a las demás. Esta dama merece algo mejor.

Richard soltó una carcajada.

—¿Y cree que usted puede hacerlo mejor? ¿Que merece su afecto? Ha demostrado ser un animal, Moncrieffe, al igual que su padre. ¡No tiene motivos para acusarme a *mí*, un oficial del ejército del Rey, de nada! He venido para asegurarme de que esta mujer está ilesa, y por lo que he observado hasta el momento, todo indica que la ha coaccionado para que acepte desposarse con usted. Puede que incluso esté conchabado con el Carnicero de las Tierras Altas, en cuyo caso haré que le ahorquen por traición.

Duncan sacudió la cabeza sintiendo un intenso odio.

—Si hay alguien en esta habitación que merece ser ahorcado, Bennett, le aseguro que no soy yo.

—No he cometido falta alguna —insistió Richard; luego se volvió hacia la ventana—. Pero los rebeldes de su clan me engañaron induciéndome a perseguirlos hacia el norte, mientras que Amelia era conducida —milagrosamente— a este lugar.

—En efecto, fue milagroso —dijo Duncan con desprecio—. Ahora cuénteme lo que le hizo a Muira ese día en el manzanar. Hábleme sobre el mensaje que le envió a su padre, el terrateniente MacDonald. Deseo que mi futura esposa lo oiga de sus propios labios.

Richard la miró desesperado.

—No le hagas caso, Amelia. Trata de ensuciar mi buen nombre sólo para tenerte bajo su dominio y relacionarse con gente influyente a través de tu tío. Pretende evitar que descubras sus auténticos propósitos como traidor jacobita.

Duncan soltó una amarga carcajada.

—Es tan buen embustero como asesino.

—¡Excelencia! —gritó Richard volviéndose. El tío de Amelia avanzó un paso—. ¿Me da su palabra como testigo de que el conde de Moncrieffe me ha amenazado hoy, que ha participado en actividades sospechosas y que es cómplice en el rapto de su sobrina, lady Amelia Templeton?

—No soy testigo de nada de eso —replicó Winslowe—. El conde ofreció a mi sobrina un santuario seguro cuando huyó y llegó aquí. Es lo único que sé.

—¡Excelencia!

En vista de que el tío de Amelia no se retractaba, Richard cambió el tono de su ruego.

—Amelia. Dime si este hombre te ha colocado en una situación comprometida, o si te ha obligado a hacer algo contra tu voluntad. En tal caso, haré que la ley caiga sobre él.

Ella habló con firmeza, aunque estaba tan aterrada que se sentía mareada.

—No, Richard, no es cierto. No he sido coaccionada. He aceptado su propuesta libremente, y con el corazón lleno de amor. De modo que les suplico, caballeros, que levanten la mano de sus espadas. Si significo algo para ustedes, les imploro que no se peleen.

—Amelia —protestó Richard.

Ella bajó de la tarima.

—Richard, lamento si mi carta te ha dolido. No pretendía herirte. Siempre te estaré agradecida por salvar la vida de mi padre en el campo de batalla, y te agradezco que hayas venido para asegurarte de mi bienestar y felicidad, pero lo nuestro ha terminado. Lo siento, pero no te amo. Amo a lord Moncrieffe.

Algo temblaba en su interior.

Richard avanzó hacia ella.

—Amelia, esto es absurdo. ¡Este hombre es escocés!

Ella alzó el mentón.

—No hay más que decir, Richard. Debes irte. *Por favor*, vete.

Duncan y Richard se miraron furibundos durante unos momentos llenos de tensión; luego, por fin, Richard se volvió para marcharse.

Pero Duncan le detuvo con la mano.

—No, coronel Bennett. No puede marcharse todavía. *Por favor, no...*

—Quíteme sus sucias manos de encima, asqueroso montañés. Todos ustedes son iguales. —Richard la miró de nuevo—. No seas estúpida, Amelia. No puedes pensar en casarte con este hombre. Es hijo de una ramera.

La ira hizo presa en ella.

—¡No seas grosero, Richard! La madre del conde era la condesa de Moncrieffe, hija de un marqués francés y un gran erudito y filántropo.

Richard soltó una risa despectiva.

—No, Amelia. El padre de Moncrieffe dejó a su noble esposa francesa por la puta del pueblo, lo cual le valió la excomunión. —Mientras hablaba no dejó de mirar a Duncan—. El ilustre terrateniente escocés asesinó al obispo que le había excomulgado, y acto seguido fue restituido en el seno de la Iglesia católica. Cuando su puta murió de parto, regresó junto a su esposa y trajo a su hijo bastardo al castillo. Este es el hombre con quien deseas casarte, Amelia, el hijo de un pecador, que sin duda estará abrasándose en el infierno.

Ella miró a Duncan.

—¿Es eso cierto?

—Sí —respondió él con ojos centelleantes.

De improviso se oyó al fondo de la sala un alarmante sonido de metal al rozar contra otra superficie y Angus avanzó empuñando su espada con ambas manos. Alzó la hoja sobre su hombro. ¡Iba a rajar a Richard en dos de los pies a la cabeza!

Angus atravesó todo el salón con ojos que emitían chispas. Richard retrocedió trastabillando hasta detenerse a pocos pasos de la tarima, mientras trataba frenéticamente de desenvainar su espada.

Amelia se apresuró hacia delante.

—¡No, Angus! ¡Por favor, deténgase!

Con la velocidad del rayo, Duncan sacó una pistola de debajo de su casaca, la amartilló y apuntó a Angus con ella.

—Baja tu arma —le ordenó con voz clara y enérgica—. No matarás hoy a este hombre. Te dije que obtendría mi venganza, y la obtendré.

—¿Pero y la mía? —gritó Angus con rencor.

—Tú también la obtendrás.

—¿Cuándo? ¿Cómo?

El tío de Amelia —que había retrocedido hacia la pared junto a la ventana cuando Angus había avanzado a través de la habitación— ofreció una respuesta.

—Habrá una investigación para esclarecer la conducta del coronel Bennett —se apresuró a explicar—. Tenemos testigos. He hablado con varios de ellos desde mi llegada aquí.

Richard se volvió y le miró furioso.

—¿Se han vuelto todos locos? Sin duda su excelencia no se referirá a que...

—Lo digo en serio, Bennett. Sus métodos son inaceptables. Es usted una mancha sobre el nombre del Rey.

Pero Angus aún no había envainado su espada de doble filo. Seguía sosteniéndola sobre su hombro, dispuesto a matar.

Nadie se movió.

Angus se volvió hacia Duncan.

—Esa mujer te ha convertido en un hombre débil.

Ella se estremeció. Duncan no respondió. Siguió inmóvil, con las piernas apoyadas firmemente en el suelo, separadas, su pistola apuntando a Angus entre los ojos.

Amelia apenas podía respirar.

—¡Fergus, Gawyn! —gritó Duncan sin volverse—. Conducid al coronel Bennett a la mazmorraza y encerradle allí.

¿Mazmorra? ¿Pero tenía una mazmorra?

Fue entonces —cuando los otros dos cruzaron apresuradamente la habitación para apresar a Richard y confiscar sus armas— que Angus depuso su espada y empezó a retroceder. Duncan, sin embargo, mantuvo el dedo apoyado en el gatillo de su pistola.

—¡Mis hombres no permitirán que se salga con la suya! —gritó Richard revolviéndose contra Fergus y Gawyn para liberarse mientras se lo llevaban—. ¡Haré que le ejecuten, Moncrieffe!

Duncan se volvió hacia Richard apuntándole con la pistola.

—Una palabra más, Bennett, y le salto la tapa de los sesos.

Se lo llevaron a rastras del salón mientras Amelia se esforzaba en calmar sus nervios, no sólo debido a la escalofriante naturaleza de la amenaza proferida por su futuro esposo sino por todo lo que había ocurrido durante los cinco últimos minutos.

Pero ante todo, lo más importante era el hecho de que su futuro esposo había mantenido la promesa que le había hecho.

Duncan apuntó de nuevo a Angus con la pistola.

—Dame tu palabra de que no desobedecerás mis deseos.

—¿Mi palabra? —Angus escupió en el suelo—. ¿De qué sirve la palabra de un hombre cuando acabas de dejar que el asesino de mi hermana escape con vida?

—Muira será vengada.

—¿Pero y mi venganza? —inquirió Angus—. Yo deseaba matarlo, Duncan, y olvidas que hace poco tú también lo deseabas.

Angus se encaminó hacia la puerta, y Duncan bajó por fin el arma,

En ese momento, cuatro fornidos miembros del clan entraron en la habitación y bloquearon la salida. Angus soltó una carcajada de indignación. Se volvió hacia Duncan y extendió los brazos.

—¿Han venido estos hombres para conducirme fuera del castillo?

—Sí. No puedo permitir que hagas una visita a la mazmorra, Angus, que hagas lo que te plazca.

Los guardias agarraron a Angus por los brazos, pero él se soltó bruscamente.

—No es preciso que os molestéis. Me marcho, y no volveré a poner los pies aquí. Lo que he presenciado hoy aquí basta para provocarme náuseas.

Con esto salió de la estancia. Uno de los guardias miró a Duncan. Éste asintió con la cabeza para indicar unas órdenes tácitas. Los hombres siguieron a Angus fuera del torreón para cerciorarse de que se marchaba pacíficamente.

Duncan se volvió hacia Amelia.

Las rodillas apenas la sostenían. De pronto se percató de que las manos le temblaban, de modo que regresó junto a la butaca y se sentó.

—Gracias —dijo.

—¿Por qué? —replicó él con tono áspero y despectivo.

—Por cumplir tu promesa.

Los azules ojos de Duncan eran fríos como el hielo, y sus hombros se agitaban con una furia apenas contenida. Se quitó la peluca de la cabeza. la tiró al suelo y abandonó el salón sin decir una palabra.

Capítulo 21

Duncan entró en su estudio y miró a su alrededor, contemplando los polvorientos libros y documentos enrollados, su telescopio frente a la ventana y el retrato de su madre francesa sobre la repisa de la chimenea. Cerró la puerta de un portazo tras él, se volvió y apoyó la frente contra ella. Cerró los ojos y trató de reprimir su furia.

Jamás había experimentado un deseo tan acuciante de matar a un hombre. Durante unos momentos imprevisibles, incluso su pasión por Amelia quedó eclipsada por su ciego afán de venganza. No había estado seguro de poder resistir el deseo de desenfundar su espada y atravesar con ella el frío y negro corazón de Richard Bennett. Incluso en estos momentos, cuando pensó en lo que Muira había sufrido en el manzanar ese día, y en lo que Amelia podría haber experimentado como esposa de ese hombre, sintió deseos de agarrar a Bennett por el pescuezo y apretar hasta arrancarle la última gota de su pútrida vida.

Golpeó la puerta repetidamente con sus puños. Se sentía como si le rajaran en dos. ¿Qué clase de hombre era? ¿El erudito intelectual, que se había prometido en matrimonio con la hija de un duque inglés? ¿O el hijo de su padre? Un guerrero curtido por la guerra, concebido en el lecho de una puta, rebosante de odio y sed de venganza. Un hombre que resolvía sus problemas con un hacha.

Se volvió, inclinó la cabeza hacia atrás, apoyándola contra la puerta, y trató de descifrar su dualidad y el salvaje guerrero que habitaba en él.

En el campo de batalla, jamás había matado de forma gratuita. Hacía tiempo que era consciente de las consecuencias de la muerte. La muerte de una persona tenía un efecto dominó sobre el mundo. Otros sufrían y lloraban esa muerte y se veían afectados de forma que sólo Dios era capaz de comprender. A veces el dolor inducía a la compasión y la bondad, unos sentimientos profundos, y a una comprensión del alma.

Otras, creaba monstruos.

Él era uno de esos monstruos.

Richard Bennett era otro.

Duncan abrió los ojos y se preguntó de pronto de dónde provenía la crueldad de Bennett. ¿Acaso su madre había sido una puta? ¿O una persona a la que amaba había sido asesinada sin compasión?

Una llamada a la puerta le sobresaltó y retrocedió un paso. Sin esperar a que la invitara a pasar, Amelia entró en el estudio. Cerró la puerta a su espalda y se apoyó en ella, mirándole con las manos a la espalda. Tenía las mejillas encendidas y los ojos muy abiertos.

Ella le temía. Lo cual no era de extrañar. Había visto al monstruo. Duncan experimentó una terrible y amarga vergüenza, que le pilló desprevenido.

—¿Por qué no me hablaste sobre tu verdadera madre? —preguntó ella—. ¿Por qué no me dijiste que tu padre había matado a un obispo? No me habría importado, yo te juzgo por como eres, pero habría preferido que lo hicieras.

Él no sabía qué responder. Estaba hecho un lío. No podía pensar con claridad.

Ella no insistió, y él se preguntó cómo era posible que una mujer conservara la calma en semejante situación. ¿Por qué había venido Amelia aquí? Él había supuesto que quizá bajara a la mazmorra, para pedir disculpas a Bennett por el trato que había recibido y rogarle que se la llevara de aquí y regresaran a casa.

—Imagino que debió de ser duro para ti —dijo ella.

—Deseaba atravesarle el corazón con mi espada. —Las palabras brotaron de sus labios antes de que pudiera detenerlas.

Ella se tensó.

—Ya lo vi.

Ninguno de los dos dijo nada durante unos momentos, y el silencio casi retumbaba en los oídos de Duncan. No quería que ella estuviera aquí, en su santuario privado. Quería obligarla a abandonar la habitación. Pero una parte de él se oponía. La necesitaba. La quería. La deseaba.

¿Era esto amor?

No, era imposible. ¿Cómo podía experimentar unos sentimientos tan encontrados al mismo tiempo? Odio, furia, agitación.

Dolor.

—Resististe el deseo de matarlo —continuó ella alejándose de la puerta, obligando a Duncan a retroceder hacia el centro de la estancia—. E impediste que lo matara Angus.

Duncan recorrió con la mirada el vestido de Amelia, desde el escote hasta el borde, luego se detuvo en la generosa curva de sus pechos y por último en la dulce y compasiva expresión que traslucían sus ojos.

—Si tú no hubieras estado presente —dijo—, quizá no me habría mostrado tan misericordioso. Como ya te he dicho, muchacha, tienes la facultad de atemperar mi crueldad, de evitar que me despeñe por el precipicio. A veces te odio por ello. Pero otras, no sé qué pensar. No me comprendo a mí mismo.

Ella cerró la distancia entre ellos y apoyó las palmas de las manos sobre el pecho de él. Tenía los ojos brillantes, temerosos, como si no supiera de qué talante estaba él, y Duncan sintió un extraño y desconcertante deseo que hizo que su pulso se acelerara. En parte seguía deseando vengarse, pero más que eso, deseaba hacer el amor a su futura esposa. Era una necesidad potente y feroz, teñida a un tiempo de ira y ternura. Era complicado, demasiado complicado para comprenderlo. Simplemente necesitaba poseerla ahora. Era lo único que sabía.

La besó en la boca, profundamente, tomando su rostro entre sus manos e introduciendo la lengua entre sus labios. Ella gimió de placer. El sonido de su excitación le nubló a él la mente. La deseaba con una pasión enloquecedora que borraba toda lógica y hacía que el mundo se sumiera en el silencio.

Al cabo de unos instantes, la obligó a retroceder contra la puerta, le levantó las faldas, le bajó las bragas y se desabrochó apresuradamente el calzón.

Ella le arrancó la casaca y él se preguntó por qué lo hacía. ¿Acaso comprendía el frenesí que él sentía y debía saciar de inmediato? ¿Lo hacía para complacerle, o porque ella también le deseaba en este momento, a pesar de haber contemplado su lado oscuro?

Él deslizó la mano entre los muslos de ella. Estaba húmeda y preparada para recibirle. Los prolegómenos sobraban. La penetró con facilidad, hasta el fondo, mientras ella le aferraba por los hombros. La levantó del suelo. Ella le rodeó las caderas con las piernas, apoyada contra la puerta, mientras él la penetraba una y otra vez. Era un modo de hacer el amor rudo e íntimo. Nada existía para él fuera de ello. Sintió su suave y húmedo sexo y la dulce y melosa textura de sus labios.

—No me dejes nunca —dijo impulsivamente, pero era como si otro hombre hubiera pronunciado esas palabras.

Ella alcanzó enseguida el orgasmo y él se corrió al cabo de unos segundos. Todo terminó muy pronto. Él no se enorgullecía de ello, pero al menos ambos habían quedado satisfechos.

La depositó en el suelo con delicadeza, pero ella se aferró durante un rato a su cuello. Él volvió a sentirse avergonzado, aunque no sabía muy bien por qué. No lo tenía claro.

No se movió. Esperó dentro de ella hasta que los acelerados latidos de su corazón se ralentizaron y su respiración se normalizo; luego, lentamente, se retiró. Se abrochó el calzón y retrocedió. Las faldas de ella cayeron suavemente al suelo.

—¿Cómo puedes amarme? —preguntó arrugando el ceño con gesto de incredulidad—. Eres una aristócrata. ¿Por qué deseas ser mi mujer?

—Ya te lo he dicho —respondió ella—. Veo bondad en ti, y ambos sabemos que existe una gran pasión entre nosotros.

Él se volvió y se acercó a la ventana, contemplando el lago, los prados y el bosque a lo lejos.

—¿Pero y si hubiera matado a tu Richard hace un rato en el salón? ¿Y si le hubiera clavado un cuchillo en el corazón, ante tus propios ojos? ¿Seguirías viendo bondad en mí?

—No es *mi* Richard —protestó ella—. Y no le mataste.

No, pero había estado a punto de hacerlo, y una parte de él seguía deseándolo.

Amelia atravesó la habitación y se sentó en el sofá mientras él seguía contemplando las plácidas aguas mansas del lago.

—Negó todo lo que le hizo a Muira. —Duncan se concentró en el silencio del mundo natural fuera de la ventana, porque no quería enfrentarse al furioso torbellino que se agitaba en su interior. Creía que si cedía ahora a él, no habría vuelta atrás—. ¿Crees que he hecho mal encerrándolo en la mazmorra?

—No —respondió ella—. Creo que se ha comportado de forma deshonrosa. Mi tío también lo cree. Acaba de revelarme algunas de las cosas que averiguó la semana pasada, unos detalles específicos que me han turbado profundamente. —Amelia suspiró—. Mi tío ha hablado con muchos soldados y escoceses, y el Rey debe estar informado también de esas historias. Además, vi en los ojos de Richard algo que no había visto antes.

—¿Qué viste?

—Mentiras.

Duncan alzó la vista y observó a un mirlo que surcaba el cielo.

—¿Cómo es que no lo habías visto antes, muchacha?

—Porque no me convertí en una persona adulta hasta que te conocí —continuó ella—. Era una joven ingenua e inexperta, que había llevado una vida protegida y me aterraba la perspectiva de perder a mi padre y quedarme sola. Mi padre ha muerto, pero fíjate en mí, he sobrevivido y he descubierto que poseo una mente y una voluntad razonablemente firme. A fin de cuentas, he logrado sobrevivir a mi experiencia contigo, ¿no?

Él se volvió y la miró.

—Pero ahora estás dominada por la pasión y los placeres que compartimos en la cama. Eso puede cegar a una persona.

Ella sonrió débilmente y meneó la cabeza.

—No estoy ciega, Duncan. Veo tus cicatrices con toda claridad. Son profundas y numerosas.

Duncan tragó saliva para aliviar la desesperación que de improviso se había apoderado de él. No estaba acostumbrado a estos sentimientos. ¿Qué le había hecho esta mujer?

—No quiero decepcionarte.

—Aún no me has decepcionado —respondió ella sin vacilar.

Sus palabras turbaron a Duncan, pues no se consideraba digno de esa confidencia, ni estaba seguro de que ella estuviera en lo cierto.

—Todo lo contrario —añadió ella—. Especialmente después de lo que he visto hoy. Me consta que fue difícil para ti.

—Fue un suplicio.

Él podía haberle contado mucho más, el dolor que le había causado volverse contra Angus, su mejor amigo, y el odio que había sentido hacia ella en ese momento por no dejarle otra opción.

Pero no podía decirle esas cosas. Eran unos sentimientos que no le agradaban. Unos sentimientos que debía sepultar, como tantas otras cosas.

Se volvió de espaldas a ella y miró a través de la ventana, preguntándose cuánto tiempo iba a durar este cortés y civilizado interrogatorio.

Más tarde Amelia entró en la biblioteca, donde encontró a su tío paseándose de arriba y abajo frente a la estantería.

—¿Me has mandado llamar?

—Sí. —Su tío extendió la mano y la condujo a una butaca, pero siguió paseándose de un lado al otro de la habitación.

—¿Te preocupa algo, tío?

Éste se detuvo por fin y se volvió hacia ella. Amelia tenía las mejillas arreboladas.

—He estado pensando en lo que presencié en el salón de banquetes, y estoy muy disgustado.

Decidida a conservar la calma, Amelia enlazó las manos y las apoyó en su regazo.

—¿A qué te refieres?

Winslowe empezó de nuevo a pasearse de un lado al otro.

—No he cambiado de opinión sobre Richard Bennett. Sigo pensando que es un canalla y que es preciso detenerlo, pero hay algo que no deja de inquietarme. —Su tío la miró—. El salvaje que se le acercó empuñando su Claymore, el que llaman Angus, ¿es el Carnicero, Amelia?

Ella pestañeó y le miró asombrada.

—No.

Su tío la observó detenidamente.

—¿No es quien te raptó del fuerte? Debes ser sincera conmigo, muchacha, porque si tu futuro esposo está aliado con esos rebeldes asesinos, no puedo, en conciencia, aprobar este matrimonio.

Ella tragó saliva.

—Te aseguro, tío, que ese hombre no era el Carnicero. Es un MacDonald, un viejo amigo de Duncan. Combatieron juntos en Sherrifmuir, y Duncan estaba prometido con su hermana, la joven sobre la que estuvo interrogando a Richard en el salón de banquetes.

—Sí, sí, he oído hablar de esa joven. Duncan compartió conmigo muchas cosas. Pero cuando vi a ese feroz montañés atravesar la habitación, te juro que mi corazón estuvo a punto de pararse. Jamás había visto semejante furia en toda mi vida.

Amelia sí la había visto.

—Estoy convencido —continuó su tío— de que habría matado a Richard ante nuestros ojos si Moncrieffe no lo hubiera impedido.

Ella fijó la vista en sus manos.

—Sí, creo que tienes razón.

Su tío se acercó a un aparador y se sirvió una copa de clarete de una botella de cristal tallado. Después de beber un trago, se detuvo un momento para templar sus nervios.

—¿De modo que este MacDonald no es el salvaje que te raptó?

—No, tío, te lo aseguro.

Él se volvió hacia ella.

—Confieso que me siento muy aliviado.

Ella siguió sentada unos instantes, luego se levantó y se sirvió también una copa de clarete.

—¿Qué le ocurrirá a Richard? —preguntó.

—Eso está por ver. He enviado un informe al Rey con los detalles de mis pesquisas, y he informado también al coronel Worthington en el fuerte. Hoy hemos enviado a un emisario a caballo con la noticia de la encarcelación de Richard, y sospecho que las fuerzas de Worthington llegarán aquí mañana para arrestarlo y trasladarlo al Fuerte William. Luego, le harán un consejo de guerra.

—¿Le ahorcarán?

—Es difícil predecirlo —respondió su tío—. Ese hombre es un oficial condecorado que ha demostrado su lealtad a la Corona en múltiples ocasiones. Estos asuntos suelen ser... —El duque se detuvo—. Delicados.

—¿Crees que será declarado inocente de los cargos, incluso pese a tu influencia y el testimonio de los testigos?

—No quiero mentirte, Amelia. Es muy posible.

Ella bajó la vista.

—En tal caso, Duncan se disgustará, especialmente si vuelven a destinar a Richard a Escocia.

—Lo comprendo. ¿Quién puede reprochárselo?

Ella miró a su tío a los ojos.

—¿Le has expresado estas preocupaciones?

—Todavía no.

—¿Piensas hacerlo?

Su tío se volvió y se sirvió otra copa de vino.

—Aún no lo he decidido.

Poco antes del amanecer, Amelia se despertó al oír el canto de los pájaros sobre el tejado junto a la ventana de la alcoba de Duncan. En el cielo de color violáceo aparecían aún unas cuantas estrellas.

Estaba tumbada de costado, desnuda pero abrigada debajo de la gruesa colcha. Duncan yacía detrás de ella, desnudo también, con las rodillas encajadas en la parte posterior de las suyas, sus musculosos brazos rodeándola por la cintura. Ella escuchó el sonido regular de su respiración y deseó que todos los momentos pudieran ser como estos, íntimos y apacibles, sin la amenaza inmediata de una guerra, una venganza o unos prisioneros encerrados en mazmorras.

La noche anterior habían hecho el amor con gran ternura; había sido un encuentro sexual muy distinto de los anteriores. Quizá se debía a que Duncan había desistido de su empeño de matar a Richard. Quizás ahora que por fin se había enfrentado a él y había resistido ese deseo, y Richard iba a ser conducido ante la justicia, Duncan hallaría la paz dentro de sí. Ella confiaba en que lograra superar el dolor de la muerte de Muira y se abriera de nuevo al amor.

Qué rápidamente podía cambiar el mundo, pensó Amelia. Le costaba creer que hasta hacía unos días había imaginado para ella un futuro dichoso como esposa de Richard. Era inquietante pensar dónde podría estar en estos momentos si los acontecimientos se hubieran desarrollado de otra forma. ¿Yacería desnuda en brazos de Richard?

Sabiendo lo que sabía ahora sobre sus crímenes contra mujeres y niños, con sólo pensarlo se le puso la carne de gallina.

De pronto se oyó un tumulto. Unas voces gritando en el patio interior. Alguien hizo sonar un cuerno.

Duncan se levantó al instante y miró a través de la ventana. Fuera estaba oscuro, salvo por el tenue resplandor rosáceo del amanecer en el horizonte.

Ella se incorporó y se cubrió el pecho con las ropas de la cama.

—¿Qué ocurre?

Sin responder, Duncan entró en el vestidor y regresó vestido con una holgada camisa y su tartán alrededor de la cintura. Lo sujetó con un cinturón y se lo prendió en el hombro.

Era la primera vez que ella le veía con su falda escocesa desde que había llegado al castillo. Su largo y espeso cabello negro estaba alborotado, al igual que la primera noche, cuando le había visto junto a su cama empuñando el hacha. No se había afeitado y tenía una barba incipiente.

Con su aspecto rudo y salvaje, Duncan se vistió con rapidez, ajustando con sus manos hebillas y broches, sus atléticas piernas transportándole de un lado al otro de la habitación con eficacia y precisión.

Amelia estaba tan asustado que era incapaz de articular palabra. Volvía a ser el Carnicero. Se había transformado en un instante.

Mientras Duncan se calzaba las botas sonaron unos golpes en la puerta. Se levantó y atravesó la habitación para abrirla. En el umbral aparecía un miembro del clan, vestido con su tartán y respirando trabajosamente.

—Bennett se ha fugado.

—¿Cuándo? —Duncan no parecía sorprendido. Era como si lo considerara una consecuencia natural, típica de cualquier rebelión.

—Hace diez minutos.

—¿A caballo?

—No, a pie.

—Ensilla mi caballo y ve a despertar a Fergus y a Gawyn en las dependencias de la guarnición.

El soldado partió a la carrera, y Duncan regresó a junto a la cama. Se arrodilló y sacó de debajo de ella un cofre alargado.

—Vístete —dijo—. No debes salir de esta habitación, ¿entendido? Cuando me vaya cierra la puerta con llave y no abras a nadie. *A nadie.*

A continuación sacó sus armas del cofre —la Claymore en su funda, que se colgó del cinto, su hacha y su pistola, que cargó delante de ella. Por último, sacó su escudo y se lo colgó a la espalda.

—Eso te delata —observó Amelia—. La piedra... El ágata de Mull. Circulan muchas historias referentes a ella.

Duncan arrugó el ceño y volvió a dejar el escudo en el cofre.

—Buscaré otro. —Le entregó un puñal—. Tómalo. —Escondió de nuevo el cofre debajo de la cama y se dirigió hacia la puerta.

Amelia se levantó del lecho y se apresuró a cerrar la puerta con llave tras él.

Habían utilizado una llave en la fuga. Alguien en el castillo había dejado libre a Bennett.

Duncan atravesó el puente a galope tendido. El viento que agitaba su pelo y el sonido de los cascos de *Turner* sobre las piedras agudizaban sus sentidos y espoleaban su determinación.

La milicia de Moncrieffe estaba reunida y no tardaría en desplegarse a través de los campos. Otros habían emprendido la búsqueda dentro del castillo, algunos vigilaban a los soldados ingleses, pero Duncan sabía que Bennett había huido solo. El guardia en la entrada lo había confirmado. Había mirado a Bennett a los ojos mientras éste le clavaba un cuchillo en el vientre con saña.

El guardia estaba muerto, y Duncan ya no se mostraba sereno. Ni inquieto. Sentía tan sólo una emoción pura e inequívoca...

El sol lucía en el cielo, y él tenía la ventaja de la velocidad y el conocimiento del terreno. Se lanzó a galope a través de un prado cubierto de rocío hacia el bosque —el lugar que cualquier soldado elegiría para refugiarse— y penetró en la umbrosa espesura. Una vez dentro, avanzó a medio galope entre los árboles, saltó sobre un tronco caído, hasta que tiró de las riendas de su montura, se detuvo y aguzó el oído.

Una paloma huilota emitía su melancólico canto, y la suave brisa murmuraba a través de las hojas de los árboles. Duncan cerró los ojos y permaneció muy quieto sobre la silla, alerta y concentrado. Oyó partirse una rama. Unos pasos. A unos cien metros...

Abrió los ojos. Tras clavar las espuelas en los recios flancos de *Turner*, se adentró a galope en la espesura. Al cabo de unos segundos, vio una mancha roja a su izquierda e hizo girar bruscamente a su caballo.

Agachó la cabeza para que las ramas no le hirieran al tiempo que se apresuraba a sacar el hacha de la alforja.

Bennett corría como una exhalación. Jadeaba. Estaba aterrorizado. Se volvió para mirar hacia atrás.

Duncan emitió un rugido feroz mientras los pesados cascos de *Turner* avanzaban sobre el suelo cubierto de musgo. Luego todo se oscureció y se hizo el silencio dentro de su cabeza cuando Duncan inclinó la cabeza hacia atrás y blandió su hacha en el apacible ambiente matutino.

Capítulo 22

Duncan tiró de las riendas de su caballo y desmontó. Retrocedió hacia donde Bennett yacía hecho un ovillo, con el rostro oculto entre los brazos. No llevaba sombrero, pues el hacha se lo había rajado en dos.

Duncan le zarandeó violentamente por los hombros, como para despertarlo, y Bennett reaccionó tumbándose boca arriba en el musgo y alzando las manos sobre la cabeza. Era un mensaje nítido de sumisión.

Duncan le registró el cinturón y los bolsillos en busca del cuchillo que había utilizado para matar al guardia, lo localizó, limpió la sangre con el musgo y se lo guardó en la bota.

—Usted es el Carnicero, ¿no es así? —preguntó Bennett.

—Soy el conde de Moncrieffe —respondió Duncan—. Vamos levántese.

Duncan se paseó de un lado a otro, hacha en mano, mientras Bennett se incorporaba torpemente.

—No le habría reconocido —dijo éste con voz trémula—. Tiene un aspecto distinto vestido como un salvaje. Por ese supuse que era el Carnicero.

Duncan pasó por alto el insulto.

—¿Cómo logró fugarse? —preguntó—. ¿Quién le liberó?

—Uno de mis hombres. Tenía una llave.

—¿De dónde la sacó?

—Lo ignoro. No me molesté en preguntárselo. —El terror en su voz empezó a remitir lentamente.

Duncan siguió paseándose de un lado a otro como un tigre enjaulado.

—Debe pagar por sus crímenes —dijo—. Sus crímenes contra mujeres y niños inocentes no pueden quedar impunes. No puede escapar a su castigo.

—No hice sino cumplir con mi deber —replicó Bennett.

—¿Su deber hacia quién? —Duncan sintió que su irritación aumentaba—. ¿Su país? ¿Su Rey? ¿Y Dios?

—Dios, Rey, país... Forman parte de lo mismo.

—¿De veras? —Duncan se detuvo y fijó los ojos en Bennett—. Dígame, ha luchado en batallas, como yo. Ha matado a muchos hombres, como yo. Incluso salvó la vida de su comandante, el padre de Amelia. ¿Pero por qué lastima a mujeres y niños? ¿Por qué quema sus casas para obligarlos a salir?

—Mi deber es aplastar la rebelión —respondió Bennett—. Si eso significa limpiar el país de todos los jacobitas, no dudaré en hacerlo.

Duncan respiró hondo, tratando de calmarse.

—¿Se arrepiente alguna vez de las cosas que ha hecho?

¿Se despierta por las noches empapado en sudor, soñando que sus víctimas le miran fijamente, le observan mientras duerme? ¿Ve y siente las llamas abrasadoras del infierno pegadas a sus talones, le atormenta la sangre que no puede lavarse de las manos?

—Jamás —respondió Bennett—. Como he dicho, mi deber como oficial es servir al Rey, lo cual hago sin vacilar. Y sin remordimientos.

Duncan desvió la vista. Pensó en el puño de hierro de su padre y el dolor de esa mano dura e implacable cuando le golpeaba los huesos —los huesos de Duncan— en demasiadas lecciones sobre disciplina.

—¿Le han herido alguna vez? —preguntó, pensando durante un momentos que Bennett no comprendía el dolor que infligía a los demás—. ¿Ha sentido alguna vez un dolor físico lacerante? ¿Le han disparado un tiro, le han herido con un cuchillo o una espada, le han apaleado? ¿Ha sido víctima de la ira de otro hombre?

Bennett se rió.

—¿A qué vienen estas preguntas, Moncrieffe?

—Necesito comprender...

—¿Quiere ver mis cicatrices? —preguntó Bennett—. Puedo mostrárselas si lo desea. Verá dónde me hirieron en el campo de batalla, y que en cierta ocasión me azotaron hasta casi matarme.

Duncan le miró con recelo.

—El ejército británico no azota a sus oficiales.

—No, pero un padre puede azotar a su hijo para hacer de él un buen soldado.

Duncan reflexionó sobre ello.

—¿Su padre le azotó?

—Sí —contestó Bennett—. Muchas veces. Pero imagino que no fue peor de lo que usted tuvo que soportar, Moncrieffe. No nos olvidemos del obispo. Su padre no era un hombre al que muchos se atrevían a desafiar. Estoy seguro de que usted recibió una educación rigurosa y estricta, y hacía lo que le ordenaban. No tiene por qué avergonzarse de ello. Yo también fui un hijo obediente.

Era cierto. Duncan había sido educado con mano dura, pero también había desafiado a su padre. A los trece años, había presenciado cómo éste golpeaba a su madre en la galería. Él se había apresurado a herir a su padre en el brazo con una botella rota, y su padre no había vuelto a ponerle la mano encima a su madre hasta al cabo de un año.

Cuando lo hizo, esa paliza le valió a su padre un ojo a la funerala. A raíz del tercero y más violento encontronazo con un osado hijo de diecisiete años, su padre dejó de golpearlos a él y a su madre.

—Le llevaré de regreso al castillo —dijo Duncan, acercándose a su montura y rebuscando en sus alforjas una cuerda—, donde esperará a que llegue el coronel Worthington.

Bennett arrugó el entrecejo.

—Déme una espada, Moncrieffe, y deje que me bata con usted. Es justo, después de haberme robado a mi prometida, cuya mano sin duda consiguió por la fuerza, al igual que yo conseguí mi propósito con su exnovia. ¿Cómo se llamaba? ¿Mary? ¿Megan?

—Se llamaba Muira —respondió Duncan con tono quedo.

—Muira era una joven escocesa muy bonita, y me aseguré de que sus últimos instantes fueran tan excitantes como memorables. Creo que lo pasó muy bien. Lástima que usted no estuviera presente para contemplarlo.

Duncan se volvió hacia Bennett al tiempo que asía el mango de su hacha.

—De haber estado yo presente, usted estaría muerto. Bennett.

—¿De veras? ¿Entonces por qué no me mata ahora? Quizá no tenga agallas para pelear. Por lo que deduzco, le gusta negociar en refinados salones, utilizando su whisky para sobornar y conseguir sus deseos. ¿Qué le ha ocurrido? Su padre era un intrépido guerrero. Debió de llevarse un chasco al percatarse de cómo había salido su hijo. Aún no me explico cómo es posible que Amelia se haya enamorado de usted, cuando no es más que un escocés débil y cobarde, además de un asqueroso jacobita.

—Cierre la boca —le advirtió Duncan. Pensó de pronto en Angus y oyó el sonido grave de la voz de su amigo: *Esa mujer te ha convertido en un hombre débil...*

Bennett sonrió.

—¿Por qué? ¿Acaso la verdad hiere su delicada sensibilidad? Pues voy a decirle otra verdad, Moncrieffe. —Bennett avanzó un paso—. Cuando esos cargos contra mí sean desestimados, como sin duda ocurrirá, lo primero que haré será regresar a las Tierras Altas. Violaré a todas las mujeres con las que me cruce en mi camino, prenderé fuego a todas las casas y luego le mataré a usted y a todos los miembros de su familia. Me llevaré a Amelia de regreso a Inglaterra, que es donde debe estar, y la convertiré en mi esposa. En nuestra noche de bodas me acostaré con ella y le demostraré cómo se comporta un hombre de verdad. Al menos entonces será una puta inglesa. Quizás oiga usted sus gritos desde la tumba, pero no podrá hacer nada al respecto, porque estará muerto.

La furia detonó en el cerebro de Duncan. Se produjeron unos fogonazos de luz, un grito sobrenatural sonó sobre las

345

copas de los árboles, y de pronto se dio cuenta de que contemplaba la cabeza de Richard Bennett a sus pies.

El cuerpo cayó hacia delante, sobre él. Duncan lo apartó y retrocedió hacia los árboles. Dejó caer su hacha al suelo, mirando fijamente la cabeza y el cuerpo decapitado...

Acto seguido se inclinó hacia delante y vació el contenido de su estómago.

Al cabo de unos minutos se hallaba al otro lado del claro, de espaldas al cadáver vestido con una casaca roja, contemplando las copas de los árboles. No sabía cuánto tiempo permaneció allí hasta que Fergus y Gawyn aparecieron a galope. Oyó el vago sonido de sus voces, y sintió una mano sobre su hombro.

—¿Qué ha pasado aquí?

Duncan miró a Gawyn a los ojos.

—Bennett está muerto.

—Eso ya lo hemos visto.

Fergus se arrodilló junto al cadáver.

—Buen trabajo, Duncan. ¿Pero cómo logró huir del castillo? ¿Crees que pudo haber sido lady Amelia quien le liberó?

Duncan apuntó un dedo hacia Fergus, que se hallaba a unos pasos de él.

—Si vuelves a decir eso, lamentarás haber nacido.

—¡No volverá a decir una palabra al respecto! —contestó Fergus, alzando las manos como si se rindiera.

—¿Qué vamos a hacer con él? —preguntó Gawyn con tono indiferente.

Duncan regresó junto al cadáver y lo miró. Se sentía como si girara en el diabólico ojo del huracán de su vida reciente, un huracán que nunca había desaparecido. En parte estaba disgustado por lo que había hecho, pero por otra estaba satisfecho. Profundamente satisfecho. Se sentía embriagado de gozo por haber llevado a cabo su venganza.

¿En qué le convertía eso?

Se acercó a su montura, quitó la alforja vacía y se la entregó a Gawyn.

—Mete la cabeza en esta bolsa y llévala al Castillo de Kinloch. Entrégasela al terrateniente MacDonald con una nota diciendo que este es el soldado inglés que asesinó a su hija. No dejes que nadie vea tu rostro.

—¿Pero quién le diré que lo hizo?

Duncan lo miró experimentando un instante de gran lucidez.

—El Carnicero. —Recogió su hacha y montó en su caballo—. Deshaceos del cadáver. No quiero que lo encuentren en tierras de Moncrieffe.

Tras impartir esta última orden, Duncan espoleó a su montura y se adentró a galope en el bosque, en dirección opuesta al castillo.

La búsqueda del coronel Bennett prosiguió durante las próximas doce horas, aunque Duncan no participó en ella. Ni tampoco regresó al castillo. En lugar de ello, se dirigió a caballo hacia Loch Shiel, detuvo a su caballo, desmontó y penetró en las gélidas aguas del lago, con su tartán, su pistola, su Claymore y demás objetos.

Siguió avanzando hasta que el agua le alcanzó la cabeza, tras lo cual se sumergió y permaneció unos momentos con los pies apoyados en el embarrado suelo del lago, deseoso de que el oscuro e intenso frío le engullera.

Cuando por fin sintió la acuciante necesidad de respirar, sacó la cabeza a través de la superficie, aspiró una bocanada de aire para llenarse los pulmones, se despojó del cinturón y dejó que sus armas se hundieran en el agua.

Durante unos instantes flotó en posición vertical, luego sumergió el cuello en las frías aguas y se abandonó a la suave corriente. Sin el peso de la espada, sus pies se alzaron del suelo del lago. Cerró los ojos y flotó sobre las pequeñas olas, vagamente consciente del hecho de que alejaba de la orilla.

Pensó en Amelia y comprendió que esto le produciría el inevitable disgusto que él había previsto desde el principio. Caería con la contundencia de un yunque aplastándolo todo. Él había roto la promesa que le había hecho, y ella sin duda lo interpretaría como una violación de su pacto matrimonial. Quizá le abandonara y le denunciara como el rebelde que era.

Curiosamente, sin embargo, no sentía desesperación, ni lamentaba lo que había hecho. Lo único que sentía en esos momentos era las gélidas aguas lamiéndole la piel y el movimiento de su tartán, flotando a su alrededor.

¿Era esta la paz que buscaba? Quizá. Aunque no experimentaba una sensación de triunfo, ni tenía deseos de celebrarlo. Empezó a notar cierto entumecimiento en sus huesos. Apenas sentía nada, como si no fuera un hombre sino un mero elemento del lago. Se componía de agua, y flotaba.

De pronto empezó a tiritar y comprendió que era un pensamiento estúpido. Era un hombre de sangre caliente y pulsante que circulaba por sus venas, una sangre que se estaba enfriando por momentos. Se dirigió a nado hacia la orilla, salió trastabillando del agua y se desplomó boca arriba sobre la pedregosa playa, temblando.

Contempló durante largo rato el cielo, que presentaba un color blanquecino, hasta que de pronto vio dos orificios circulares de color negro.

Los ollares de *Turner*...

El gigantesco animal resopló y le dio unos golpecitos con la cabeza.

—No, no he ido al encuentro de mi creador. —Duncan acarició el sedoso morro del animal—. Pero tampoco me siento vivo. No sé lo que soy.

Siguió tendido en la playa, preguntándose cuánto tardarían en secarse sus ropas, y en que su conciencia juzgara lo que había hecho.

Había oscurecido cuando Duncan regresó al castillo. Cruzó el puente a pie conduciendo a *Turner* de las riendas, y se lo entregó a un mozo de cuadra.

Entró en el castillo principal y se dirigió a su alcoba, pero comprobó que estaba cerrada con llave. Aporreó la puerta y oyó a Amelia gritar desde el interior:

—¿Quién es?

Él le había dicho que se encerrara. Desde entonces habían transcurrido más de trece horas. Se pasó la mano por el pelo, enojado consigo mismo.

—Soy Duncan. Abre la puerta, muchacha.

La cerradura cedió, la puerta se abrió y Amelia se arrojó en sus brazos. Lucía una bata blanca y su pelo, húmedo y alborotado, le caía sobre los hombros. Olía a pétalos de rosa.

—Gracias a Dios que estás bien —dijo Amelia—. Nadie sabía dónde estabas.

Duncan retiró las muñecas de la joven de su nuca y las sostuvo ante él.

—Estoy perfectamente, muchacha.

Ella le condujo al interior de la habitación. El fuego ardía en el hogar, envolviendo la alcoba en un manto de luz cálida y dorada. Frente a la chimenea había una bañera. Duncan dedujo que cuando menos la doncella debió de entrar y salir de la habitación.

—¿Han encontrado a Richard? —preguntó Amelia.

Duncan había tenido todo el día para pensar en lo que respondería a esa pregunta. En última instancia, sabía que su única opción era la sinceridad. La cabeza de Richard no tardaría en llegar al Castillo de Kinloch —que se hallaba a dos jornadas a caballo—, y la noticia de su muerte se propagaría rápidamente. Era imposible ocultar lo ocurrido. Sobre todo a ella.

—No, no lo han encontrado —respondió Duncan—. La milicia sigue buscándole, junto con los hombres de Worthington.

Antes de que pudiera añadir otra palabra, ella se acercó a él, le rodeó la cintura con los brazos y apoyó la mejilla en su pecho.

—¡Ay, Duncan, cuánto te he echado de menos! Estaba muy preocupada. Temía que no regresaras nunca.

Él permaneció inmóvil, desconcertado, mientras ella sacaba los faldones de la camisa de su falda escocesa y su cinturón de cuero. La levantó para dejar su torso al descubierto y se detuvo unos instantes para observar el contorno de sus músculos y sus cicatrices. Al cabo de unos momentos él sintió sus suaves labios rosados besándole la piel. Su húmedo aliento le hizo estremecerse, y ya no le interesó seguir conversando, pese a que tenía muchas cosas que decirle.

La seductora y húmeda boca de Amelia se posó sobre una de sus tetillas, que succionó con avidez. Él empezó a respirar trabajosamente. Ella se entretuvo un rato lamiendo y mordisqueando ambas tetillas; luego alzó los ojos y esbozó una sonrisa clara e intensamente sensual.

Él sabía que debía detenerla, pero era incapaz de hacerlo. Necesitaba que esta sensación física le arrancara del extraño vacío en el que había estado flotando todo el día.

Ella se agachó ante él hasta colocarse de rodillas e introdujo las manos debajo de su tartán. Sin apartar los ojos de los suyos, le acarició los músculos de sus muslos y luego tomó sus pesados testículos en sus manos. Los acarició y masajeó. Por último, bajó su mirada sedienta de placer y desapareció debajo de su falda escocesa.

Duncan cerró los ojos e inclinó la cabeza hacia atrás cuando ella tomó su miembro en la boca. Sintió que le inundaba un goce erótico. El caos de su vida se disolvió en el húmedo y maravilloso calor de la boca de Amelia y el éxtasis que le corría por las venas. Ella le lamió y succionó incansablemente, hasta que él no pudo seguir de pie. La tomó por los hombros, hizo que se levantara, la alzó en volandas y la condujo al lecho.

Se montó sobre ella con un rápido y ágil movimiento, pues necesitaba hacerle el amor como jamás lo había necesitado.

La besó profundamente, restregando sus ávidas y musculosas caderas contra las suyas; luego le levantó el camisón y su falda escocesa para poder penetrarla.

Se incorporó sobre un codo y observó su pene erecto, ardiente y pulsando entre los muslos de ella. Sólo tenía que rozar con la punta de su miembro el oscuro y sedoso centro del sexo de ella y la penetraría con un movimiento firme. Pero algo se lo impedía.

—Amelia...

—¿Sí? —Ella se movió impaciente debajo de él, lo tomó por las nalgas e introdujo su pene en su interior. Él se deslizó dentro de ella con toda facilidad. El paraíso se fundió a su alrededor y permaneció inmóvil, pero al cabo de unos instantes, haciendo acopio de toda su fuerza de voluntad, se apartó de ella. Se incorporó de cuatro patas y la miró.

No podía hacerlo. Ahora no.

—Le he matado.

Ella pestañeó varias veces.

—¿A qué te refieres?

—He matado a Bennett. Esta mañana. En el bosque.

Ella arrugó el entrecejo y le miró confundida. Él la observó al tenue resplandor del fuego que se extinguía, esperando que dijera algo. Cualquier cosa. Pero ella guardó silencio.

Él se apartó de ella y se tumbó de espaldas.

—No lo entiendo —dijo Amelia por fin, incorporándose y cubriéndose las piernas con el camisón—. Me dijiste que seguían buscándolo.

—Y así es.

—¿Pero no saben que está muerto?

—No.

Después de reflexionar unos instantes, ella le preguntó:

—¿De modo que nadie sabe que lo has matado? ¿Tu milicia está registrando tus tierras en busca de un hombre muerto? ¿Por qué no me lo dijiste antes, Duncan? ¿Cómo has podido romper...? —Se detuvo, y luego prosiguió con voz que denotaba ira—. ¿Qué ocurrió? ¡Por favor, dime que lo hiciste en defensa propia!

Él no podía mentir. Lo que había hecho era un acto de venganza, propiciado por la naturaleza de las amenazas de Bennett y los horrores de las crueldades que había cometido en el pasado. No.

—No estaba armado. Yo le había arrebatado el cuchillo.

Duncan lo extrajo de su bota y lo arrojó al suelo. El cuchillo cayó con un ruido metálico y rebotó hacia la pared.

Ella se llevó la mano al escote de su camisón y se lo cerró alrededor del cuello.

—Si estaba desarmado, ¿por qué no lo trajiste de regreso aquí y lo encerraste de nuevo en la mazmorra?

—Eso era lo que me proponía hacer. Sostenía la cuerda en las manos, pero...

—¿Pero qué?

—Se me nublaron los sentidos. No podía escuchar las cosas que decía. No sé cómo explicártelo.

—Inténtalo.

Duncan tragó la bilis que sentía en la boca.

—Dijo unas cosas terribles sobre ti, muchacha, y sobre Muira..., unas cosas que no deseo repetir. Estalló un fuego en mi mente, y perdí el control. Ni siquiera me di cuenta de lo que había hecho hasta que todo había terminado.

Ella se levantó de la cama y se acercó a la ventana.

—¿Cómo le mataste, Duncan?

—Le corté la cabeza. —Era la amarga y cruda verdad, pronunciada sin vacilación; curiosamente, no se sentía avergonzado. Incluso se deleitó con las palabras al recordar el silencio en el bosque, cuando Bennett dejó por fin de hablar.

Durante unos momentos ella permaneció inmóvil, en silencio, y Duncan comprendió que le repelía lo que él había hecho. Se sentía asqueada. Tal como él había previsto que reaccionaría.

Amelia se volvió hacia él.

—¿Cómo te sientes? ¿Te sientes al menos disgustado por lo que has hecho?

Él se sentó en el borde de la cama.

—Ojalá pudiera responder afirmativamente. Ojalá pudiera decirte que me ahoga el sentimiento de culpa y los remordimientos, y que me he pasado el día postrado de rodillas, rogando a Dios que me perdone, pero te mentiría, muchacha, porque no me arrepiento.

—¿No sientes el menor remordimiento?

Él alzó la vista y la miró.

—No. Me alegro de haberlo hecho, y si me encontrara de nuevo allí volvería a hacerlo.

Ella se encaminó hacia la puerta, pero él saltó de la cama y la detuvo.

—¿Cómo has podido hacer algo semejante y no arrepentirte? —le espetó ella. Su voz temblaba de emoción y angustia—. Pudiste haberlo traído aquí para que se sometiera al consejo de guerra del coronel Worthington, pero decidiste tomarte la justicia por tu mano y ejecutarlo. Mataste a un hombre desarmado a sangre fría. No alcanzo a imaginar la brutalidad de ese acto, después de las últimas semanas, cuando había visto otra faceta tuya, una faceta que me daba esperanza. Había empezado a creer que podría perdonarte todo lo demás y amarte.

Amarle.

Él sintió que su firmeza se venía abajo, y comprendió que le debía una explicación. Las palabras brotaron atropelladamente.

—Por si quieres saberlo, no planeé matarlo.

Ella torció el gesto.

—¿Me estás diciendo que no pudiste controlarte? Lo siento, Duncan, pero eso no hace que me sienta mejor. ¿Cómo puedo estar segura de que un día no te enfurecerás *conmigo*? ¿Quién me asegura que si un día provoco tu ira no me rajarás también en dos?

—Eso no ocurrirá jamás.

—Pero acabas de decir que perdiste el control. Tu padre también lo perdió. Mató a un obispo. En cierta ocasión me dijiste que maltrataba a tu madre. ¿Cómo puedo ser tu esposa, sabiendo que eres tan voluble?

Él se acercó para abrazarla y convencerla de que jamás la lastimaría, pero ella se apartó.

—No me toques. Siento como si oliera su sangre sobre ti.

Él arrugó el ceño.

—Yo soy así, Amelia. Un guerrero. Me educaron para luchar, y lucho por mi país. Lucho para protegerte a *ti*.

—No quiero casarme con un guerrero. Quiero casarme con un caballero.

Él sintió como si le hubiera clavado un hierro candente en el corazón.

—No puedes cerrar los ojos y fingir que no hay guerras en el mundo —dijo con amargura—. Los hombre luchan para proteger su libertad y a sus familias.

—¡Hay otras formas de luchar!

Ya habían discutido sobre ello en otras ocasiones, y él empezó a comprender, con profundo disgusto, que nunca se pondrían de acuerdo sobre el tema. Él la había decepcionado, como sabía que sucedería algún día.

—¿Dónde está el cadáver de Richard? —inquirió ella—. ¿Qué hiciste con él? Merece ser enterrado como Dios manda.

Ella averiguaría la verdad antes o después, por lo que era inútil ocultársela.

—Envié su cabeza en una bolsa al terrateniente MacDonald.

Ella frunció el entrecejo, estupefacta.

—¿El padre de Muira?

—Sí.

—¡Dios santo! ¿De modo que lo hiciste para vengar su muerte?

—No, ya te lo he dicho. Lo hice por Escocia, y para protegerte, No podía arriesgarme a dejar que viviera.

Ella respiró hondo, y él comprendió que no le creía. Creía que lo había hecho para vengarse, nada más.

—¿Y el resto de su cuerpo? ¿Dónde está?

—No lo sé. Fergus y Gawyn se deshicieron de él.

Ella pasó junto a él y se dirigió hacia la puerta.

—Déjame salir de aquí.

—Amelia...

Ella abrió la puerta bruscamente pero se volvió para decirle una última cosa.

—Hemos compartido muchos placeres, Duncan, y te has portado bien conmigo. Pese a todo, incluido mi sentido común, aún siento algo por ti, y por ese motivo no te denunciaré como el Carnicero. Me llevaré tu secreto a la tumba. Pero no puedo casarme contigo. No puedo casarme con un hombre que mata a otros y no siente nada. Aunque tú lo consideres una consecuencia de la guerra, ¿cómo es posible que no sientas *nada*?

Tras estas palabras salió corriendo de la habitación, y él se quedó frente al fuego que se apagaba, reflexionando detenidamente sobre esa pregunta. Era una pregunta válida. ¿Dónde tenía el corazón? ¿Cómo era posible que fuera tan insensible? Descargó un puñetazo sobre la repisa de la chimenea y cayó de rodillas.

Capítulo 23

Al cabo de unos momentos, en la intimidad de su alcoba, Amelia sollozó amargamente por las violentas circunstancias de la muerte de Richard y la atroz y macabra indignidad de que su cabeza hubiera sido enviada en una bolsa a un castillo escocés vecino como trofeo. No le importaba lo que Richard hubiera hecho. Ningún ser humano merecía semejante trato.

Lloró también por su estúpido y dolorido corazón, por el loco amor que sentía por el hombre que había cometido ese acto tan brutal y salvaje. Se había llevado un disgusto tremendo, sentía un dolor inconcebible. Todas sus esperanzas de llevar una existencia dichosa en Moncrieffe —una vida compartida con su maravilloso amante, que durante breve tiempo se había convertido en su alma gemela— se habían ido al traste. Había depositado una confianza excesiva en él, en su capacidad de superar su carácter violento y embarcarse en una vida de paz y diplomacia. Su indumentaria, su casa, su sentido del humor y su encanto no eran sino una máscara que lucía. Había engañado con ella a su padre, al igual que la había engañado a ella.

Ella tenía ahora que superar y olvidar la pasión que sentía por él, lo cual no tenía sentido, después de lo que él le había confesado. Ayer él le había dicho que la pasión podía cegar a una persona. Estaba en lo cierto. Cada vez que ella recordaba el placer que habían compartido en la cama, se le volvía a partir el corazón.

¿La había amado realmente?, se preguntó ella de pronto. ¿O todo lo que había hecho había sido por Muira?

A la mañana siguiente, al amanecer, Amelia escribió una carta de despedida a Josephine, junto con una breve nota dirigida a Duncan, las dejó sobre su escritorio para que las hallara un sirviente, salió del castillo y se montó en el coche de su tío.

Soplaba un aire frío. Los caballos exhalaban unas nubecillas de húmedo vapor por sus ollares mientras agitaban la cabeza y relinchaban a la tenue luz matutina. Qué silencioso y apacible parecía todo.

Su tío se reunió con ella al cabo de unos minutos, con las bolsas y pertenencias de ambos, intrigado sobre el motivo de que partieran de improviso, sin despedirse de Duncan. Ella le explicó que había roto su compromiso con él y no deseaba hablar de ello. Su tío se monto en el carruaje, que botó a causa de su peso, y no insistió en que le contara más detalles, al menos de momento. La portezuela se cerró tras él. Ella estaba muy cansada. Su tío le dio una palmadita en la mano y dijo que la escucharía cuando ella estuviera dispuesta a hablar del tema. Amelia se limitó a asentir con la cabeza.

El coche se alejó del castillo, y ella no se volvió.

En cuanto Duncan abrió los ojos deslumbrado por un rayo de sol que penetraba por la ventana, comprendió que la había perdido.

Por algún motivo inexplicable, había dormido toda la noche de un tirón, pero había sido un sueño turbado por pesadillas de cadáveres y sangre y los fuegos del infierno que le abrasaban la piel. Soñó también con Amelia, la cual le observaba desde un balcón mientras él se hundía más y más en un mar de llamas debajo de un cielo cubierto de humo. Ella esperó a que se hubiera sumergido hasta el cuello en el fuego, y luego dio media vuelta y se alejó. No se volvió para mirarle, y él permaneció flotando sobre unas olas de llamas, observando cómo se alejaba.

Se incorporó en la cama y frotó la palma de la mano sobre su corazón. Sentía en su interior un dolor sordo, apagado, como un lejano tronar. Miró hacia la ventana. Estaba amaneciendo.

Entonces vio la nota, una carta sellada que durante la noche, o esa mañana, alguien había deslizado debajo de su puerta. Sin duda era de Amelia. Un intenso pánico hizo presa en él. Tragó saliva para calmar la sensación de angustia que le atenazaba y se levantó para leerla.

Duncan:

Cuando leas esta nota, habré partido. Mi tío me lleva de regreso a Inglaterra. Lamento marcharme sin despedirme, pero estoy convencida de que es mejor así. No deseo volver a verte nunca. Te ruego que respetes ese deseo.

Amelia

Él trató de respirar, pero sentía una opresión en el pecho. Ella se había ido, y no quería que él la siguiera. No quería volver a verlo jamás. No podía confiar en que le perdonara. La ternura que ella había empezado a sentir hacia él se había esfumado. Había muerto, aniquilada para siempre, y él era el único culpable, pues era quien la había aniquilado. Había asesinado el amor que se profesaban de forma atroz y brutal. Había asesinado a alguien a quien había prometido perdonar la vida.

A un hombre desarmado a sangre fría. Le había cortado la cabeza con un hacha y la había metido en una bolsa.

Era indudablemente un acto brutal y salvaje.

Sin embargo —¡*sin embargo!*—, Duncan era incapaz de arrepentirse de ello. Incluso ahora, volvería a hacerlo. Lo haría una y diez veces con tal de protegerla. Lo sacrificaría todo —su amor y, por ende, su dicha presente y futura—, con tal de impedir que ese repugnante monstruo la tocara. Aunque significara no volver a verla jamás.

Duncan se acercó a una silla y se sentó, inclinó la cabeza hacia atrás y escuchó el continuo tic tac del reloj mientras todo en su interior se sumía en la quietud y el silencio.

—¿Estás dispuesto a hablar conmigo, Duncan?

Duncan levantó la vista del libro y vio a Angus en el umbral, esperando a que le invitara a entrar.

—Pasa.

Angus entró y durante unos momentos miró alrededor de la desordenada habitación.

—Iain está preocupado por ti —dijo—. Al igual que yo. Hace cinco días que no sales de estos aposentos.

Era verdad, pero necesitaba tiempo para pensar. Tiempo para meditar y reflexionar sobre su propósito en la vida, la fuente de su fuerza y el valor del sacrificio que había hecho.

Se alegraba de que Angus hubiera venido. Tenían mucho de que hablar.

—Lamento algunas cosas que dije e hice —le dijo Angus—, especialmente en el salón de banquetes. No fui justo contigo, Duncan. Jamás debí dudar de ti.

Duncan cerró el libro y lo dejó, se levantó de la silla y se puso su bata de seda verde. Ajustó los puños de encaje y luego se acercó a su amigo.

—¿Recibió tu padre el paquete que le envié?

—Sí, y te aseguro que lo celebramos con un baile y una fiesta por todo lo alto. Lástima que no estuvieras presente, Duncan. Lo sentí mucho.

Duncan se limitó a asentir.

—Pero tú no lo has celebrado —observó Angus ajustándose su tartán sobre el hombro.

—No, no lo he celebrado. —Duncan invitó a Angus a entrar y le sirvió un vaso de whisky.

—Hiciste lo que debías, Duncan. No se te ocurra pensar lo contrario, ni por un momento. Bennett obtuvo su merecido, y Escocia te da las gracias por ello. No debes castigarte. Mereces una medalla. —Angus aceptó el vaso que le ofreció Duncan.

—No me arrepiente de nada, Angus. —Duncan se sentó en el sofá.

Angus achicó los ojos y miró a su amigo con gesto escéptico.

—No lo creo, porque pienso que te arrepientes profundamente de una cosa, de haber perdido a la hija del coronal.
—Apuró el whisky de un trago y depositó el vaso en la esquina de la mesa, junto a una elevada pila de libros.

Duncan cruzó las piernas y dirigió la vista hacia la ventana. Su silencio impacientó a Angus, que empezó a pasearse por la habitación.

—Esa mujer no te convenía, Duncan. Lo sabes tan bien como yo. Te ha dejado. ¿Qué clase de mujer...? —Angus se detuvo y respiró hondo—. Hemos pasado mucho juntos. Y pese a nuestras recientes diferencias, te considero mi amigo. Respeto tu liderazgo, tu fuerza y tu destreza en el campo de batalla. Me has salvado la vida en más de una ocasión, al igual que yo he salvado la tuya. —Hizo una pausa—. Regresa con nosotros, Duncan. Olvida a la inglesa. No era digna de ti. Estaba enamorada de ese gusano, Bennett, y lo defendió hasta el final. Mereces algo mejor. Basta con que te enamores de una bonita joven escocesa que te recuerde que eres un orgulloso e intrépido guerrero de las Tierras Altas. —Angus hizo otra pausa y volvió a respirar hondo—. Está claro que yo quería a mi hermana y siempre estaré en deuda contigo por lo que le hiciste a su asesino, pero ha llegado el momento de que ambos sigamos adelante. Toma de nuevo tus armas, Duncan. Ponte tu tartán y empuña tu escudo con orgullo.

Duncan le miró con el ceño fruncido.

—¿Que tome mis armas? ¿Con qué fin?

—¿Qué otro fin existe excepto luchar? La rebelión se ha replegado, la mayoría de los montañeses se han retirado a sus granjas, pero los ingleses siguen aquí. Debemos arrojarlos de nuestra tierra de una vez por todas, mientras aún podamos utilizar su temor en provecho nuestro. La cabeza de Bennett en una bolsa ha propagado una ola de terror a través de las guarniciones inglesas. Propongo que continuemos nuestra lucha hasta obligarlos a retroceder hacia el otro lado de la frontera.

Duncan pensó en ello. Contempló a través de la ventana las nubes que surcaban el cielo y recordó la campaña de terror que el Carnicero había emprendido en el pasado. Había sido efectiva, sin duda, y con la muerte de Bennett la notoriedad del Carnicero no haría sido aumentar.

Pero había otras cosas a tener en cuenta. Estaba el pequeño detalle de su conciencia, y sus sueños, noche tras noche...

Miró a Angus a los ojos.

—Creo que puedo ejercer más influencia a través del título de Moncrieffe. Tengo la confianza del Rey, y pese a lo que ha ocurrido entre Amelia y yo, estoy seguro de que su tío, el duque, seguirá apoyando mis iniciativas para establecer la paz, si decido exponer mis razones para defenderla.

Angus soltó una risa despectiva.

—Winslowe no tendrá en cuenta nada de lo que digas después de lo que le hiciste a su sobrina. Sin duda ella ya le habrá contado quién eres y cómo la raptaste en plena noche, amenazando con matarla. El día menos pensado se presentará aquí un ejército de casacas rojas. Por eso te sugiero que te pongas tu tartán, montes en tu caballo y te alejes de aquí mientras aún estás a tiempo. Iain puede ocupar tu lugar aquí. Está más adaptado a este tipo de vida que tú.

—Amelia no se lo revelará a nadie —afirmó Duncan—. Me dio su palabra.

Angus emitió una amarga carcajada.

—¿Y te fías de su palabra? ¿De la palabra de una inglesa?

—Sí.

—Sé sensato, Duncan. Utiliza la cabeza.

La ira se apoderó de él, y se levantó.

—¿Cómo quieres que sea sensato? La mujer que quería como esposa me ha rechazado. Piensa que soy un monstruo peor que ese violador y saqueador de Richard Bennett. Incluso es posible que espere un hijo mío, lo cual jamás sabré.

En sus oídos resonaban los furiosos latidos de su corazón. Puede que Angus los oyera también, porque de pronto retrocedió un paso.

—Por lo demás, ni siquiera tengo mis armas —continuó Duncan—. Están en el fondo del lago Shiel.

—Joder, Duncan. ¿Qué hacen allí?

Duncan se frotó el caballete de la nariz.

—No puedo explicártelo. Apenas recuerdo lo ocurrido. Sólo sé que me lastraban y probablemente me habría ahogado de no haberme deshecho de ellas.

—Pero la espada de tu padre... que te legó...

—Tiene cien años —contestó Duncan—. ¿Crees que no lo sé? —Se dirigió a la ventana y descargó un puñetazo sobre el alféizar de piedra—. Creo que he perdido el juicio.

Permaneció largo rato contemplando el lago; luego sintió la mano de Angus sobre su hombro.

—Lucha, Duncan. Naciste para ello. Te restituirá tu cordura. Créeme, y ven conmigo hoy mismo.

Duncan apartó la mano de su amigo.

—¡No! Con eso sólo conseguiré enloquecer más. No puedo hacerlo. Es preciso hacer otra cosa.

—¿Qué dices?

Duncan se volvió hacia su amigo.

—Digo que ha llegado el momento de que el Carnicero se retire. Conseguí lo que me había propuesto. Maté al asqueroso cabrón que violó y mató a Muira. Ahora se acabó. No quiero seguir matando.

—Escúchame, Duncan.

—¡No! ¡No escucharé otra palabra! Ve y di a Fergus y a Gawyn que se reúnan conmigo en la cueva. Hablaremos sobre lo que debemos hacer. Todos sois hombres libres, y si deseáis seguir por vuestra cuenta, no os lo impediré, y haré cuanto pueda por proteger vuestras identidades. Pero yo he terminado, Angus. Haré cuanto esté en mi mano por recuperar a Amelia.

Angus arrugó el entrecejo.

—La amo. No puedo vivir sin ella.

La amaba. *¡La amaba!*

Angus avanzó un paso, preocupado.

—Cometes un error. Es inglesa, y no comprende nuestra forma de vida.

—Lo comprende más de lo que supones, Angus. Ahora vete, por favor. Mañana, al anochecer, iré a la cueva. Lo único que me queda del Carnicero es el escudo. Lo llevaré conmigo, y te lo ofreceré a ti, si decides seguir luchando. Si tomas esa decisión, cuenta con mi lealtad a vuestra causa. Eres mi amigo, Angus, y jamás te traicionaré. Pero no me uniré a ti.

Estupefacto, Angus asintió con la cabeza y salió de la habitación. Duncan se dejó caer en una butaca, alzó la vista para contemplar el retrato de su madre, juntó las manos y las oprimió contra su frente.

Estaba decidido. Dejaría de ser el Carnicero y lucharía por otros medios. Y de alguna forma... lograría conquistar el perdón de Amelia. De alguna forma se redimiría a sus ojos y recuperaría el preciado don de su respeto.

Capítulo 24

Duncan se detuvo en la entrada de la cueva, a la que había llevado a Amelia la mañana en que la había raptado, y esperó a que sus ojos se adaptaran a la fría penumbra. Miró el lugar donde habían encendido fuego y recordó cómo ella se había acurrucado junto a él, maniatada con una tosca cuerda, temblando de miedo. Él había cortado las ligaduras que le sujetaban las muñecas, se había esforzado en aplacar sus temores, y le había limpiado la sangre de las heridas.

Un curioso pensamiento, pues siempre había sido él quien tenía las manos manchadas de sangre, que jamás había logrado eliminar. Suponía que nunca lo lograría por completo.

No puedo casarme con un hombre que mata a otro y no siente nada.

Durante los últimos días, él había tenido tiempo de meditar sobre la sensatez de esas palabras, y lo que había averiguado sobre él mismo era lo que le había dado esperanza de redimirse, porque sí había sentido algo. De hecho, había sentido muchas cosas. Puede que no se arrepintiera de haber matado a Richard Bennett, y lo haría de nuevo en las mismas circunstancias, pero la desesperación... Estaba presente y era muy potente. Siempre se había compadecido del dolor que padecía cualquier ser humano, incluso Bennett, al que su padre había azotado brutalmente, una situación que Duncan conocía bien. Richard Bennett y él tenían mucho en común. Pero no eran iguales, pues Duncan no se refocilaba con el dolor de otros. Se esforzaba en evitarlo. Por eso luchaba, para proteger la libertad y bienestar de sus compatriotas... y de las mujeres.

Y Amelia. Sobre todo ella.

Pero al mismo tiempo, le atormentaba cada vida que se cobraba en el campo de batalla, incluso en defensa propia. Ansiaba que el mundo fuera un lugar más amable, más grato, y por esto había venido aquí esta noche.

Duncan se quitó el escudo que llevaba a la espalda, se arrodilló y sacó de su escarcela la cajita de yesca que había traído. Al cabo de unos momentos, se tumbó boca arriba y deslizó un dedo sobre la reluciente ágata en el centro del escudo. La piedra emitía unos intensos destellos a la luz del fuego.

Esta noche regalaría su escudo a Angus, porque éste continuaría con la campaña del Carnicero. Duncan estaba convencido de ello. No se opondría a la decisión de su amigo de seguir luchando, pero antes le ofrecería otra opción...

Oyó que se aproximaban unos caballos. Los jinetes desmontaron frente a la cueva. Duncan cerró los ojos y respiró hondo para templar sus nervios. Todo sería distinto a partir de ahora.

Oyó a sus amigos entrar y reunirse con él junto al fuego. Entonces abrió los ojos, alzó la vista y miró a los ojos de un casaca roja inglés, y otros tres que le rodeaban, con los mosquetes amartillados y apuntándole a la cabeza.

Sintió una opresión en la boca del estómago, pues reconoció al instante al líder.

Era el que había tratado de violar a Amelia en la playa, al que Duncan había perdonado la vida.

—Buen trabajo, chicos —dijo el pálido casaca roja esbozando una repelente sonrisa—. Hemos atrapado al Carnicero. —A continuación agarró el mosquete por el cañón y golpeó a Duncan con fuerza en la sien.

Fuerte William, a medianoche

Amelia se despertó al oír unos golpes insistentes en su puerta. Sintiendo que el corazón le latía aceleradamente, se incorporó y escudriñó la oscuridad.

—¿Quién es?

—¡Tú tío!

Reconociendo el tono de alarma en su voz, se levantó de la cama y atravesó apresuradamente la habitación descalza. Giró la llave en la cerradura y abrió la puerta.

—¿Qué ocurre? ¿Nos han atacado?

Su tío estaba en el pasillo vestido sólo con su camisa y su gorro de dormir, sujetando con un dedo una palmatoria de latón. La llama oscilaba y danzaba agitada por las corrientes de aire.

—No, querida, no es eso. Se trata de otra cosa. Buenas noticias. Han capturado al Carnicero.

Fuera se oyó el sonido de un cuerno. Y unas voces que gritaban. Luego unos pasos subiendo y bajando la escalera. Amelia permaneció en el umbral, mirando en silencio a su tío, sin saber muy bien si le había oído correctamente. Debía de tratarse de un error. Sin duda habían atrapado a otro, a un impostor. No a Duncan.

—¿Dónde está? —preguntó.

—Aquí. Acaban de traerlo en la parte posterior de un carro, al parecer medio muerto.

—¿Le has visto?

—No, pero pensé que debía informarte enseguida, porque sin duda te tranquilizará saber que tu raptor será por fin conducido ante la justicia y recibirá el castigo que merece por lo que te hizo, a ti y a muchos otros.

Ella retrocedió trastabillando hacia el interior de la alcoba.

—¿Dices que está medio muerto? ¿Qué le ha ocurrido? ¿Cómo consiguieron capturarlo?

¿Era realmente él? En tal caso, ¿sabían que era el conde de Moncrieffe? ¿Iba vestido con prendas de seda y terciopelo cuando le apresaron? Pero no, era imposible, pues su tío se lo habría comentado. Una noticia como esa podía sacudir los mismos cimientos de la fortaleza y de todo el país.

—La información fue transmitida a un pequeño campamento inglés en Loch Fannich —le explicó su tío—. Los soldados averiguaron dónde estaría a cierta hora, y dieron con él, viviendo en una cueva como el bárbaro y salvaje que es.

—Sí... —dijo ella, sintiéndose casi mareada debido a la conmoción—. Allí es donde me llevó la mañana en que me secuestró.

Su tío entró en la habitación, dejó la vela y la abrazó.

—Lamento mucho, Amelia, que tuvieras que soportar semejante suplicio, pero ahora estás a salvo. Ese despreciable salvaje será encerrado en un calabozo y encadenado a la pared. No podrá volver a lastimarte.

Ella pestañeó varias veces y se esforzó en conservar la calma. ¿Encerrado? ¿Encadenado a la pared? Estaba atrapada en un torbellino de emociones que le producía vértigo. No soportaba pensar en ello. Pese a su necesidad de rechazar la propuesta de matrimonio de Duncan, nunca había deseado que lo apresaran o que sufriera. Jamás había deseado que le hicieran daño.

¿Y a qué se refería su tío al decir que estaba... medio muerto? ¿Qué le habían hecho?

—¿Te sientes bien, Amelia? Estás pálida como un fantasma. Siéntate. Pediré que traigan un poco de brandy.

—No, tío. No necesito sentarme. Debo verlo.

—¿Verlo? ¿Cómo puedes desear ver al hombre que...?

—Quiero verlo —insistió ella—. Espera fuera mientras me visto rápidamente.

—¿Pero por qué, Amelia? ¿No crees que sería mejor que...?

—Por favor, no te opongas a mis deseos, tío. Necesito saber si se trata realmente de él.

Winslowe retrocedió un paso y suspiró.

—Te aseguro que es el Carnicero, no cabe la menor duda. No sólo portaba el famoso escudo con el ágata de Mull, sino que el oficial que le capturó se había encontrado con él antes y había escapado con vida de milagro. Logró sobrevivir gracias a que es un excelente nadador.

Amelia se volvió hacia su tío.

—Un excelente nadador... —*Dios, no*. No podía soportarlo más. ¿Qué extraño destino les perseguía?—. ¿Mencionó este oficial a una mujer que lo presenció todo?

—No. Dijo que el Carnicero surgió de pronto como de la nada y destrozó la tienda de campaña con su hacha mientras dormían.

—¿Se llama Jack Curtis? ¿Es el comandante Curtis?

Su tío la miró con curiosidad.

—Sí, ¿pero cómo lo sabes?

Amelia sintió que una intensa ira se acumulaba en su interior y deseó hablar con este presunto y valeroso superviviente, el cual había omitido mencionar el papel que *ella* había desempeñado en su inesperado baño en el lago esa noche.

—Porque tuve el gran placer de conocer al comandante Curtis. Yo estaba en la playa cuando el Carnicero les atacó. Puedo afirmar que este oficial inglés es un canalla y un embustero. —Amelia respiraba trabajosamente y apenas podía reprimir su furia—. Para que lo sepas, está vivo porque yo imploré al Carnicero que le perdonara la vida.

—¿Tú estabas allí?

—Sí. El comandante Curtis estaba borracho y trató de deshonrarme de forma ignominiosa.

Su tío sofocó una exclamación de asombro.

—Dios santo, Amelia.

—Pero el Carnicero acudió en mi auxilio. Por eso atacó el campamento. Llegó en el momento preciso y me salvó de un peligro seguro.

Los ojos de su tío reflejaban dolor y arrepentimiento. Avanzó hacia ella y le tomó las manos.

—Lamento no haber cuidado mejor de ti. Está claro que hay muchos detalles que no has compartido conmigo sobre tu experiencia como cautiva de un hombre. Las penalidades que debes de haber pasado.

—Así es, pero no puedo mentir sobre ello. El Carnicero me raptó, pero nunca me trató con crueldad. —Amelia se detuvo—. Hay muchas cosas que no te contado.

—¿Pero me las contarás algún día? —preguntó su tío—. ¿Me confiarás todo lo que has padecido?

Ella le miró durante unos momentos, comprendiendo que su mayor sufrimiento lo padecía ahora.

—Es posible. Pero esta noche no, porque debo verlo, tío. Y debo verlo a solas.

La identidad de Duncan no tardaría en ser revelada al mundo, pensó Amelia con tristeza mientras era escoltada escaleras abajo hacia la prisión por un guardia vestido con un uniforme rojo. Tan pronto como su tío viera a Duncan, lo reconocería como su antiguo prometido, el encantador y afable conde de Moncrieffe. La doble vida de Duncan quedaría al descubierto y se organizaría un revuelo indecible. Quizá la acusaran a ella también de traición por haber guardado su secreto.

Sintió una opresión en el estómago. Le extrañaba que nadie hubiera reconocido a Duncan todavía. El coronel Worthington sin duda le habría reconocido nada más verlo. Había cenado más de una vez en el castillo el pasado año. Docenas de soldados destinados aquí se habían refugiado en él en varias ocasiones. Esta misma semana se habían ofrecido para ayudar a localizar a Richard. Como es natural, la búsqueda se había suspendido. Hacía dos días había llegado al Fuerte William la noticia de que su cabeza había sido enviada al Castillo de Kinloch en una bolsa, y la fama del Carnicero jamás había alcanzado una notoriedad tan increíble.

El guardia que la escoltaba aminoró el paso cuando se aproximaron al calabozo situado al fondo del pasillo. Amelia temblaba un poco, pues no sabía con qué se encontraría. Su tío le había dicho que Duncan estaba medio muerto. En parte confiaba en que se tratara de una identificación errónea, que no fuera Duncan. Pero no podía, en conciencia, desear el castigo de un ser humano acusado por error. No lo deseaba. No podía desearlo.

Por fin llegaron a la puerta de la celda y ella se alzó de puntillas para mirar a través de la pequeña ventana con barrotes. Allí, tendido boca abajo sobre el suelo cubierto de paja, vio a un fornido montañés vestido con una falda escocesa. Tenía las muñecas sujetas con unas esposas de hierro y encadenadas a la pared. Su largo cabello negro le tapaba la cara, imposibilitando su identificación, pero no era necesario verle el rostro. Amelia conocía cada centímetro de su cuerpo y reconoció el color verde del tartán de los MacLean. No tenía la menor duda de que era Duncan, dormido o inconsciente. O quizá muerto.

Sintió que su pulso se aceleraba. Se volvió hacia el joven guardia, que rebuscaba torpemente entre su manojo de llaves la que abría la celda.

—Por favor, apresúrese.

—Disculpe, señora. —El guardia encontró por fin la llave y abrió la pesada puerta de madera. Ésta crujió al abrirse—. No tiene nada que temer de él —dijo—. Aunque parezca un monstruo, está encadenado y no puede hacerle daño alguno. Sospecho que mañana por la mañana habrá muerto, y aunque no sea así, cuando lo ahorquen estará bien muerto.

El corazón de Amelia le latía con furia, pero se esforzó en aparentar un aspecto sereno cuando entró en la celda.

—Échele un vistazo —dijo el guardia—. Luego la conduciré de nuevo a sus aposentos.

Ella se volvió hacia él.

—Concédame unos momentos. Deseo decirle algunas cosas. En privado, si no le importa.

El guardia volvió la cabeza.

—Por supuesto, señora. Lo comprendo. La dejaré con él, como desea, pero no andaré lejos. Llámeme si necesita ayuda. —El joven cerró la puerta y la dejó sola en la celda.

Un dolor lacerante le atenazaba la garganta cuando miró a Duncan, inconsciente, tumbado en el suelo. Tenía el pelo empapado en sangre reseca. Su mano izquierda estaba amoratada y llagada, hinchada como un nabo. Tenía cortes y contusiones en las piernas. Ella se arrodilló y le tocó suavemente el hombro.

—Soy yo —murmuró—. Por favor, dime algo, Duncan. ¿Puedes oírme? ¿Puedes abrir los ojos? ¿Puedes moverte?

Él no respondió.

Ella se inclinó sobre él y le apartó unos mechones de la cara para susurrarle al oído.

—Despierta, Duncan. Te lo ruego, despierta.

De pronto él sacudió y tiró de las cadenas, se tumbó boca arriba, pataleó y se debatió durante breves segundos, hasta percatarse de la gravedad de sus lesiones, y gimió. Esbozó una mueca de dolor y se retorció violentamente en el suelo.

El guardia entró apresuradamente en la celda.

—¿Está usted bien, señora? —preguntó alarmado.

—Perfectamente —respondió ella—. El prisionero se ha despertado, eso es todo. Ahora déjenos solos, por favor. ¡Enseguida!

El guardia retrocedió a regañadientes y cerró la puerta.

—Procura no moverte —dijo ella a Duncan, hablando en voz baja para que el guardia no oyera el eco de su desesperación—. Estás herido. Creo que tienes la mano rota.

Pero eso no era todo. Amelia vio entonces el lamentable aspecto que presentaba su rostro, herido e hinchado hasta el punto de ser irreconocible. Tenía la nariz partida, el pómulo machacado, el labio cortado y tumefacto. Esto explicaba al menos por qué nadie le había reconocido. Ni siquiera su tío lo habría hecho en el estado en que se hallaba Duncan.

—Dios mío, ¿qué te han hecho?

—No lo recuerdo —respondió él, respirando trabajosamente—. ¡Ay, mis costillas!

—Te encontraron en la cueva —le explicó ella—. El soldado que te capturó era el que me atacó en la playa. Te ha identificado, Duncan. No sabes cuánto lo lamento. Es culpa mía. Si no hubiera huido esa noche...

Él se esforzó en respirar con normalidad y parecía haber dominado un poco su dolor.

—No digas que lo lamentas. El único culpable soy yo. Tú no has hecho nada malo, muchacha.

Ella no podía soportarlo más. Apoyó la frente en su hombro y rompió a llorar.

—¿Qué puedo hacer? ¿Cómo puedo ayudarte?

—Ya me has dado lo que deseaba. El mero hecho de ver tu rostro y oír tu voz es suficiente. Supuse que ya habrías regresado a tu país, y que no volvería a verte. Creí que me odiabas.

Ella alzó la cara.

—Por supuesto que no te odio.

—Pero piensas que soy un salvaje. Querías a un caballero, ¿pero qué caballero presenta nunca un aspecto tan ensangrentado y maltrecho como yo?

—No.

—¿Puedes perdonarme todo lo que te he hecho?

—Sí —respondió ella apresuradamente, sin vacilar, sin pensar—. Te perdono, pero no soporto verte así.

Él meneó la cabeza.

—Si esta noche muero aquí, será una muerte más grata que cualquier otra, sabiendo que no me odias, que estás a salvo de Bennett y al cuidado de tu tío. Es un buen hombre. Deja que te lleve de regreso a casa, y quiero que sepas que no cambiaría nada de esto.

—Por favor, no digas estas cosas.

—Debo decirlas cuando aún puedo hacerlo, muchacha. Quiero que sepas que no me arrepiento de nada, y gracias a lo que tú me has enseñado, quizá haya esperanza para mí en la otra vida. Si pudieras mandar llamar a un sacerdote...

Ella negó con la cabeza.

—¡No!

Se volvió, preocupada de que el guardia pudiera oír la consternación que denotaba su voz.

—No mandaré llamar a un sacerdote. Voy a sacarte de aquí, de alguna forma. Nadie sabe quién eres. Si pudiera llevarte de regreso al Castillo de Moncrieffe...

Él cerró los ojos y meneó la cabeza.

—El Carnicero quizá habría podido matar a veinte hombre y sacarte de aquí con una mano, pero estoy herido, muchacha. No voy a matar a nadie, y no abandonaré este lugar.

Ella se sentó en cuclillas, le miró furiosa y luego se puso de pie.

—Lo harás, porque no voy a darme por vencida. ¡Guardia! —gritó—. ¡Sáqueme me aquí! ¡Y por lo que más quiera, no pierda el tiempo rebuscando en su manojo de llaves!

La puerta de las dependencias de los oficiales se abrió, y cinco soldados uniformados entraron empuñando sus mosquetes.

—Comandante Curtis, queda usted arrestado.

Curtis, que estaba sentado a una mesa con otros cuatro oficiales, se levantó apresuradamente. Los otros hicieron lo propio, sorprendidos por la irrupción de los soldados.

—¿De qué se me acusa? —inquirió Curtis, incrédulo.

—De estar borracho y de intentar violar a una mujer. —Los soldados le rodearon, confiscaron su pistola y su espada y le sujetaron por los brazos.

—¡Exijo conocer el nombre de la persona que me acusa!

—El duque de Winslowe, en nombre de su sobrina, lady Amelia Templeton. Vaya, vaya, comandante. De modo que intentó abusar de una joven aristócrata ¿eh? Qué vergüenza.

Lo sacaron a rastras de la habitación y le condujeron sin contemplaciones a la prisión.

Durante la noche, un médico entró en la celda de Duncan, y cuando se marchó, Duncan soñó con ángeles, con las perlas de su madre y con los ojos verde musgo de Amelia. Sintió sus manos sobre sus heridas, soldando sus huesos, y era vagamente consciente de que le besaba con delicadeza en la frente, le levaba la cara con agua tibia y de vez en cuando se levantaba para alejar a los casacas rojas que se acercaban a la puerta.

Estaba solo, por supuesto, encadenado a la pared. Nada de ello era real. Amelia no estaba en la celda con él. Estaba en otra parte. Pero esa noche durmió profundamente. Y no sintió dolor.

Capítulo 25

Durante la noche Amelia se esforzó en conservar la calma y no perder de vista su propósito mientras se paseaba de un lado a otro de su alcoba. No podía permitirse el lujo de ceder a su melancolía o sensación de impotencia. Si se venía abajo, no conseguiría nada.

Duncan estaba herido y preso, pero al menos estaba vivo. Debía dar las gracias por ello, pues las circunstancias de su captura podían haber tenido un resultado muy distinto. No estaba todo perdido. Mientras estuviera vivo, había esperanza, y si había esperanza, existía todavía la posibilidad de salvarlo.

Amelia pensó en exponer su caso al coronel Worthington y explicarle que Duncan la había tratado bien y la había rescatado del abominable ataque del que había sido objeto por parte del comandante Curtis. Quizá tuvieran en cuenta esos atenuantes y mostraran cierta misericordia al condenarlo. Si no estaban dispuestos a exonerarlo de todos los cargos, quizá le perdonaran cuando menos la vida. En lugar de la horca, podían trasladarlo a la cárcel, y quizás un día...

Sus pensamientos giraban en su mente como hojas secas en una tormenta. Se sentó en una silla, pero se levantó de inmediato y empezó a pasearse de nuevo de un lado a otro.

Quizá debía pedir ayuda a su tío. Ya le había revelado lo que había ocurrido con el comandante Curtis junto al lago, y su tío se había apresurado a tomar medidas contra el comandante. Éste se hallaba arrestado. ¿Pero podía ella confesárselo todo a su tío y revelar la identidad de Duncan?

No, decidió enseguida. Eso no serviría de nada. Podrían acusar a su tío de espía, pues había pasado unos días en el castillo. Algunos quizás insinuaran incluso que había sido cómplice en planear la muerte de Richard. Si se descubría la verdad, a ella podían acusarla también de traición. ¿De qué les serviría a ninguno de ellos? A Duncan no le ayudaría en absoluto. Iain y Josephine se verían implicados, y Duncan moriría atormentado, sabiendo que su familia sufriría por sus crímenes.

Amelia oprimió los dedos contra sus sienes, que no cesaban de martillearle, y cerró los ojos. Esforzándose en respirar lentamente, decidió que era preferible mantener la identidad de Duncan en secreto, aunque condenaran al Carnicero a la pena de muerte. En tal caso, Iain heredaría el título, y al cabo de unas semanas podían simular que celebraran el funeral por la muerte del conde de Moncrieffe...

Basta, Amelia. ¡Basta!

¿Por qué pensaba siquiera en esas cosas?

Se acercó a la cama y se tumbó boca arriba. Ojalá dispusiera de más tiempo. Lo único que había logrado hasta ahora era que el médico visitara a Duncan en su celda y le administrara un poco de láudano para aliviar sus dolores. Aún le atormentaba el hecho de haberse negado a mandar llamar a un cura, cuando era la única petición que él le había hecho. Tan sólo eso, para arrepentirse de sus pecados antes del momento del juicio final, para que Dios le perdonara y poder abandonar este mundo con la conciencia en paz.

No debió haberle negado esta petición.

Se había comportado de forma egoísta y falta de sensibilidad.

Al cabo de unos momentos, se hallaba a los pies de la cama, contemplando fijamente la pared. Ni siquiera recordaba haberse levantado. Se mordió la uña del pulgar.

¿Sabía Iain que Duncan estaba aquí? ¿Estaba solo en la cueva cuando fue capturado? ¿Dónde estaban Fergus, Gawyn y Angus?

De nuevo, Amelia pensó en llamar a un sacerdote, cuando lo que deseaba realmente era sacar a Duncan de este lugar. Sortear las engorrosas formalidades legales que quizá le beneficiaran o quizá no, actuar con rapidez y agresividad.

¿Pero cómo? Duncan estaba preso en una plaza fuerte inglesa. Encerrado en una celda, encadenado a la pared. Ella no era un feroz guerrero armado con un hacha con la fuerza y destreza suficientes para escapar de semejante lugar y raptar a alguien en plena noche, como él había hecho en cierta ocasión.

Sólo conocía a un hombre que poseyera esas habilidades.

El corazón empezó a latirle aceleradamente. ¿Era posible?

Sí, por supuesto. Tenía que serlo.

Pero si quería ayudar a Duncan, no podía perder un minuto más pensando en ello. Tenía que trazarse un plan y ponerlo en marcha de inmediato.

En cuanto despuntara el día partiría hacia el Castillo de Moncrieffe. Cuando llegara allí, pediría ayuda a Iain para dar con Angus, y luego diría y haría lo que fuera necesario para que dejaran de lado sus diferencias y se aliaran en un objetivo en común: salvar la vida de Duncan.

Angus MacDonald atravesó a caballo el puente levadizo del Castillo de Kinloch y desmontó. Hacía poco había partido de este lugar muy animado, después de la inesperada llegada de la cabeza de Richard Bennett en una bolsa. Durante días, lo había celebrado con su padre, el jefe, y con los guerreros de su clan. Exultante, Angus había alzado su copa y había brindado en honor del gran Carnicero de las Tierras Altas, un noble y valeroso escocés.

Sin embargo, ignoraba que al cabo de unos días Duncan le decepcionaría profunda y totalmente y elegiría a una inglesa —*a una inglesa*— por encima de su deseo de luchar por la libertad de los escoceses.

No había imaginado que él, Angus Bradach MacDonald, sería capaz de semejante maldad y traición.

Se llevó una mano al vientre, que tenía revuelto desde el amanecer. Se sentía como si hubiera comido un plato de carne rancia pero sabía que no era tan sencillo. No se trataba de algo que pudiera resolver con una purga. Era algo muy feo que le perseguiría el resto de su vida y hasta las abrasadoras profundidades de su tumba.

Se encaminó hacia los establos, entregó su caballo a un mozo y se dirigió hacia el gran salón, que estaba en silencio y vacío. En el aire flotaba una sensación de melancolía. Las celebraciones habían concluido.

Alzó la vista y contempló la heráldica de los MacDonald que colgaba de los muros de piedra, los blasones, banderas y tapices. Se sentía orgulloso de su linaje, estaba entregado a su clan y hacía dos días se había hecho un juramento: ninguna mujer ejercería sobre él una influencia como esa inglesa había ejercido sobre Duncan.

Él era un guerrero, leal a su clan y a su país. Un día sería el jefe aquí, por lo que una pasión ciega no tenía lugar en su vida. Se casaría, como es natural, para tener un heredero, pero no permitiría que su mujer se extralimitara. Y, por supuesto, sería escocesa.

Se volvió y miró la cruz, tallada en la piedra del hogar, y permaneció largo rato contemplándola hasta que un ruido le hizo alzar los ojos. Un pajarillo se había quedado atrapado en el salón. Revoloteaba alrededor de las vigas, agitando frenéticamente sus alas en la parte más elevada del techo.

Angus fijó la vista en el suelo, sintiendo de pronto como si se hundiera a través de las piedras. Se había enfurecido con Duncan. ¿Pero qué había hecho?

Se postró de rodillas, juntó las manos y agachó la cabeza.

—Dios misericordioso —murmuró—, te ruego que me perdones y me concedas fuerza para soportar la vergüenza de mis pecados.

Entonces oyó el sonido metálico de una espada al fondo de la habitación y al volverse vio una sombría expresión de ira en los ojos de su padre. Su padre, el jefe, el hombre al que reverenciaba más que a nadie...

Su padre lo sabía.

Y él, a diferencia de Dios, no sería misericordioso.

Amelia se apeó del carruaje de su tío y observó la gigantesca fachada de piedra del Castillo de Moncrieffe. Se había levantado un fuerte viento que le agitaba las faldas. Las cintas de su sombrero volaban con furia alrededor de su rostro. Alzó una mano para sujetarse el sombrero y trató de no pensar en dónde se hallaba Duncan en ese momento, ni qué suplicio estaba padeciendo, mientras se apresuraba desde el carruaje hacia la entrada del castillo. En lugar de ello, ensayó mentalmente su discurso. Hoy tenía que conseguir muchas cosas aquí, y no podía permitirse ningún arrebato emocional o pensamiento sobre posibles catástrofes. No podía permitir que nada la distrajera del propósito que la había traído aquí.

El ama de llaves la recibió en el vestíbulo.

—Lady Amelia —dijo, turbada—, no la esperábamos. El señor conde no está en casa. Partió ayer para Edimburgo.

Amelia esbozó una sonrisa cortés.

—¿Edimburgo? Supongo que iría a resolver un asunto importante. En tal caso, haga el favor de informar a su hermano de mi llegada.

El ama de llaves hizo una reverencia y abandonó apresuradamente el vestíbulo.

Al poco rato, Amelia fue conducida a la galería. Entró rápidamente suponiendo que se entrevistaría con Iain y Josephine, pero se encontró también con Fergus y Gawyn. Estaban de pie ante el hogar, mirándola sorprendidos.

—Caballeros. —Amelia se quitó los guantes—. Me complace encontrarles a ambos aquí. Ha ocurrido algo terrible. He venido lo antes posible.

—Sí, ya nos hemos enterado —respondió Fergus con tono despectivo.

Ella miró intrigada a Iain.

—¿Ya lo sabéis?

Iain asintió con la cabeza y Gawyn se acercó.

—Lady Amelia, yo también me alegro de verla. ¿Viene del fuerte? ¿Ha visto a Duncan? ¿Está vivo?

—Sí, sigue vivo.

Todos emitieron un sonoro suspiro de alivio. Josephine se levantó de su butaca, se acercó y abrazó a Amelia, que seguía tratando de comprender a qué se debía todo esto. Estaban al tanto de lo ocurrido. ¿Habían empezado a planear la forma de sacar a Duncan de la prisión?

—Supuse que a estas horas estarías a medio camino de Inglaterra —comentó Josephine.

Amelia la abrazó con afecto.

—No podía irme. —Retrocedió un paso sosteniendo ambas manos de Josephine en las suyas—. He pasado varios días en el fuerte, sin saber si había hecho bien en marcharme de aquí. Anoche se produjo un tremendo revuelo en el fuerte y mi tío me dijo que habían capturado al Carnicero. Estaba fuera de mí, desesperada. No sabía qué hacer, de modo que decidí venir aquí.

—¿Cómo está Duncan? —inquirió Iain preocupado—. ¿Qué le han hecho?

—¿Conocen su identidad? —preguntó Fergus.

Amelia negó con la cabeza.

—Nadie sabe quién es, al menos de momento. Pero no está bien, Iain. Le propinaron una paliza brutal, lo cual en cierto modo quizá sea una ventaja, porque está irreconocible.

Josephine retrocedió y se cubrió la boca con una mano.

—Pobre Duncan.

—Supongo que lo colgarán —dijo Iain.

—Sí —respondió Amelia—. Es lo que se proponen hacer, por eso he venido lo antes posible. Debemos sacarlo de alguna forma de allí, y cuanto antes mejor.

Fergus rodeó la mesa.

—¿Cree que es empresa fácil, muchacha, sacar a un rebelde escocés de una prisión inglesa?

Ella le miró a los ojos.

—Duncan consiguió entrar y sacarme de allí portándome sobre sus hombros. Quizá podamos hacer lo mismo por él.

Fergus dio un respingo.

—Usted es ligera como una margarita. Él es más pesado que un buey, y está encadenado.

—Quizá pueda caminar —insistió ella, negándose a darse por vencida—. Las heridas más graves las tiene en las manos y el rostro.

—Queda el pequeño detalle de sacarlo de la prisión —dijo Fergus—. El lugar está infestado de casacas rojas, y como tienen cautivo al famoso Carnicero, sospecho que habrán doblado o triplicado la guardia.

Amelia respiró hondo,

—Sí. Comprendo que será difícil. Pero como he dicho, Duncan consiguió entrar sin que nadie se diera cuenta.

Lo cierto era que había rebanado algunos cuellos para entrar. No había tenido miramientos, ni misericordia. ¿Estaba ella dispuesta a aprobar semejantes métodos para salvarle la vida?

—¿Dónde está Angus? —preguntó—. ¿Estará dispuesto a correr ese riesgo? Puedo darle instrucciones e indicarle exactamente dónde tienen preso a Duncan, y en mi baúl he traído tres uniformes de color rojo que pueden ser útiles. Los tomé de la lavandería antes de partir esta mañana. Dudo que hayan descubierto ya su desaparición.

Un pesado silencio cayó sobre la habitación. Todos se miraron preocupados.

—¿Qué pasa? —preguntó Amelia—. ¿Ha sucedido algo malo? ¿Le ha ocurrido algo a Angus? No me digáis que... le han capturado también.

—No, muchacha, no le han capturado, pero es cierto que le ha sucedido algo —dijo Gawyn—. Aún no nos hemos repuesto del golpe.

Ella arrugó el entrecejo.

—Cuénteme qué ha ocurrido.

—Nos traicionó, muchacha. Fue él quien informó a los soldados ingleses dónde encontrarían a Duncan.

Amelia sintió que palidecía.

—¿Cómo dice? ¿Está seguro? No es posible. Angus odia a los ingleses. ¿Por qué iba a hacer semejante cosa?

—Es imperdonable —declaró Gawyn.

—Se pudrirá en el infierno —apostilló Iain.

—¿Pero estáis seguros de que fue él? —preguntó Amelia—. Quizás estéis equivocados.

—Siempre concedes a todo el mundo el beneficio de la duda —dijo Iain—. Lo cual admiro en ti, Amelia, pero en este caso no cabe la menor duda. Él era el único aparte de mí que sabía donde estaría Duncan esa noche. Angus debía conducir a Fergus y a Gawyn a la cueva para reunirse con él, para hablar sobre el futuro de la campaña del Carnicero, pero en lugar de ello fue a informar a los soldados ingleses. Un chico que espiaba para nosotros le vio allí, y partió a galope para informar a su padre, pero era demasiado tarde.

—¿Pero por qué lo hizo Angus?

—Estaba furioso con Duncan. Creía que sus actos traicionaban a Escocia.

—Porque me había propuesto matrimonio —dijo Amelia, terminando la frase para Iain y sintiéndose como si todo esto fuera culpa suya—. Pero yo rompí nuestro compromiso —les dijo—. Todo había terminado entre nosotros, y él mató a Richard, que era justamente lo que deseaba Angus.

—Sí, pero Duncan iba a renunciar a su cruzada como el Carnicero —dijo Iain—. No quería seguir luchando, al menos con su hacha.

Ella reflexionó unos momentos sobre esta noticia.

—¿Iba realmente a dejar de luchar?

Josephine asintió con la cabeza.

—Sí, Amelia. No podía seguir manchándose las manos de sangre. Dijo a Angus que iba a retirar al Carnicero para siempre.

Amelia agachó la cabeza lamentando todo el dolor que Duncan tenía que padecer por su culpa, especialmente ahora, cuando estaba preso en Inglaterra, torturado y sentenciado a muerte. Se sentó en una silla, alzó la vista y miró con gesto implorante a Iain.

—Tenemos que sacarlo de allí. Todo lo que hizo, lo hizo para proteger a otros y luchar por su bienestar y libertad. No puede morir. Merece la oportunidad de vivir.

—¿Pero cómo, Amelia? ¿Cómo vamos a sacarlo de allí?

Amelia pensó de nuevo en la petición que él le había hecho.

—Lo único que deseaba —dijo—, era hablar con un sacerdote. Deseaba confesar sus pecados antes de morir. Yo le negué ese deseo porque no soportaba renunciar a la esperanza de salvarlo. Pero ha llegado el momento de respetar sus deseos.

—Es muy amable por su parte, lady Amelia —dijo Gawyn—, pero eso no hará que vuelva junto a nosotros.

—Cierto —respondió ella—, pero creo que si conseguimos que un sacerdote entre en su celda, quizá podamos trasladarlo a un lugar seguro sin herir a nadie.

Capítulo 26

El padre Douglas llegó al Fuerte William un miércoles. Su carruaje, tirado por tres imponentes caballos capones castaños, pasó por la aldea de Maryburgh y atravesó las puertas de la fortaleza al mediodía. Fue recibido por un joven centinela y escoltado al comedor de oficiales, donde tomó una comida caliente compuesta por estofado de cerdo y pan de centeno, seguido de una tarta de frutas y nata dulce de postre.

Después del almuerzo tuvo el placer de conocer al coronel Worthington en sus aposentos privados. El coronel le ofreció una copa de clarete y le informó de que el Carnicero de las Tierras Altas había sido juzgado esa mañana acusado de traición y declarado culpable.

La sentencia era la siguiente: Dentro de cinco días sería trasladado desde el Fuerte William a la prisión de Edimburgo, donde permanecería encarcelado durante veintisiete días. El vigésimo octavo, sería ahorcado.

El coronel Worthington se oponía a semejante espectáculo público. Creía que provocaría disturbios, aparte del riesgo al que se exponían de que el reo se fugara durante su traslado. Opinaba que el Carnicero debía ser ajusticiado en el Fuerte William cuanto antes, pero lamentablemente, se había impuesto la política y los consejeros del Rey opinaban de otro modo. Hacía seis meses habían emitido la orden de la inminente captura y muerte del Carnicero.

—Por eso prefiero ser soldado antes que político —dijo el coronel suspirando profundamente mientras bebía su clarete—. Las exhibiciones teatrales no me interesan. Sólo quiero resultados, sin inútiles alharacas.

Esa tarde, el padre Douglas fue escoltado a la prisión por dos guardas fuertemente armados. Abrieron la puerta de la celda y aguardaron fuera mientras el cura escuchaba la confesión del Carnicero.

A la mañana siguiente sonó un silbato. Los guardias se despertaron en la celda de la prisión, encadenados a la pared. Les dolía la cabeza y sus armas habían desaparecido. Un tercer guardia atravesó el pasillo a la carrera hasta llegar a la celda del Carnicero.

—¡Despertaos, imbéciles!

Mientras los dos soldados se incorporaban medio groguis, el que se hallaba fuera rebuscó entre su manojo de llaves, las dejó caer al suelo, se agachó para recogerlas y por fin abrió la puerta de la celda del preso.

Miró con ojos como platos al cura, el padre Douglas, encadenado a la pared y amordazado con un trozo de tartán verde. Estaba profundamente dormido y tan sólo llevaba su camisa de lino. Sus otras ropas habían desaparecido.

El guardia se apresuró a liberarlo. Abrió las esposas y le quitó la mordaza de la boca.

—¿Está bien, padre Douglas?

El sacerdote se llevó una mano a la parte posterior de la cabeza y gimió.

—Pardiez, alguien debió de golpearme. —Entonces se percató de que estaba casi en cueros—. ¿Por qué estoy medio desnudo? ¿Dónde está mi ropa?

El guardia miró perplejo a su alrededor.

—Al parecer se la han robado, padre.

—¿Quién?

—¿Quién iba a ser sino el Carnicero?

El padre Douglas miró al guardia arrugando el ceño.

—Pero yo vine aquí para oír su confesión. Estaba encadenado a la pared y me dijeron que estaba a las puertas de la muerte. ¿Cómo es posible que llevara a cabo semejante proeza? ¿Dónde está ahora?

El guardia ayudó al padre Douglas a levantarse.

—Si tuviera que aventurar una respuesta, diría que está camino de Irlanda.

—Supongo que debería dar las gracias —dijo el padre Douglas—, por haberme robado sólo la ropa. Me alivia comprobar que sigo en posesión de mi cabeza.

—El Todopoderoso debía de velar por usted —dijo el guardia.

—Aunque todo indica que debía de velar también por otra persona, por el prisionero que se ha fugado.

El guardia ayudó al padre Douglas a salir de la celda.

—Descuide, padre. La justicia triunfará. Siempre triunfa a la hora de castigar a los delincuentes.

Subieron lentamente la escalera.

—Pero nos hallamos en tierras escocesas, joven. Algunos se mostrarían en desacuerdo con sus opiniones y calificarían al Carnicero de héroe.

—¿Y usted, padre? ¿Cómo lo calificaría?

El cura se detuvo unos momentos para reflexionar sobre la pregunta; luego soltó una risita.

—Me encuentro en una prisión inglesa, pero sigo siendo escocés de sangre. De modo que diría simplemente que es un hombre afortunado.

Sentada en el borde del claro no lejos de la casita de los MacKenzie, a orillas de un arroyo de aguas límpidas y cantarinas, Amelia trató de hallar algún sentido a los extraordinarios acontecimiento de su vida. Hacía unos días, había huido de una plaza fuerte inglesa en la que Duncan estaba preso, abandonándolo —solo— pero sin renunciar a la esperanza de hallar la ayuda necesaria para liberarlo.

Ahora estaba sentada junto a este arroyo en el interior de Escocia, rogando que su plan no se malograra y Duncan lograra sobrevivir.

Alzó los ojos y miró a su alrededor. Este era el lugar donde se habían detenido después de escapar de los soldados ingleses en Loch Fannich. Era donde ella había visto por primera vez una faceta distinta de Duncan, poco antes de que éste se desplomara a sus pies a consecuencia de la herida en la cabeza que ella le había causado. Amelia había echado a correr y esa noche también lo había dejado solo, en busca de alguien que pudiera ayudarla.

De pronto algo le llamó la atención, una mancha gris al otro lado del arroyo. *¿Duncan?* El corazón le dio un vuelco al reconocer al visitante.

Curiosamente serena, sin sentir temor alguno, permaneció inmóvil. La loba olfateó el aire y no tardó en localizar a Amelia.

Qué extraño e increíble que volviera a encontrarse con un animal salvaje. Amelia lamentó no tener nada que ofrecer a la loba, pero sabía que habría sido un error, pues con ello sólo conseguiría que ésta regresara y descubriera que los MacKenzie tenían un establo lleno de rollizos y suculentos animales.

Pero no había nada malo en gozar de la compañía de la loba, pensó Amelia, mientras se maravillaba de sentirse tan segura en su presencia.

La loba levantó de pronto la cabeza. Puso las orejas tiesas y echó a correr en sentido contrario. Penetró en el bosque y desapreció tan rápidamente como había aparecido, haciendo que Amelia se preguntara si todo había sido fruto de su imaginación.

En el bosque se hizo de nuevo el silencio, hasta que Amelia oyó un claro murmullo a su espalda, seguido por el sonido de unos cascos sobre el musgo. Se volvió rápidamente y se levantó.

¿Estaba soñando? ¿La engañaban sus ojos por segunda vez consecutiva?

No, esto era real. Miraba a Duncan, feroz y peligroso, montado en un caballo capón castaño, vestido con su habitual tartán de color verde. El viento agitaba su espeso cabello negro, su mano izquierda estaba entablillada. Tenía el ojo todavía amoratado pero menos hinchado. Había recobrado casi su aspecto normal, y estaba vivo. Estaba libre.

—Estás aquí —dijo él, con ese marcado acento escocés con el que ella había llegado a familiarizarse. Su rostro mostraba una expresión seria.

Ella no podía articular palabra. El corazón le latía aceleradamente, pues pese a los placeres que habían compartido y el hecho de ser él un aristócrata y poseer una fortuna, cuando quería seguía siendo un bruto y un animal capaz de amedrentar a cualquiera.

Amelia tragó saliva y se esforzó en hablar, pues no estaba dispuesta a dejar que él la acobardara. Nunca lo había conseguido y no lo conseguiría ahora.

—Sí. ¿De modo que conseguiste escapar?

—De los ingleses, sí. —Duncan alzó una pierna sobre el lomo de su montura y saltó al suelo—. Me dijeron que desempeñaste un importante papel en el plan para sacarme de allí. Que fue idea tuya enviar al padre Douglas a mi celda para que me prestara sus ropas.

Ella se humedeció los labios.

—Sí, y él aceptó encantado.

—Pero no debiste arriesgarte, muchacha. Si alguien lo averigua, pondrán un precio a tu cabeza. Podrían acusarte de traición. —Sus ojos centelleaban de ira—. ¿En qué estabas pensando? Has puesto tu vida en peligro, y siento deseos de volver a atarte, muchacha, para tenerte segura y controlada.

Amelia le miró indignada.

—¿Controlada? ¿De veras crees, Duncan, que sigo siendo tu ingenua y atemorizada cautiva que aún necesita de tus sabios consejos y protección? ¿Qué debo hacer para convencerte de que ya no soy esa mujer? He aprendido mucho sobre el mundo, y soy una mujer autosuficiente. Te abandoné, ¿no es así? No temí marcharme y vivir mi vida tal como quería. De modo que no te atrevas a preguntarme si en lugar de un cerebro tengo piedras en la cabeza. Soy más que capaz de tomar mis propias decisiones y hacer lo que crea oportuno.

En la mandíbula de Duncan se crispó un músculo y achicó los ojos.

—Sí, y en realidad no me importa. Puedes cometer tantas imprudencias como quieras. No pienso preocuparme por ti.

Durante unos momentos la miró como tratando de decidir si debía discutir con ella; luego se dirigió hacia el otro lado del claro.

—Tu plan dio resultado —dijo él tímidamente, y ella emitió un suspiro de alivio, pues comprendió que era una bandera blanca—. El padre Douglas se mostró más que deseoso de ayudar, y no le importó demasiado que le pusiera las esposas.

—¿Y Fergus y Gawyn? —preguntó ella, decidida a no complacerse con su victoria, pues sabía lo difícil que era para Duncan rendirse de esta forma—. ¿Están también a salvo?

—Sí. Me escoltaron a través de la puerta del fuerte y en cuanto dejamos atrás la aldea abandonamos el carruaje y cada cual se montó en su caballo. Creímos que era preferible separarnos.

—Para que fuera más difícil seguiros la pista.

—Sí. Pero si alguien lo averigua, muchacha... —Duncan se volvió hacia ella; sus ojos transmitían una advertencia.

Ella sonrió.

—Lo sé, lo sé. Pondrá precio a mi cabeza. De acuerdo, me rindo. Si ocurre eso, necesitaré protección.

—De un hombre muy poderoso.

Amelia se echó a reír.

—Sí.

Por fin Duncan se acercó a ella y la sujetó por la parte superior de los brazos.

—Te debo mucho, muchacha. Fuiste muy valiente y me salvaste la vida.

Ella rió con lágrimas en los ojos e incrédula.

—Y tú la mía.

Eufórica, extasiada, demasiado feliz para pensar siquiera, se arrojó en sus brazos y casi lo arrojó de espaldas sobre la hierba.

—Pensé que te había perdido.

Él recobró el equilibrio y la abrazó con fuerza.

—Y yo creí que no volvería a verte, pero ten cuidado con mis costillas, muchacha.

Ella retrocedió y ambos permanecieron en el centro del soleado claro, mirándose durante largo rato. Por fin él oprimió su boca contra la de ella y Amelia le besó con pasión. Las manos de él se deslizaron sobre su cuerpo, estimulando su deseo.

—No quiero separarme nunca de ti —dijo ella, tomando el rostro de él entre sus manos—. Estaba muy triste sin ti. Por eso no pude marcharme de Escocia, y por eso pedí a mi tío que permaneciéramos en el fuerte. Soñé contigo cada noche, y no estaba segura de haber obrado bien al abandonarte. Quería regresar y preguntarte si podíamos comenzar de nuevo. Quería hablar sobre lo que había ocurrido con Richard, pero entonces llegó al fuerte la noticia de que habías enviado su cabeza en una bolsa, y todos hablaban sobre el feroz Carnicero de las Tierras Altas. Me sentí confundida, mi tío vino a mi cuarto y... —No pudo terminar la frase.

Duncan la besó en la boca, en las mejillas, en la frente.

—Debes saber —le explicó—, que el motivo de que esa noche acudiera a la cueva fue para entregar mi escudo. Dije a Angus que no quería seguir combatiendo, que no seguiría matando. La última cosa que me dijiste fue que no podías amar a alguien capaz de matar y no sentir nada. Deseaba decirte que por supuesto que sentía emociones. De hecho, demasiadas. Todo cuanto he hecho me seguirá hasta la tumba. Hace tiempo que me siento atormentado, pero no sabía qué hacer para cambiar las cosas.

Ella le acarició la mejilla.

—Cuando fui a Moncrieffe en busca de ayuda, Iain y Josephine me contaron lo que había ocurrido entre Angus y tú, y comprendí que tenía que sacarte de allí. —Amelia agachó la cabeza—. Lamento mucho todo lo ocurrido. De no haber sido por mí, jamás te habrían capturado.

Él sacudió la cabeza.

—No, muchacha. Yo no lamento nada. De no haber ocurrido, ahora no estaría aquí contigo, sintiéndome digno de tu amor.

Ella se alzó de puntillas y le besó.

—¿Pero soy realmente digno de ti, muchacha? —preguntó él cuando ella se apartó—. Rompí la palabra que te había dado. Maté a Richard Bennett.

Ella le miró angustiada.

—Creo que tenías tus motivos, Duncan, y que debes procurar perdonarte. —Lo dijo convencida, aunque en parte seguía recelando de él y probablemente recelaría siempre. Él había perdido su autodominio y había matado a un hombre. Había matado a muchos hombres.

—Es cierto que tenía mis motivos —respondió él—, pero necesito que comprendas algo si vamos a estar juntos. —Le acarició suavemente la mejilla con el dorso de un dedo, y luego se acercó a la orilla del arroyo—. El día que maté a Richard Bennett aprendí algo —dijo, arrodillándose y enjuagándose las manos.

—¿Qué?

Él se detuvo.

—Aprendí que él y yo éramos muy parecidos, casi unos reflejos exactos. Éramos iguales, pero opuestos.

—¿En qué sentido?

—Ambos éramos luchadores, ambos habíamos sido criados desde que habíamos nacido para luchar, sobrevivir y soportar el dolor.

Ella frunció el entrecejo.

—Pero tú no te pareces a él, Duncan. Porque el hombre con el que estuve a punto de casarme recordaba su dolor, y quería lastimar a otros para resarcirse, o para satisfacer un siniestro afán de venganza contra el mundo. —Duncan se levantó y se acercó a ella. Amelia continuó—: Pero ahora sé que lo único que querías era impedir el sufrimiento de otros. Creías que deseabas vengarte, pero lo que deseabas realmente era impedir que Bennett perpetrara todas las atrocidades que deseaba perpetrar contra seres inocentes.

—Parecidos —dijo Duncan—, pero distintos. —Se acercó más a Amelia—. Pero ante todo, no podía permitir que cometiera esas atrocidades contra ti, muchacha. Jamás te revelaré las cosas que dijo antes de que le matara, pero lo hice para protegerte.

—¿Lo hiciste por mí? —preguntó ella, sintiendo en su fuero interno una sombra de duda que seguía inquietándola.

—Así es.

—¿Pero y Muira?

Él se detuvo ante ella y arrugó el ceño.

—¿A qué te refieres?

Amelia desvió la vista, fijándola en un sauce llorón cuyas ramas se sumergían en el agua; luego miró de nuevo el rostro de Duncan, cubierto de cortes y moratones.

—Una noche, cuando estábamos juntos, me dijiste que no querías que volviera a pronunciar el nombre de Muira. Sentía que tu amor por ella se interponía entre nosotros, Duncan, pero no puedo permitir que siga separándonos. Debo comprender lo que sentías por ella, lo que sientes por mí.

—No hay nada que comprender —respondió él, perplejo—. Hace un tiempo la amé, pero ha desaparecido. Lo sé.

—¿Pero sigues amándola? —preguntó Amelia—. ¿Llegarás a amarme alguna vez como la amaste a ella? Porque no puedo competir con un fantasma.

—¿*Competir?* —El la miró como si a Amelia le hubiera crecido de pronto barba y bigote—. No quiero que compitas con nadie, muchacha. Te quiero a ti, lisa y llanamente.

Ella suspiró.

—Ese es justamente el problema, Duncan. Me *quieres*. Me deseas. Siempre lo he sabido, y he gozado con tu pasión al igual que con la mía. Nunca cabe duda de que entre nosotros existe un intenso deseo sexual. Pero...

—¿Pero qué, muchacha? —Duncan se mostraba claramente desconcertado.

Ella no sabía cómo expresarlo, ni cómo explicárselo ella misma, hallar algún sentido a esto y cómo exigir lo que realmente deseaba.

Duncan torció entonces el gesto y la tomó por el mentón con su fuerte manaza. La miró sacudiendo la cabeza como si fuera tonta de remate.

—Esa noche no quería hablar de Muira —dijo—, porque no quería imaginar la posibilidad de perderte como la había perdido a ella. No soportaba pensar en ello. Por eso no quería que me lo recordaras. Es a ti a quien amo, muchacha, con todo mi corazón. De no ser por ti, no quedaría nada de mí. Al menos ahora sé que hay algo que late en mi pecho. Siento que por fin puedo conseguir lo que deseaba, casarme con una mujer a la vez tranquila y apasionada.

—¿Me amas? —preguntó ella, comprendiendo que no había oído una palabra de lo él había dicho después de esa pequeña declaración.

—Pues claro que te amo, boba. ¿Acaso tienes piedras en lugar de un cerebro en la cabeza?

Ella soltó una carcajada, pero él no la escuchaba. La tomó en brazos, oprimiendo su boca contra la suya y besándola con tal pasión que la dejó sin aliento y enloquecida de deseo.

—Te amo, muchacha —dijo él—. Y pienso retenerte junto a mí. ¿Aceptas ser mi esposa y no volver a abandonarme jamás?

Ella estaba perdidamente enamorada de él.

—Prometo no volver a hacerlo. Sería una estúpida.

Él la abrazó con ternura.

—Y yo prometo ser el caballero que siempre deseaste. Esta es la promesa que te hago, y que cumpliré siempre.

Ella sonrió satisfecha y meneó la cabeza.

—No quiero casarme con un caballero —dijo—. Quiero casarme con un guerrero de las Tierras Altas. Es lo que siempre deseé. Pero no lo sabía.

—Quizá pueda ser ambas cosas, para no desilusionarte.

—Ya eres ambas cosas —dijo ella—. ¿Y qué sacrificio quieres de mí, Duncan MacLean? ¿Puedo ser una esposa inglesa? ¿O debo adoptar un acento escocés?

Él sonrió satisfecho.

—Puedes ser lo que quieras, muchacha, siempre y cuando sigas siendo fogosa.

—¿De modo que ya puedo sentirme feliz?

Él reflexionó unos instantes.

—Mm..., todavía no, pero dentro de poco.

—¿Cuándo?

Él la besó en la boca mientras le desabrochaba el corpiño.

—Cuando estés desnuda y tumbada boca arriba sobre la hierba, gritando mi nombre, suplicando que no me detenga.

Ella se rió.

—Entonces sospecho que me sentiré feliz dentro de unos breves minutos.

Él inclinó la cabeza.

—Me conoces lo suficiente para saber que será dentro de algo más que «unos breves minutos».

Ella deslizó las manos debajo de su falda escocesa y comprobó complacida lo enorme y ardiente que era el amor que este apuesto montañés sentía por ella. Y tal como él le había prometido, al cabo de breves momentos —pero no demasiado breves— la penetró con fuerza y habilidad y ella se estremeció extasiada.

Nota de la autora

En 1715, Escocia se hallaba en plena rebelión debido a la sucesión inglesa. La reina Ana había muerto sin dejar un heredero, de modo que la Corona había pasado a manos de un príncipe alemán, Jorge de Hanover. Los jacobitas escoceses sostenían que el monarca legítimo era el príncipe Jacobo Eduardo Estuardo, cuyo padre, Jacobo II, había sido depuesto del trono en 1688 por ser católico.

Los libros de historia confirman que los MacLean, a las órdenes de sir John MacLean del Castillo Duart, fueron algunos de los que recabaron apoyo para la sublevación jacobita en 1715. Los MacDonald se unieron a ellos, junto con los MacGregor, los Cameron y los MacLachlan, entre otros. Bajo el liderazgo del conde de Mar, un ejército compuesto por doce mil miembros de clanes se dispuso a luchar por la causa. En septiembre, Mar había tomado Perth, pero la plaza fuerte inglesa de Stirling, bajo el mando del segundo duque de Argyll, seguía interponiéndose entre los jacobitas escoceses y la frontera inglesa. Le pericia militar de Mar no podía compararse con la de Argyll, y su indecisión a la hora de seguir avanzando les costó a los escoceses la victoria.

Entretanto, los MacLean, los Cameron y los MacDonald marcharon sin éxito sobre Inveraray, y en noviembre se unieron a Mar en la Batalla de Sherrifmuir, en la que sufrieron numerosas bajas y no lograron restituir a un monarca Estuardo en el trono.

Estas batallas suministraron el turbulento telón de fondo político para *Capturada*, dando vida a los personajes y haciendo que las gentes de las Tierras Altas se enfrentaran a los ingleses en unos actos de venganza y búsqueda de justicia.

Todos los personajes principales del libro —incluyendo a Duncan MacLean, el «Carnicero de las Tierras Altas»— son ficticios, aunque muchos de los acontecimientos que les rodean son verídicos, incluyendo el hecho de que el gobierno de Londres tomó medidas drásticas contra los escoceses que participaron en la rebelión. Algunos consiguieron que les perdonaran la vida aliándose con Inglaterra, pero otros fueron ejecutados o enviados a Norteamérica, y muchos títulos y propiedades fueron confiscados y cedidos a la Corona.

También es cierto que muchas personas se vengaron unas de otras. Un liberal escocés —un Campbell de Ardkinglas— persiguió a MacLachlan durante cinco años hasta que en 1720 lo abatió de un tiro.

El antepasado de mi protagonista también fue una persona real: Gilleain na Tuaighe, Gillean el del Hacha de Guerra, quien combatió ferozmente en la Batalla de Langs en 1263 y derrotó a una flota de vikingos invasores. Su historia me inspiró, junto con el hecho de que los MacLean eran conocidos en ocasiones como «los espartanos del norte». Esto estimuló mi imaginación con respecto a la infancia y educación de Duncan.

Por lo que se refiere al malvado casaca roja, también es un personaje ficticio, aunque basado, a grandes rasgos, en un soldado británico real. El teniendo coronel Banastre Tarleton, quien, curiosamente, era conocido cono «El Carnicero». Fue famoso por su violencia y brutalidad durante la Revolución Americana.

El Castillo de Moncrieffe es ficticio pero basado también a grandes rasgos en el Castillo de Leeds en Inglaterra —después de las ampliaciones de 1822 e incluso algunas renovaciones del siglo xx—, aunque me he tomado algunas licencias artísticas con respecto a algunos detalles decorativos y arquitectónicos.

El Castillo Duart es la auténtica fortaleza de los MacLean. Hoy en día sigue en pie y está ubicado en la isla de Mull. Asimismo, el Fuerte William era una plaza fuerte inglesa, y sus ruinas se divisan no lejos del Castillo de Inverlochy en las Tierras Altas de Escocia.

Si os ha gustado la historia de Duncan, confío en que leáis la de Angus MacDonald, *Reclamada*, de próxima publicación.

Asimismo os invito a visitar mi página web en www. juliannemaclean.com, para informaros sobre mis libros y mi trayectoria literaria. Me gusta tener noticias de mis lectores, de modo que podéis contactar conmigo a través del correo electrónico en mi página web.

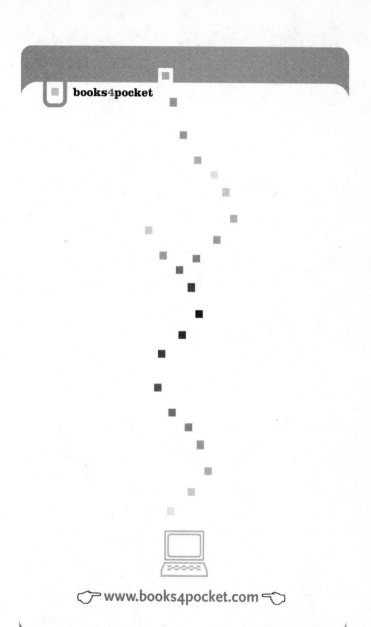

books4pocket

www.books4pocket.com

Otros títulos de
Julianne MacLean

Angus MacDonald, «el león», regresa del destierro para reclamar lo que le pertenece por derecho de cuna: su castillo, su hogar. Pero la corona británica se lo ha cedido al clan de los MacEwen. Los guerreros de Angus invaden el castillo y «el león» anuncia que tomará a Gwendolen MacEwen como esposa. A pesar de que el rubio guerrero se corresponde exactamente con la imagen de sus sueños, Gwendolen se resiste con uñas y dientes a su captor. Aunque no por mucho tiempo. Poco a poco, la dulzura que se esconde tras la feroz apariencia de Angus va minando sus defensas y ella va apreciando cada vez más al hombre que la desposó por la fuerza. Pero Murdoch, el hermano de Gwendolen, espera entre las sombras el momento de atacar a Angus, a quien un antiguo oráculo había profetizado la muerte en la horca. ¿Podrá la fuerza del amor torcer el destino?

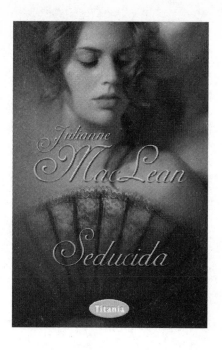

Catherine es una hermosa muchacha de origen noble; al menos, eso le han dicho. Lo cierto es que sufre de amnesia y no recuerda nada de sus orígenes. Desesperada por averiguar quién es realmente, cuando se cruza con Lachlan MacDonald un sexto sentido le dice que ese aguerrido escocés posee la llave para desentrañar el misterio de su pasado e, incluso, para llegar a su corazón. Pero, tras perder a su mujer, MacDonald es un hombre torturado, y cuando posa los ojos sobre la bella Catherine cree reconocer en ella a la bruja que lo maldijo para toda la eternidad. Ahora, Catherine corre el riesgo de ser presa de la legendaria ira de MacDonald, que tantas vidas ha segado en el campo de batalla. El duro guerrero escocés es un luchador nato, pero la furia que siente contra la desmemoriada Catherine se va convirtiendo en algo cada vez más distinto y perturbador, y él mismo no sabe cuánto tiempo podrá luchar contra su propio deseo.

La joven heredera americana Clara Wilson no podía haber empezado peor su estancia entre la alta sociedad de Londres. Una pequeña equivocación la lleva al baile equivocado: en lugar de caballerosos aristócratas en busca de esposa, se encuentra envuelta en los juegos inconfesables de los miembros más libertinos de la ciudad. La confusión se aclara, pero no antes de que conozca a un misterioso enmascarado de ojos verdes, ni antes de que éste la bese con pasión en un oscuro rincón de la sala. Aunque Clara evita el escándalo, no puede dejar de pensar en aquel hombre seductor y extraño que dejó una huella imborrable en sus labios. Su familia, sus amigos y su sentido común le piden que lo olvide y se busque un marido honorable, fiel y honrado. Pero el corazón le exige que arriesgue su reputación y su futuro en aras de una pasión que no puede sofocar.

Julianne MacLean

Los amores de Lily

books4pocket

Lily ha pasado su infancia suspirando por un amor imposible, Withby, el mejor amigo de su hermano James. Para él, ella no era más que una niña con la que compartía risas inocentes en la mansión de los Langdon. Ahora, esa niña se ha convertido en una mujer dispuesta a luchar por su amor. La fiesta que dan su hermano James y su mujer Sophia, a la que Withby acudirá tras regresar de la India, es la ocasión perfecta para comprobar si la niña ha aprendido a usar las armas de la seducción. Pero Whitby ha vivido una vida llena de amores tórridos y pasajeros, ¿podrá entregarle a Lily el amor verdadero que ella espera? ¿Se atreverá a asestarle ese golpe a James, a quien quiere como a un hermano? Con la ayuda de algunos cómplices y algunas dosis de su juvenil descaro, Lily pretende ganar esta partida que lleva toda la vida jugando. Pero él guarda todavía un oscuro secreto...

Julianne MacLean

Mi héroe privado

books4pocket

Adele, una rica heredera norteamericana, ha sido secuestrada en el barco en el que llegaba a Inglaterra. Pero para su sorpresa no es su prometido, lord Harold Osulton, quien acude a rescatarla, sino el primo de éste, Damien. Un hombre apuesto, decidido y algo salvaje, demasiado atractivo como para que en los tres días que pasan juntos no surja entre ellos la chispa de la pasión. Ambos se dicen a sí mismos que han de acallar el deseo: Adele, después de todo, es una chica obediente, respetable, y nunca se salta las normas, y Damien es un vividor que, si algo valora, es la amistad y la lealtad con su primo, aunque no es sólo eso lo que le impide acostarse junto a ella. También es el recuerdo de una tragedia familiar que le convenció de que la infidelidad es la peor lacra del ser humano. Pero el deseo de la carne es mucho más poderoso que los argumentos de la razón.